WHY DIDN'T THEY ASK EVANS?

AGATHA CHRISTIE COMPLETE COLLECTION

WHY DIDN'T THEY ASK EVANS?

왜 에번스를 부르지 않았지? 애거서 크리스티 장편 소설 | 박인용 옮김

황금가지

WHY DIDN'T THEY ASK EVANS?

by Agatha Christie

정식 한국어 판 출간에 부쳐

　나는 한국에서 우리 할머니의 작품을 정식으로 출간한다는 소식을 듣고 무척 기뻤다. 할머니가 1920년부터 1970년 무렵까지 오랜 세월에 걸쳐 집필한 작품들은 21세기인 지금 읽어도 신선하고 재미있다. 등장 인물들이 워낙 자연스러워서 요즘 사람들과 다를 바 없고 이들이 등장하는 상황과 장소가 전 세계 사람들의 애정과 향수를 자극하기 때문이다. 한국 독자들은 이번에 새로 나온 정식 한국어 판을 통해 그 동안 접하지 못했던 애거서 크리스티의 일부 작품들을 읽을 수 있을 것이다. 덕분에 한국에 새로운 세대의 애거서 크리스티 팬들이 탄생할지도 모르겠다는 생각을 하면 가슴이 벅차다.

　애거서 크리스티는 대표적인 두 명의 주인공으로 기억되는 작가이다. 14권의 작품에 등장하는 마플 양은 영국의 작은 시골 마을에서 평온한 나날을 보내며 뜨개질과 수다로 소일하는 미혼의 할머니이지만, 놀라운 기억력과 날카로운 두뇌 회전으로 주변에서 벌어진 살인 사건을 해결한다.

그리고 마플 양과 상반되는 성격을 지닌 에르퀼 푸아로는 자신만만하고 콧수염을 포함한 자신의 외모와 벨기에라는 국적에 대한 자부심이 상당하다. 그는 이집트와 이라크를 비롯한 세계 각지에서 수수께끼를 해결하며 『오리엔트 특급 살인 *Murder On The Orient Express*』, 『나일 강의 죽음 *Death On The Nile*』, 『애크로이드 살인 사건 *The Murder Of Roger Ackroyd*』 등 애거서 크리스티의 여러 대표작에 모습을 드러낸다.

황금가지의 대담하고 참신한 표지와 전반적인 디자인 덕분에 작품의 성격이 잘 살아난 것 같아 기쁘다. 또한 한국 독자들이 할머니의 원작이 지닌 참된 묘미를 느낄 수 있도록 충실한 번역을 위해 애써 준 점도 높이 사고 싶다.

할머니의 작품이 20세기의 그 어떤 작가들보다 많이 팔리고 있는 이유는 나이와 국적에 상관없이 읽을 수 있는 재미와 감동을 갖추었기 때문이다. 모쪼록 한국 독자들도 황금가지에서 선보이는 애거서 크리스티 작품들을 즐겁게 감상하기를 바란다.

매튜 프리처드
애거서 크리스티의 손자
ACL 이사장

차 례

사고

보비 존스는 공을 티에 올려놓고 예행연습 삼아 짧게 휘둘러 본 다음, 천천히 클럽을 뒤로 돌렸다가 번개같이 내려쳤다.

공이 페어웨이 아래로 똑바로 날아가 벙커를 지나, 아이언 5번으로 간단히 처리할 수 있게 14번 홀의 그린 위에 사뿐히 내려앉았을까?

아니었다. 공은 너무 위쪽에 맞은 듯 그라운드에서 크게 빗나가 더니 벙커에 빠져 버렸다!

실망의 탄성을 지르는 열렬한 관중은 아무도 없었다. 그 타구의 유일한 목격자는 전혀 놀란 얼굴이 아니었다. 그럴 만도 했다. 그 타구를 날린 것은 미국 태생의 노련한 선수가 아니라, 웨일스 해안의 작은 바닷가 마을인 마치볼트에 사는 교구 목사의 넷째 아들이었기 때문이다.

보비는 상스러운 욕을 내뱉었다. 그는 스물여덟 살 가량 되는 호감 가는 용모의 젊은이였다. 친한 친구들은 그를 잘생겼다고 한 적이 없었지만 그의 얼굴은 분명히 잘생겼으며, 갈색 두 눈에는 마치 강아지와 같은 순수한 친근감이 깃들어 있었다.

"저는 날마다 실력이 나빠지는군요."

그는 낙담한 듯 중얼거렸다.

"자네가 서둘러서 그래."

그의 동반자가 말했다.

토머스 박사는 회색 머리에 붉은색의 활기찬 얼굴을 지닌 중년 남자였다. 그는 결코 풀스윙을 하지 않았다. 짧은 직선 타구를 가운데로 날려, 자기보다 훨씬 잘 치면서도 실수가 많은 상대를 물리치는 경우가 많았다.

보비는 9번 아이언으로 날카롭게 공을 쳐서 세 번만에 가까스로 벙커에서 탈출하는 데 성공했다. 공은 (토머스 박사는 아이언으로 2타만에 훌륭하게 도달한) 그린에서 약간 벗어난 곳에 떨어졌다.

"이번 홀에서는 제가 졌군요."

두 사람은 다음 티로 이동했다.

의사가 먼저 쳤다. 훌륭한 직선 타구였지만 그다지 장타는 아니었다.

보비는 숨을 크게 쉬며 공을 티에 올려 놓았다. 그러고선 티에 올린 공을 다시 들었다 놓았으며, 오랫동안 클럽을 좌우로 흔들다가 뒤로 바짝 젖히고, 두 눈을 감은 채 고개를 들었으며, 오른쪽 어깨는 축 늘어뜨리는 등 골프를 치며 하지 말라는 동작은 모두 한 다음 코스 가운데로 타구를 날렸다.

그는 만족스러운 듯이 깊이 숨을 들이 마셨다. 표정이 풍부한 그의 얼굴에는 골퍼에게서 흔히 볼 수 있는 우울한 표정이 사라지고, 그 대신에 역시 골퍼에게서 흔히 볼 수 있는 환희의 표정이 나타났다.

"이제 감이 좀 잡히는군요."

믿기 어렵다는 투로 보비가 말했다.

완벽한 아이언 타구와 5번 아이언에 의한 짧은 칩샷, 그러자 보비의 공은 홀컵 바로 곁에 놓였다. 그는 버디를 잡았고, 토머스 박사의 우세는 1타 차이로 줄어들었다.

자신감에 찬 보비는 16번 홀의 티에 나섰다. 하지 말라는 모든 동작을 또다시 되풀이했건만, 이번에는 기적이 일어나지 않았다. 굉장한, 거의 초인적인 타구가 나오기는 했다. 그러나 공은 오른쪽으로 크게 포물선을 그렸다.

"휴, 저게 똑바로 나갔더라면!"

토머스 박사가 말했다.

"그러게요……."

보비는 씁쓸한 듯 말했다.

"그런데 비명이 들린 것 같아요. 누가 그 공에 맞지 않았으면 좋겠군요."

그는 오른쪽을 쳐다보았다. 그러나 햇빛이 앞을 가렸다. 해가 질 무렵이었고, 시선이 향하는 쪽에 해가 있었기 때문에 또렷하게 보이는 게 아무것도 없었다. 또한 바다 쪽에서는 희미한 안개가 피어오르고 있었다. 몇백 미터만 나아가면 바로 벼랑 끝이었다.

"저기에 오솔길이 있군요. 하지만 공이 저 멀리까지는 가지 못했을 거예요. 아무튼 아까의 비명, 들으셨어요?"

그러나 의사는 아무 소리도 듣지 못했다.

보비는 공을 찾아 나섰다. 힘이 들기는 했지만 마침내 발견했다. 그러나 공은 울렉스(유럽 남서부 원산의 상록관목 — 옮긴이)의 덤불 속에 들어가 있어 그대로 경기를 계속하기란 불가능했다. 그는 덤불을 헤치고 공을 집어든 뒤, 이번 홀은 포기하겠노라고 의사에게 소리쳤다.

다음 홀의 티가 바로 벼랑 끝에 있었기 때문에 의사는 그가 있는 쪽으로 다가왔다. 17번 홀은 보비가 특히 걱정하는 홀이었다. 거기서는 갈라진 틈 위로 공을 날려야만 했다. 실제로 그다지 먼 거리는 아니지만, 그 깊이 때문에 시선을 아래로 끌어당기는 힘이 압도적이었다.

그들은 이제 그들의 왼쪽, 즉 내륙 쪽으로 벼랑을 따라 나 있는 오솔길을 가로질렀다. 보비는 숨을 깊이 들이쉬고는 공을 쳤다. 공은 앞으로 휙 날아가더니 벼랑의 그 심연 위로 사라져 버렸다.

"나는 중요한 시점마다 똑같이 형편없는 짓을 저지르는군."

보비가 씁쓸해 하면서 말했다.

그는 갈라진 틈 가까이 다가가 내려다보았다. 아래쪽 저 멀리 바닷물이 반짝거렸다. 그러나 공이 그 심연 가장 밑바닥까지 빠진 것은 아니었다. 공은 맨 위에서는 가파르게 구르다가, 아래쪽으로 갈 수록 움직임이 완만해졌다.

보비는 천천히 다가갔다. 거기엔 쉽게 내려갈 수 있는 길이 있음을 그는 알고 있었다. 캐디들도 흔히 그곳으로 들어가 잃어버린 공을 찾아들고 땀을 흘리면서 의기양양하게 밖으로 나오곤 했다.

갑자기 보비가 움찔하면서 의사에게 소리쳤다.

"선생님, 이리 와 보세요. 저게 뭘까요?"

10여 미터 떨어진 곳에 헌 옷가지처럼 보이는 검은 더미가 있었다. 의사는 숨소리를 죽이곤 말했다.

"맙소사, 누군가 벼랑에서 떨어진 게로군. 어서 가 봐야겠어."

두 사람은 나란히 바위 아래로 내려갔다. 몸이 날렵한 보비가 의사를 부축했다. 마침내 그들은 그 검게 보이는 수상한 더미 곁으로 다가갔다. 그것은 마흔 살쯤 되어 보이는 남자였으며, 의식은 없었지만 아직 숨을 쉬고 있었다.

의사는 팔다리를 만져 보고 맥박을 재는가 하면 눈꺼풀을 열어 보는 등 그 남자의 곁에 무릎을 꿇고 앉아 검사를 마쳤다. 그러고는 보비를 올려다보면서 천천히 고개를 내저었다. 보비는 속이 거북해졌다.

"아무것도 할 수 없어……. 이 사람은 곧 죽을 거야. 등이 부러졌는걸. 이 길에 익숙하지 않은 사람이 걸어가다가 안개 때문에 발을 헛디뎌 떨어진 게야. 여기에 난간을 설치하자고 평의회에 여러 차례 이야기했건만……."

의사는 이렇게 말하고 몸을 일으켰다.

"가서 사람들을 데리고 와야겠어. 이 사람을 끌어올려야지. 갔다 오면 어두워질 것 같군."

의사는 보비를 쳐다보며 덧붙였다.

"여기에 있을 텐가?"

보비는 고개를 끄덕였다.

"제가 해줄 수 있는 일이 없을까요?"

의사는 고개를 저었다.

"없어. 오래가지 않을 거야. 맥박이 점점 약해지고 있으니까. 기껏 해야 20분 정도 살아 있겠지. 죽기 전에 의식을 되찾을 가능성도 있지만, 아마 그러지 못할 거야. 아무튼……."

"아무튼 저는 여기 있을게요. 다녀오세요. 의식이 돌아왔을 때 줄 수 있는 약 같은 것이라도……."

보비가 머뭇거리자 의사는 고개를 저었다.

"고통은 없을 거야, 전혀."

그는 몸을 돌려 재빨리 벼랑을 다시 기어오르기 시작했다. 보비는 그가 벼랑 위에서 사라질 때까지 지켜보다가 손을 흔들어 주었다.

보비는 좁은 바위 사이로 한두 걸음 옮긴 뒤 툭 튀어나온 부분에 걸터앉아 담배에 불을 붙였다. 이 일은 그에게 충격이었다. 이때까지 그는 질병이나 죽음과 접해 본 적이 한 번도 없었던 것이다.

세상에 이럴 수가 있을까! 어느 맑게 갠 오후, 안개가 잠깐 자욱해지는 바람에 발을 헛디뎌 세상을 하직하다니! 게다가 평생 하루도 아픈 적이 없었을 듯한, 매우 건강해 보이는 사람이었다. 죽음의 그림자가 다가오고 있었지만, 그의 검게 그을린 피부는 덮지 못했다. 그 남자는 어쩌면 외국에서 실외 활동을 많이 한 사람일지도 모른다. 보비는 그를 더 자세히 관찰했다. 관자놀이 부근의 회색을 제외하고는 밤색을 띤 곱슬머리, 커다란 코, 건장한 턱, 벌어진 입술 사이로 보이는 하얀 이. 넓은 어깨와 가느다란 힘줄이 많은 손. 한편 두 다리는 이상한 각도로 얽혀 있었다. 보비는 진저리를 치면서 그 사내의 얼굴을 다시 쳐다보았다. 장난스럽고 단호하지만 재치가 있어 보이는 매력적인 얼굴이었다. 눈은 아마 푸른색이 아닐까…….

바로 그때였다. 그렇게 생각하고 있을 때 갑자기 그 두 눈이 번쩍 뜨였다.

푸른색, 맑고 깊은 푸른색이었다. 그 눈은 똑바로 보비를 바라보았다. 거기에는 불확실하거나 모호한 기색이 전혀 없었다. 완전히 의식을 되찾은 듯 보였다. 두 눈은 경계의 빛을 띠었으며, 동시에 무엇인가를 묻는 것 같기도 했다.

보비는 벌떡 일어나 그에게 다가갔다. 사내가 입을 열었다. 목소리는 약하지 않았다. 분명하고 낭랑했다.

"그들은 왜 에번스를 부르지 않았지?"

그러고는 기묘하게 약간 진저리를 치더니, 눈꺼풀이 닫히고 턱이 아래로 내려갔다…….

사내는 죽었다.

아버지와 아들

보비는 사내 곁에 무릎을 꿇었지만 의심의 여지가 없었다. 그 사내는 죽었다. 마지막 순간의 의식 회복, 그 갑작스러운 질문, 그러고는 끝이었다.

미안하기라도 한 듯 보비는 죽은 사내의 호주머니에 손을 넣고 비단 손수건을 꺼내 그의 얼굴 위에 조심스럽게 펼쳐 놓았다. 더 이상 그가 할 수 있는 일이라고는 없었다.

그러다 그는 호주머니에서 다른 것까지 끄집어냈다는 것을 알아차렸다. 그것은 사진이었다. 사진을 다시 밀어 넣으면서 사진에 찍힌 사람의 얼굴을 힐끗 쳐다보았다. 한 여자의 얼굴이 거기 있었다. 양미간이 시원하게 벌어진 우아한 여자였다. 소녀와 다름없어 보이는 그 여자는 서른이 채 되지 않은 것이 분명했지만, 그의 상상력을 사로잡은 것은 아름다움 자체보다 분위기에서 풍기는 매력이었다.

쉽게 잊히지 않을 얼굴이라고 그는 생각했다.

원래 들어 있던 주머니에 조심스럽게 사진을 집어넣은 뒤, 보비는 다시 자리를 잡고 앉아 의사가 돌아오기를 기다렸다.

시간은 매우 천천히 흘렀다. 아니, 기다리고 있는 그에게는 그렇게 느껴졌다. 순간 그는 무엇인가를 기억해냈다. 6시의 저녁 예배 때 오르간을 연주하겠다고 아버지에게 약속했는데, 지금이 바로 6시 10분 전이었던 것이다. 물론 아버지는 사정을 이해해 주시겠지만, 의사 편에 그 사정을 전하게 하지 못한 것이 후회되었다. 토머스 존스 목사는 매우 신경질적인 사람이었다. 안절부절못하는 성격이었고 그럴 때마다 소화기관이 제 기능을 하지 못해 엄청난 고통을 겪고는 했다. 보비는 아버지를 가련한 노인이라고 생각했지만, 그러면서도 아버지를 무척 좋아했다. 반면에 존스 목사는 넷째 아들을 가련한 젊은이라고 생각하면서 아들을 개조시키고자 항상 조바심을 내었다.

'불쌍한 양반, 화가 나서 어쩔 줄 모르실 거야. 예배를 시작해야 할지 말아야 할지도 모르실걸. 배가 아플 때까지 흥분을 가라앉히지 못하신 채 아마 저녁 식사도 못 드실 게 틀림없어. 피할 수 있는 일 같았으면 내가 먼저 피했지. 아무튼 이제 그게 무슨 문제야. 아버지께서는 결코 내 사정을 생각지 않으실걸. 누구라도 쉰 살이 넘으면 분별력이 없어져. 아무 문제도 되지 않는 사소한 일로도 걱정이 태산이지. 나이를 잘못 먹은 거니까 이제 어쩔 도리가 없지만, 어쨌든 불쌍한 우리 아버지께서는 분별력이 너무 부족해!'

보비는 애정과 분노가 섞인 감정으로 아버지에 대해 생각하면서 그곳에 앉아 있었다. 가정 생활은 그에게 아버지의 괴팍함에 맞춰야 하는 긴 희생처럼 여겨졌다. 존스 씨의 입장에서도 가정 생활은 역시 긴 희생처럼 생각되었다. 젊은 세대는 제대로 이해하지도 못하고 고마워하지도 않는다. 똑같은 문제에 대해서도 생각이 판이하다.

'도대체 의사가 간 지 얼마나 된 거야! 지금쯤이면 분명 돌아와야 하지 않을까?'

보비는 몸을 일으켜 초조한 마음에 발을 굴렀다. 바로 그 순간 위쪽에서 무슨 소리가 들렸다. 다행히 도와줄 사람이 왔으니 이제 떠나도 되겠다고 생각하면서 위를 올려다보았다.

그런데 나타난 건 의사가 아니라, 넓은 반바지 차림의 낯선 사내였다.

"무슨 문제가 있는 건가요? 사고가 일어났습니까? 내가 도움이 될 수 있을까요?"

새로 나타난 사내가 물었다.

흥겨운 테너 목소리를 지닌, 키가 큰 사내였다. 날이 어두컴컴해지고 있었으므로 보비는 그의 얼굴을 또렷하게 볼 수 없었다.

보비가 사정을 설명하는 동안 낯선 사내는 거듭 놀라움을 나타냈다.

"내가 할 수 있는 일은 없을까요? 도움을 청하러 간다거나……?"

보비는 도와줄 사람들이 오고 있다고 설명하면서, 그들이 도착하는 조짐 같은 게 보이지 않느냐고 물었다.

"현재로서는 없어요."

"……실은 제가 6시에 약속이 있어요."

"그런데 떠나기 싫으시다……."

"그래요. 제 말은 이 불쌍한 사람이 죽었는데도 아무것도 할 수 있는 게 없고, 그렇지만 또……."

보비는 여느 때와 마찬가지로 혼란스러운 감정을 표현하는 데 어려움을 느끼며 말을 멈추었다.

그러나 상대방은 이해해 주는 것 같았다.

"알겠습니다. 그러니까 내가 내려가서…… 잠깐 기다려요, 길을 찾아야 하니까. 그래서 사람들이 올 때까지 내가 남아 있겠습니다."

보비는 고마움을 느끼면서 말했다.

"오, 그래 주시겠어요? 제 아버지와의 약속 때문에 그래요. 나쁜 분이 아니시지만, 여러 가지 문제가 많다 보니 짜증이 많으시죠. 길은 찾을 수 있겠어요? 조금 더 왼쪽으로…… 이제 오른쪽으로…… 됐군요. 별로 어렵지 않아요."

그는 상대방에게 내려오는 길을 가르쳐 주면서 격려까지 덧붙였다. 이제 두 사람은 좁은 고원 위에 얼굴을 마주하고 섰다. 그 남자는 서른다섯 살 가량 되어 보였다. 우유부단해 보이는 얼굴에는 외알 안경이나 콧수염이 필요할 것 같았다.

그가 설명했다.

"나는 이곳이 처음입니다. 그리고 참, 내 이름은 배싱턴프렌치라고 해요. 집을 하나 둘러보러 왔어요. 어쩌다가 이런 일이 일어났담! 그가 벼랑 끝을 걸었을까요?"

보비는 고개를 끄덕이며 설명했다.

"안개가 많았어요. 위험한 길이죠. 자, 그럼 헤어져야겠네요. 대단히 고맙습니다. 서둘러야겠어요…… 정말 감사합니다."

"천만에. 누구라도 그럴 거예요. 불쌍한 사람을 눕혀 놓고 떠날 순 없지. 아무튼 제 말은 그게 도리가 아니라는 거죠."

보비는 가파른 길을 기어올랐다. 꼭대기에 올라간 뒤 남아 있는 사내에게 손을 흔들고는 날렵하게 들판을 가로질렀다. 시간을 절약하기 위해 길 쪽에 나 있는 정문으로 돌아가는 대신에 교회의 마당 쪽에 있는 담을 뛰어넘었다. 부속실에서 그 모습을 보고 있던 목사는 혀를 끌끌 찼다.

6시 5분이었지만, 종소리는 여전히 울리고 있었다.

설명이나 힐난은 예배 뒤로 미루어졌다. 보비는 자리에 앉아 가쁜 숨을 몰아쉬면서 낡은 오르간의 스톱(음색을 조절하는 오르간 특유의 장치 — 옮긴이)을 조작했다. 연상 작용 때문인지 그의 손가락은 쇼팽의 장송 행진곡을 연주했다.

예배가 끝난 후 교구 목사는 그 자신이 특별히 강조한 것처럼 분노보다는 슬픔에 젖은 채 아들을 책망했다.

"애야, 일을 제대로 할 수 없다면 전혀 하지 않는 게 나은 법이란다. 너나 네 친구들이 모두 시간관념이 없다는 건 잘 알고 있지만, 기다리게 해서는 안 될 분이 계시잖느냐. 너는 스스로 오르간을 연주하겠노라고 했어. 내가 강요한 게 아니지. 그런데도 생각 없이 골프를 치러 가더니……"

보비는 더 장황해지기 전에 아버지의 말을 중단시키는 것이 낫겠다고 생각했다.

"죄송해요, 아버지. 이번에는 제 탓이 아니에요. 시체를 지키고 있었거든요."

문제의 성격과는 상관없이 습관적으로 그는 흥겹고 쾌활하게 말했다.

"뭘 했다고?"

"벼랑에서 발을 헛디딘 사람 곁에 있었어요. 17번 홀 곁에 있는 갈라진 곳 아시잖아요. 안개가 많은 탓에 발을 헛디뎌 떨어졌음에 틀림없어요."

교구 목사는 탄성을 질렀다.

"맙소사…… 그런 비극이 있나! 즉사했니?"

"아뇨. 의식을 잃은 상태였어요. 토머스 선생님이 떠난 직후에 죽었죠. 그렇지만 그곳을 지키고 있어야겠다고 생각했어요. 그를 두고 그냥 떠날 수가 없었죠. 그러다가 마침 다른 사람이 온 덕분에 장례위원장 자리를 떠넘기고 서둘러 달려온 거예요."

교구 목사는 크게 한숨을 쉬었다.

"오, 얘야, 네 무감각은 정말이지 끔찍하구나. 뭐라 말로 표현하기 힘들 만큼 슬프다. 죽음, 갑작스러운 죽음을 대면하고서도 농담을 할 수 있다니! 그 일이 네게는 아무렇지도 않은 게로구나. 장엄한 것이든 신성한 것이든 너희 세대에게는 모든 것이 단지 농담에 불과한 게지."

보비는 발을 질질 끌며 걸었다.

그는 그 일 자체가 기분 나빴기 때문에 농담처럼 말했으나, 아버지는 알아차리지 못했다! 그것은 설명할 수 있는 종류의 일이 아니었다. 죽음이나 비극에 관해서는 의연해야 하는 것이다. 그러나 뭘 기대할 수 있겠는가? 쉰 살이 넘은 사람은 아무것도 이해하지 못한다. 그들은 완전히 다른 세계의 개념을 갖고 있는 것이다.

'아마 전쟁 탓일 거야. 그 때문에 정신이 혼란스러워진 뒤로 다시는 정상을 되찾지 못하는 거야.'

보비는 그런 아버지가 부끄럽게 생각되면서도 안쓰러운 느낌이 들었다.

"죄송해요, 아버지."

더 이상 대화가 불가능하다는 것을 깨달으며 보비는 사과했다.

목사도 아들이 안쓰러웠다. 당황스러웠으며, 또 아들 때문에 부끄러움을 느꼈다. 아들은 인생의 진지함에 대한 개념이 없었던 것이다. 사과하는 어조마저 흥겨웠으며 뉘우치는 기색이 없었다. 그들은 서로를 용서하려고 애쓰면서 목사관 쪽으로 걸음을 옮겼다.

목사는 생각했다.

'보비가 언제 마땅한 일을 찾을지……?'

보비는 생각했다.

'내가 이곳에 얼마나 붙어 있을지……?'

그렇지만 그들은 서로 깊은 애정을 느끼고 있었다.

열차 여행

보비는 그날의 사고에 이어지는 뒷이야기를 알지 못했다. 다음 날 아침 한 친구를 만나러 런던으로 갔기 때문이다. 그 친구는 자동차 정비 공장을 시작할 예정이었으며 보비에게 도움을 청했다.

친구와 만족스럽게 문제를 처리하고 나서 이틀 뒤 보비는 집으로 돌아가는 11시 30분 열차를 탔다. 타기는 탔지만, 아주 가까스로였다. 그는 정확히 11시 28분에 패딩턴에 도착했으며, 열차가 막 움직이려고 할 때 지하도를 통해 3번 플랫폼으로 나왔고, 개표원과 짐꾼의 짜증 섞인 말을 뒤로 흘리면서 처음 눈에 들어오는 객차에 올라탄 것이다.

가쁜 숨을 몰아쉬며 문을 활짝 밀어젖힌 그는 앞으로 고꾸라졌다가 몸을 일으켰다. 어느 민첩한 짐꾼이 뒤에서 문을 닫았다. 보비는 가까스로 호흡을 고르고 객실을 둘러보았다.

그곳은 1등 객차였는데, 객실에 혼자 앉아 있는 여자의 모습이 보비의 눈에 어렴풋하게 들어왔다. 여자는 객실 모퉁이에 앉아 담배를 피우고 있었다. 붉은색 스커트, 녹색 재킷 차림에 푸른색 베레모를 쓴 모습은 거리의 악사가 데리고 다니는 원숭이를 연상시켰다. 그럼에도 불구하고 여자는 아주 매력적이었다. 길고 검은 눈은 슬픔에 젖어 있었고, 눈살을 잔뜩 찌푸리고 있었다.

보비는 사과의 말을 하려다 말고 멈추었다.

"아니 이게 누구야, 프랭키 아냐!"

그가 말을 이었다.

"정말 오랜만이야."

"그래, 몇 년만이야? 앉아, 얘기 좀 하자."

보비는 웃음을 지었다.

"내 것은 1등실 표가 아닌걸."

프랭키가 친절하게 말했다.

"문제없어. 내가 차액을 내면 돼."

"그렇게 말하면 남자로서 화가 나. 숙녀에게 어떻게 돈을 내라고 할 수 있지?"

"요즘에는 흔한 일 같던데 뭘."

"차액은 내가 지불하겠어."

복도로 통하는 문에 푸른색 제복을 입은 건장한 몸집이 나타나자 보비가 말했다.

"내게 맡기라니까."

프랭키는 그렇게 말하고 검표원에게 우아한 미소를 지어 보였다. 그녀로부터 받은 흰색 표에 구멍을 내면서 검표원은 쓰고 있는 모자를 슬쩍 만졌다.

"여기 계신 존스 씨는 저와 이야기를 나누려고 방금 오셨어요. 괜찮겠죠?"

"물론이지요. 신사 분께서는 오래 계시지 않겠지요."

그러면서 나지막이 헛기침을 하더니 의미 있게 덧붙였다.

"저는 브리스틀을 지날 때까지 다시 오지 않을 겁니다."

검표원이 나가자 보비가 말했다.

"미소만 지으니까 되는구나."

레이디 프랜시스 더웬트는 생각에 잠긴 채 고개를 저었다.

"미소 때문인지는 확실히 모르겠어. 어쩌면 여행하실 때마다 누구에게나 5실링씩 팁을 주시는 아버지의 습관 때문이 아닐까 싶기도 해."

"프랭키, 나는 네가 웨일스엔 절대 돌아오지 않을 거라고 생각했어."

프랜시스는 한숨을 쉬었다.

"너도 알 거야. 부모님께서 얼마나 케케묵으셨는지. 아예 꼼짝도 않으시잖아. 그러니까 할 일도 없고 만날 사람도 없는 거야. 게다가 요즘은 사람들이 시골로 가려고 하지 않아! 다들 절약한다면서 그렇게 멀리까지 갈 수 없대나. 아무튼 내 말은 젊은 여자가 할 일이 없다는 거지."

보비는 문제점을 인정하면서 안쓰러운 표정으로 고개를 끄덕였다.

프랭키는 말을 계속했다.

"하지만 어젯밤의 파티 이후에는 집도 더 나쁠 게 없다는 생각이 들었어."

"파티가 왜?"

"별것 아냐. 다른 여느 파티와 마찬가지였지. 파티는 8시 30분에 사보이에서 시작하기로 되어 있었어. 우리들 가운데 몇몇은 9시 15분쯤 나타나는 바람에 당연히 다른 사람들과 섞였지. 10시가 되어서야 제대로 정리가 되었어. 우리는 저녁 식사를 한 뒤 마리오네트로 갔지. 경찰의 단속이 있으리라는 소문이 있었지만 아무런 일도 일어나지 않더군. 잠잠했어. 우리는 많이 마셨지. 그 다음에는 불링으로 갔는데, 거기는 더욱 조용했어. 커피숍을 거쳐 생선 튀김을 먹으러 갔다가 우리는 앤젤라의 숙부 집에 찾아가 아침을 얻어먹기로 했어. 그분이 놀라시는지 보려는 거였지만, 놀라시기는커녕 지겨워하셨을 뿐이야. 그러고는 다들 집으로 돌아갔지. 솔직히 말해, 보비, 정말 형편없는 파티였다니까."

"그런 것 같군."

보비는 부러운 느낌을 억눌렀다.

그는 한순간도 마리오네트나 불링의 회원이 될 수 있다는 꿈은 꿀 수 없었던 것이다.

프랭키와 그의 관계는 특이한 것이었다.

어린 시절에 보비와 그의 형제들은 성에 사는 프랭키의 남매들과 함께 놀았다. 모두들 다 자란 이제는 서로 만나는 일이 드물었다.

하지만 어쩌다 만날 경우에는 아직도 허물없이 서로의 이름을 불렀다. 드물게 프랭키가 집에 있을 때는 보비와 그의 형들이 찾아가 함께 테니스를 치기도 했다. 그러나 프랭키나 그녀의 두 남자 형제가 목사관으로 초대받는 경우란 없었다. 목사관이 그들에게 즐겁지 않으리라는 사실이 묵시적으로 인정되는 것 같았다. 허물없이 서로 이름을 부르는 사이라고 하지만, 어색한 느낌이 없지 않았다. 더 웬트 남매는 '차이가 없음'을 보여 주려는 듯 필요 이상으로 친근했으며, 한편 존스 형제는 그들이 베푸는 친근감 이상은 요구하지 않기로 결심이라도 한 듯 약간 딱딱했다. 두 가문은 이제 어린 시절의 추억 이외에는 공통점이 전혀 없었다. 하지만 보비는 프랭키를 매우 좋아했으며, 운명의 장난에 의해 서로 만나게 되는 드문 기회를 항상 기쁘게 맞이했다.

"만사가 지겨워. 넌 그렇지 않아?"

피로에 지친 목소리로 프랭키가 말했다.

보비는 잠시 생각을 해 보았다.

"아니, 난 그런 것 같지는 않아."

"어머나, 얼마나 좋을까."

"그렇다고 내가 극성맞다는 뜻은 아냐. 나도 극성맞은 사람은 참을 수 없거든."

힘든 내색을 하지 않으려 애쓰면서 보비가 말했다.

프랭키는 '극성'이라는 말에 진저리를 치며 중얼거렸다.

"알아. 그런 사람들은 지겨워."

두 사람은 공감하면서 서로를 쳐다보았다.

프랭키가 갑자기 생각난 듯 말했다.

"그런데 벼랑에서 떨어진 사람 이야기는 뭐야?"

"토머스 선생님이랑 내가 그 사람을 발견했어. 그 일을 어떻게 알았지, 프랭키?"

"신문에 났으니까."

그녀는 손가락으로 「바다 안개 속의 치명적인 사고」라는 제목의 작은 기사를 가리켰다.

마치볼트에서 일어난 비극의 희생자는 그가 지니고 있던 사진에 의해 어젯밤 늦게 신원이 확인되었다. 사진의 인물은 리오 케이먼 부인으로 밝혀졌다. 케이먼 부인은 연락 즉시 마치볼트로 와서 사망자가 부인의 오빠인 알렉스 프리처드임을 확인했다. 프리처드 씨는 10년 동안 영국을 떠나 있다가 최근 시암에서 귀국했으며, 얼마 전 도보 여행을 시작했다고 한다. 검시 배심은 내일 마치볼트에서 이루어질 예정이다.

보비의 생각은 이상할 정도로 또렷이 기억나는 그 사진의 얼굴로 되돌아갔다.

"내일 검시 배심 때 증언을 해야겠군."

"가슴이 두근거리네. 나도 가서 네 증언을 들어야겠어."

"가슴 두근거릴 일은 없을걸. 우리는 그냥 그 사람을 발견했을 뿐이니까."

"죽어 있었던 거야?"

"아니, 그때는 아니었어. 15분쯤 뒤에 죽었지. 나 혼자 그 곁에 있었다니까."

보비는 말을 멈추었다.

"으스스했겠구나."

보비의 아버지에게는 없었던 이해심을 바로 나타내면서 프랭키가 말했다.

"물론 그는 아무 고통도 느끼지 못했을 거야."

"그래?"

"그렇지만 아무튼 완전히 살아 있는 것처럼 보였지. 사람이 하찮은 안개 때문에 벼랑에서 발을 헛디뎌 떨어지다니 얼마나 허무한 노릇이야."

"무슨 말인지 알겠어."

프랭키는 다시 공감과 이해를 나타냈다.

"그의 여동생을 봤어?"

잠시 후 그녀가 물었다.

"아니. 나는 이틀 동안 런던에 나와 있었어. 함께 자동차 정비 공장을 차리려는 친구를 만나야 했거든. 너도 기억할 거야. 배저 비든 말이야."

"내가 기억을 해?"

"물론 기억할걸. 옛 친구 배저를 기억해야지. 사팔뜨기 말야."

프랭키는 여전히 미간을 찌푸릴 뿐이었다.

"어릴 때 망아지에서 떨어져 머리를 진흙 속에 처박는 바람에 우리가 그의 다리를 잡고 끌어당겨야 했잖아."

"아, 이제 알겠어. 말을 더듬기도 했지."

옛 기억을 떠올리면서 프랭키가 말했다.

"아직도 그래."

보비는 이제 의기양양했다.

"양계장을 하다가 망해 먹지 않았어?"

프랭키가 물었다.

"맞아."

"그리고 주식 중개소에 들어갔다가 한 달만에 쫓겨나고?"

"맞아."

"그런 다음 오스트레일리아에 갔다가 돌아왔지?"

"그래."

"보비. 나는 네가 이 사업에 돈을 대거나 하지 않았으면 좋겠어."

"댈 돈도 없는 처지야."

"그렇군……."

"물론 배저는 투자할 자본이 있는 사람을 물색한 적이 있었지. 그렇지만 네가 생각하는 것만큼 그게 쉽지 않아."

"네 주위 사람들이 말야, 악의가 없어 보이지? 하지만 절대 그렇지 않아."

프랭키가 이렇게 말하자, 그제야 보비는 이야기의 요점을 알아차렸다.

"이봐, 프랭키. 배저는 친한 친구야. 가장 친한 친구 가운데 하나라니까."

"그들은 항상 그렇지."

"그들이라니?"

"오스트레일리아에 갔다가 다시 돌아오는 사람들 말이야. 그는 사업을 시작할 돈을 어떻게 구했을까?"

"숙모나 뭐 그런 사람이 죽으면서 자동차 여섯 대를 수리할 수 있는 세 칸짜리 정비 공장을 그에게 물려주었고, 그의 친척들이 중고차를 구입하게끔 100파운드를 내놓았어. 중고차에 얼마나 이윤이 많은지 알면 놀랄 거야."

"나도 언젠가 산 적이 있어. 이제 그 이야기는 그만 하자. 그런데 넌 무엇 때문에 해군을 떠났니? 그들이 쫓아낸 건 아닐 텐데, 네 나이에는 말이야."

보비는 얼굴을 붉혔다.

"눈 때문이지."

그는 퉁명스럽게 말했다.

"넌 언제나 눈이 말썽이었어."

"알고 있어. 입대할 때는 가까스로 통과했지. 그러나 해외 근무를 하면서 강렬한 햇빛이 문제를 일으킨 거야. 그래서 나올 수밖에 없었어."

"재수가 없었구나."

프랭키가 창밖을 내다보면서 중얼거렸다.

잠시 웅변적인 침묵이 흐른 후 보비가 불쑥 말을 꺼냈다.

"아무튼 부끄러운 일이야. 내 눈이 정말 나쁜 것은 아니니까…….
의사도 더 이상 나빠지지 않을 거라고 했어. 어쩌면 군생활을 문제
없이 해 나갈 수도 있었을 거야."

"괜찮아 보여."

그녀는 보비의 맑은 갈색 눈을 지그시 들여다보았다.

"그래서 배저와 함께 사업을 하려는 거야."

프랭키는 고개를 끄덕였다.

승무원이 문을 열고 말했다.

"1차 점심식사입니다."

"먹으러 갈까?"

프랭키가 물었다.

두 사람은 식당차를 찾아갔다.

식사 후 보비는 검표원이 다시 찾아올 동안 잠깐 자리를 피할 생
각을 했다.

"그로 하여금 지나치게 양심의 가책을 느끼게 해서는 안 될 거야."

하지만 프랭키는 검표원에게 양심의 가책이 있을 거라고는 생각
지 않는다고 말했다.

그들이 마치볼트에 가기 위해 내려야 할 사일엄에 도착한 것은 5시
가 지난 직후였다.

"차가 기다리고 있어. 내가 태워 줄게."

프랭키가 말했다.

"고마워. 이 무거운 걸 2마일이나 운반하는 수고를 덜겠군."

그는 자신의 짐가방을 비난하듯 발로 툭 찼다.

"2마일이 아니라 3마일이지."

프랭키가 보비의 말을 정정했다.

"골프장에 난 길로 걸어가면 2마일이야."

"거기……."

"그래, 그 사람이 떨어진 곳이지."

"설마 누가 그를 밀지는 않았겠지?"

프랭키가 화장 가방을 하녀에게 건네면서 말했다.

"그 사람을 밀어? 그럴 리가 있나. 왜 그렇게 생각해?"

"글쎄, 그러면 사건이 훨씬 더 흥미롭지 않을까?"

프랭키는 대수롭지 않다는 듯 말했다.

검시 배심

알렉스 프리처드의 시체에 대한 검시 배심은 다음 날 이루어졌다. 토머스 박사가 시체 발견에 대해 증언했다.

"그때 아직 살아 있었나요?"

검시관이 물었다.

"그래요, 그때까지 숨을 쉬고 있었어요. 그렇지만 회복의 가망성은 없었지요. 그리고……."

여기서부터 의사는 전문 용어를 구사하기 시작했다. 검시관이 배심원을 돕기 위해 나섰다.

"일상적인 말로 하자면 그 사람의 척추가 부러진 거죠?"

"그런 식으로 표현할 수도 있겠죠."

토머스 박사는 언짢아하면서 그렇게 대답한 후 죽어가는 사람을 보비에게 남겨 놓고 도와줄 사람을 찾으러 간 상황을 설명했다.

"이 참사의 원인에 대해 의견을 말씀해 주시죠, 토머스 박사님."

"모든 개연성으로 미루어 (물론 죽은 사람의 정신 상태에 대한 증언을 배제한 것입니다만) 저는 그가 벼랑 가에서 발을 헛디딘 것이라고 봅니다. 바다에서는 안개가 피어오르고 있었으며, 바로 그 특정 지점에서 길은 내륙 쪽으로 방향이 바뀝니다. 그는 안개 때문에 위험을 알아차리지 못하고 똑바로 걸었을 것입니다. 그 경우 두 걸음만 내디디면 벼랑에서 떨어집니다."

"폭력의 징후는 전혀 없었나요? 제3자에 의해 가해가 이루어진 듯한 것 말입니다만."

"제가 말씀드릴 수 있는 것은 신체에 드러난 모든 손상은 15에서 18미터 정도 아래에 있는 암석에 부딪친 것으로 충분히 설명된다는 것입니다."

"자살 가능성도 남아 있겠군요?"

"물론 충분히 가능합니다. 스스로 벼랑에서 떨어져 죽었느냐 하는 문제는 제가 말씀드릴 수 있는 성질의 것이 아닙니다."

다음은 로버트 존스, 즉 보비의 차례였다.

보비는 의사와 골프를 치다가 공을 바다 쪽으로 날렸다고 설명했다. 당시는 안개가 피어오르고 있었기 때문에 앞을 바라보기가 힘들었다. 그는 비명을 들었다고 생각했으며, 순간적으로 자신이 날린 공에 길을 걷는 사람이 맞을 수 있겠다는 생각도 했다. 하지만 공이 그처럼 멀리 날아가지는 못했으리라고 단정했다는 것을 말했다.

"공은 찾았나요?"

"예, 공은 그 길에서 약 100미터 정도 못 미친 곳에 있었어요."

그는 이어 다음의 티에서 어떻게 공을 쳤으며, 그 공이 벼랑의 갈라진 틈으로 어떻게 들어갔는지 설명했다.

여기서 검시관은 그의 증언이 의사의 증언과 중복된다면서 중단시켰다. 그러고는 보비가 들었다고 생각한 비명에 대해 자세히 물었다.

"그냥 비명이었어요."

"도움을 청하는 것이었나요?"

"아뇨. 일종의 외침일 뿐이었어요. 실제로 들었는지 확신하지 못할 정도였죠."

"놀라는 것 같은 소리였나요?"

"그에 가까웠죠. 예기치 않게 날아온 공에 맞았을 때 지를 만한 소리였어요."

보비가 순순히 말했다.

"또는 길이라고 생각하다가 허공에 발을 내디뎠을 때 말이죠?"

"그래요."

의사가 도움을 청하러 떠난 뒤 5분쯤 지나 그 사람이 죽었다고 설명하자 보비의 고역은 끝났다. 검시관은 이제 아주 간단하게 일을 마무리하려고 했다. 리오 케이먼 부인이 호명되었다.

보비는 그녀의 모습을 보는 순간 실망으로 숨이 멎을 지경이었다. 죽은 사람의 호주머니에서 흘러나왔던 사진의 얼굴은 어디로 가 버렸을까? 사진사야말로 가장 나쁜 거짓말쟁이라고 보비는 분개

했다. 사진은 꽤 오래 전에 촬영되었음이 분명했지만, 그렇다고 하더라도 양미간이 훤했던 아름다운 미녀가 이처럼 눈썹도 없고 염색한 것이 분명한 머리를 지닌 뻔뻔한 모습으로 바뀔 수 있다는 사실은 믿기 어려웠다. 세월이란 정말 놀라운 것이라고 보비는 갑자기 생각했다. 예컨대 20년 후 프랭키는 어떤 모습이 될까? 그는 약간 섬뜩해졌다.

패딩턴의 세인트레너즈가든스 17번지에 거주하는 어멜리아 케이먼의 증언은 계속되었다.

사망자는 그녀의 유일한 남자 형제인 알렉산더 프리처드였다. 그녀가 오빠를 마지막으로 본 것은 비극이 발생하기 전날 그가 웨일스의 도보 여행을 하겠다는 뜻을 밝혔을 때였으며, 오빠는 최근에 동양에서 귀국한 상태였다고 했다.

"오빠는 행복하고 정상적인 정신 상태로 보였나요?"

"아, 그럼요. 항상 쾌활했어요."

"알고 있는 범위내에서 말이지만 그에게 별다른 걱정거리는 없었나요?"

"그렇다고 확신해요. 언제나처럼 여행을 기대하고 있었거든요."

"최근에 금전적인 문제나 생활에 관계된 다른 문제는 없었나요?"

"글쎄, 그것에 관해서는 제대로 말씀드릴 수 없군요. 아시다시피 오빠는 귀국한 지 얼마 되지 않았고, 그 이전에는 10년 동안이나 서로 보지 못했어요. 게다가 오빠는 편지를 자주 보내는 사람도 아니었거든요. 그렇지만 저를 런던에 있는 극장에 데려가거나 점심을 사 주고 한두 가지 선물까지 한 것을 보면 돈이 궁색하지는 않았을 거예요. 그리고 기분이 좋았던 걸 보면 다른 문제가 있었다고도 생각지 않아요."

"오빠의 직업은 무엇이었나요, 케이먼 부인?"

부인은 약간 당황하는 것처럼 보였다.

"글쎄, 제가 올바로 알고 있다고는 말할 수 없겠군요. 사업성 검토라고 오빠가 말했어요. 영국에서는 매우 드문 직업이었어요."

"스스로 목숨을 끊을 만한 이유에 대해서는 모르시는군요?"

"물론이죠. 오빠가 그런 짓을 했으리라고는 믿지 못하겠어요. 사고였음에 틀림없어요."

"그가 배낭은커녕 아무 짐도 갖고 다니지 않은 사실은 어떻게 설명할 수 있을까요?"

"오빠는 배낭 메고 다니는 것을 좋아하지 않았어요. 하루씩 걸러 짐을 부칠 심산이었죠. 오빠는 출발 전날에도 잠옷이나 양말 한 켤레를 부쳤는데, 덴비셔를 더비셔라고 주소를 잘못 적은 바람에 그것이 오늘 여기에 도착했어요."

"아하! 다소 이상했던 점 하나가 그 설명으로 해결되는군요."

케이먼 부인은 이어 오빠가 지니고 다녔던 사진에 이름이 나오는 사진사를 통해 어떻게 연락이 되었는지를 얘기했다. 그녀는 남편과 함께 마치볼트로 왔으며, 시체를 보고 즉각 오빠라는 것을 알아차렸다고 했다.

마지막 말을 하면서 그녀는 코를 훌쩍거리더니 큰 소리로 울기 시작했다.

검시관은 몇 마디 위로의 말을 한 뒤 그녀를 내보냈다.

그리고 그는 배심원들에게 진술했다. 그들의 임무는 이 사람이 어떻게 죽음에 이르렀는가를 밝히는 것이다. 다행히 문제는 매우 단순해 보인다. 프리처드 씨가 근심이 많았거나 우울했거나 그 밖에 스스로 목숨을 끊을 것 같은 정신 상태였음을 가리키는 의견은 전혀 없다. 오히려 심신이 양호한 상태에서 휴가를 기대하고 있었던 것 같다. 바다의 안개가 피어오르며 벼랑가의 길이 위험해진 것이 이 불행한 결과를 초래한 것 같으며, 따라서 그것에 대해 무슨 조처를 취해야 한다는 자기 의견에 동조해 주리라 생각한다…….

배심원의 평결은 신속했다.

"우리는 이 사건이 우발적인 사고라고 판단하며, 그 균열이 있는 곳 부근의 바다 쪽 보도에 울타리 또는 난간을 설치하기 위해 읍 평의회에서 적절한 조처를 즉각적으로 취해야 한다는 우리의 견해를 추서하는 바이다."

검시관은 고개를 끄덕여 동의했다.

검시 배심은 끝났다.

케이먼 부부

　30분쯤 지나 목사관에 도착한 보비는 알렉스 프리처드의 죽음과 관련된 일이 아직 완전히 끝나지 않았음을 알아차렸다. 케이먼 부부가 찾아와 서재에서 아버지와 함께 기다리고 있다고 했기 때문이다. 보비가 그곳으로 향하자 달갑지 않지만 손님과 적절한 대화를 이어 가려고 애쓰고 있는 아버지의 모습이 보였다.

　"아! 보비가 오는군요."

　아버지는 약간 안도하는 투로 말했다.

　케이먼 씨가 일어나 손을 내밀었다. 그는 몸집이 크고 혈색이 좋은 사내였으며, 태도는 쾌활한 듯했지만 두 눈은 그에 어울리지 않게 차가웠고 흘금거렸다. 한편 케이먼 부인은 대범한 사람에겐 매력적이라고 생각될지도 모르나, 그녀의 초기 사진과는 더 이상 거의 공통점이 없었으며 생각에 잠긴 듯한 사진 속 그 표정은 전혀 자취가 남아 있지 않았다. 실제로 그녀 자신 외에는 사진 속 인물을 그녀라고 생각하는 사람은 아무도 없을 것이라고 보비는 생각했다.

보비의 손을 아플 정도로 세게 움켜쥐면서 케이먼 씨가 말했다.

"집사람과 함께 왔어요. 알겠지만 곁에 있어야 하거든. 어멜리아 는 보다시피 혼이 나간 상태랍니다."

케이먼 부인은 코를 훌쩍거렸다.

케이먼 씨가 말을 계속했다.

"당신을 만나러 온 것은 집사람의 오빠가 실질적으로 당신의 팔 에 안겨 죽었기 때문입니다. 당연한 노릇이지만 오빠의 마지막 순 간에 대해 이야기를 듣고 싶어 하거든요."

"그래요……."

보비는 불안하게 미소를 지었고, 즉각 아버지의 한숨 소리, 기독 교적 체념을 의미하는 한숨 소리를 들었다.

"불쌍한 오빠…… 우리 불쌍한 오빠."

눈가를 가볍게 누르면서 케이먼 부인이 말했다.

"네, 정말 안타까운 일이에요."

보비는 거북스러웠다.

케이먼 부인이 희망 어린 표정으로 보비를 쳐다보면서 말했다.

"오빠가 마지막으로 한 말이 있으면 알고 싶어요."

"하지만 그런 게 없었어요."

"전혀 없었나요?"

케이먼 부인은 실망과 의심이 섞인 표정을 지었다. 보비는 사과

해야 할 듯한 느낌이 들었다.

"예, 사실을 말하자면 전혀 없었죠."

"그게 가장 나았을 거야. 아무 의식도 고통도 없이 죽었으니까 말이지. 어멜리아, 당신은 그걸 다행이라고 생각해야 돼."

케이먼 씨가 엄숙하게 말했다.

"그래야겠죠."

케이먼 부인이 말했다.

"오빠가 어떤 고통을 느꼈다고는 생각지 않아요?"

"그렇지 않은 것은 확실해요."

보비가 대답했다.

케이먼 부인은 한숨을 크게 쉬었다.

"다행이군요. 오빠가 마지막 한 마디를 남겼으면 하고 바랐지만, 없었다면 하는 수 없죠. 불쌍한 오빠. 항상 밖으로 돌아다닌 멋진 사람이었는데."

"그래요, 그런 것 같더군요."

보비는 구릿빛 얼굴과 깊고 푸른 눈을 상기했다. 매력적인 모습이었다. 알렉스 프리처드는 죽음이 다가오고 있었는데도 매력적이었다. 그가 케이먼 부인의 오빠, 케이먼 씨의 처남이라는 사실이 이상하게 생각되었다. 훨씬 가치 있는 사람이었다고 보비는 느꼈다.

"정말이지 여러 가지로 신세를 졌어요."

케이먼 부인이 말했다.

"천만에요. 제 말은…… 변변히 한 일도 없이…… 제 말은……."

보비는 계속 더듬거렸다.

"잊지 않겠습니다."

케이먼 씨가 말했다.

보비는 다시 한 번 고통스러운 악수를 견뎌야 했다. 그는 케이먼 부인의 축 늘어진 손도 잡았다. 아버지도 거듭 작별 인사를 했다. 보비는 케이먼 부부를 정문까지 전송했다.

"젊은 양반은 무슨 일을 하십니까? 휴가차 집에 와 있는 건가요?"

케이먼 씨가 물었다.

"일자리를 찾으면서 대부분의 시간을 보내고 있죠."

보비가 대답했다. 그리고 잠시 멈추었다가 덧붙였다.

"저는 해군에 있었어요."

"힘든 시절이지요. 요즈음은 힘든 시절이니까……."

케이먼 씨가 고개를 저으면서 말했다.

"아무튼 행운을 빌겠습니다."

"고맙습니다."

보비는 정중하게 대답했다.

그는 잡초가 자란 길을 내려가는 그들의 뒷모습을 지켜보았다.

거기에 선 채 그는 몽상에 빠졌다. 여러 가지 생각이 마음속에서 혼란스럽게 번뜩였다. 그 사진, 양미간이 시원하게 벌어지고 희미한 색깔의 머리결을 가진 그 아가씨의 얼굴, 그리고 짙은 화장을 한 15년 뒤의 케이먼 부인, 뽑혀 나간 그녀의 눈썹, 돼지의 눈처럼 보일 정도로 주름살 속에 파묻혀 양미간이 휑한 두 눈, 그리고 강렬한 헤나

색조를 띤 그녀의 머리카락 등이 뒤섞인 공상이었다. 젊음과 순결의 자취는 모두 사라져 버렸다. 얼마나 가련한 노릇인가! 어쩌면 그 모두가 케이먼 씨와 같은 떠버리 남자와 결혼한 결과일 것이다. 다른 사람과 결혼했더라면 그녀는 훨씬 우아하게 늙을 수도 있었으리라. 희어지는 머리카락, 핏기 없는 얼굴에 자리 잡은 여전히 양미간 훤한 두 눈. 그렇지만 어쩌면…….

보비는 한숨을 쉬고 고개를 저었다.

"저건 가장 나쁜 결혼이야."

우울하게 그가 중얼거렸다.

"무슨 말이지?"

보비는 몽상에서 벗어나면서 프랭키의 존재를 알아차렸다. 이때까지 그녀가 다가오는 소리를 듣지 못하고 있었다.

"어서 와."

"그래, 안녕. 그런데 결혼이라니? 누구의 결혼?"

"일반적인 현상에 대한 생각을 하고 있었어."

"예컨대?"

"결혼이 사람을 황폐하게 만드는 효과에 대해…….."

"황폐해지는 사람이 누구야?"

보비는 설명해 주었다. 그렇지만 프랭키가 공감하지 않는 것을 알아차렸다.

"말도 안 돼. 그 여자는 사진과 똑같았어."

"그 여자를 언제 보았지? 너도 검시 배심에 왔었어?"

"물론 갔지. 무슨 생각을 하는 거야? 여기서 나는 할 일이 거의 없어. 검시 배심을 볼 수 있었던 건 횡재인 셈이야. 이제껏 한 번도 구경한 적이 없었거든. 스릴을 느꼈지. 물론 신비한 독살 사건이었더라면 분석가의 보고서가 등장하는 등 더욱 좋았겠지만, 이런 단순한 즐거움이 생길 때 너무 흥분해서는 곤란할 거야. 아무튼 나는 범죄 의혹 같은 결말을 기대했는데, 유감스럽게도 너무 간단히 끝나버렸어."

"프랭키, 네게는 흡혈 본능이 있는 모양이야."

"나도 알아. 아마도 그건 격세유전일 거야. 그렇게 생각지 않아? 나는 내가 그렇다고 확신해. 학교 다닐 때 내 별명이 원숭이 얼굴이었잖아."

"원숭이가 살인을 좋아해?"

보비가 물었다.

"일요판 신문의 특파원 보고 같은 소리를 하네. '이 문제에 대한 우리 특파원들의 견해가 요망됩니다.'"

프랭키가 말했다.

보비는 다시 화제를 돌려 말했다.

"이봐, 나는 케이먼 부인에 대해서는 너와 의견이 달라. 그녀의 사진은 매력적이었거든."

"수정했기 때문이지."

프랭키는 그의 말을 잘랐다.

"글쎄, 그렇다면 같은 인물인지 아닌지 모를 정도로 수정을 너무 많이 한 거야."

"눈이 멀었군. 사진사는 온갖 사진술을 구사하지만, 그래도 사진은 사진이지."

프랭키가 말했다.

"나는 너와 생각이 전혀 달라."

보비는 쌀쌀하게 말했다.

"아무튼 그 사진을 어디서 보았지?"

"《이브닝 에코》라는 지방 신문."

"제대로 인쇄되지 않았을 거야."

프랭키가 짜증을 냈다.

"내가 보기엔 케이먼같이 화장품으로 떡칠한 창녀, 그래, 창녀 때문에 네 머리가 완전히 돈 것 같아."

"프랭키, 어디서 그런 말을. 여기는 목사관 앞이야. 말하자면 반쯤 신성한 곳이지."

"다 네가 우스꽝스럽게 굴었기 때문이야."

잠시 두 사람은 입을 다물었다. 곧 프랭키의 기분이 누그러졌다.

"우스꽝스러운 것은 그 여편네 때문에 우리가 다투는 거지. 골프나 치자고 찾아왔는데 어때?"

"좋지."

보비는 기분이 좋아졌다.

그들은 다정하게 골프장으로 향했고, 슬라이스를 내는 것이나 왼쪽으로 끌어다 치는 것, 그리고 어떻게 하면 그린에서 칩샷을 완벽하게 구사할 수 있는지 등에 대해 이야기를 나누었다.

비극에 대한 생각은 완전히 머리에서 빠져나갔다. 그러나 11번 홀에서 긴 퍼팅을 성공시켜 그 홀에서 동점을 이룬 보비는 탄성을 지르다가 다시 그 생각을 떠올렸다.

"왜 그래?"

"아무것도 아냐. 단지 뭔가 머리에 떠올랐을 뿐이야."

"뭔데?"

"이 사람들, 케이먼 부부 말이야. 그들이 와서 죽은 사람이 남긴 말이 없느냐고 물었거든. 그리고 나는 없다고 대답했고."

"그래서?"

"그런데 바로 지금 그가 한 말이 기억났어."

"네가 경황이 없었던 거야."

"글쎄, 그게 그들이 의미한 그런 말이 아니었어. 그랬기 때문에 내가 생각하지 못했던 것 같아."

"뭐랬는데?"

프랭키가 호기심을 갖고 물었다.

"'그들은 왜 에번스를 부르지 않았지?' 하고 말했어."

"참 우스운 말이네. 다른 말은 없었어?"

"그래. 눈을 번쩍 뜨더니 갑자기 그 말만을 하고는 죽은 거야."

"글쎄……."

프랭키는 잠시 생각을 하더니 말했다.

"내 생각엔 걱정할 필요 없는 것 같은데? 중요한 말이 아니었으니까."

"그래, 물론 그렇지. 그렇지만 그 말을 해 주었더라면 좋았을 텐데. 나는 전혀 아무 말도 하지 않았다고 했거든."

"뭐, 같은 말이지. 내 말은 '글래디스에게 내가 항상 사랑했노라고 전해 주오'라거나 '유언장은 호박나무 서랍 안에 들어 있다.'거나 또는 책들에 수록된 그럴듯한 낭만적인 표현 가운데 하나가 아니라는 뜻이야."

"그들에게 편지를 써서 알려줄 가치가 있을까?"

"나 같으면 그런 수고를 하지 않겠어. 중요해질 만한 말이 아니니까."

"네 말이 맞겠군."

보비는 그렇게 말하고, 다시 골프 경기에 몰두했다.

그러나 그 문제가 머릿속에서 떠나지 않았다. 사소한 것이었지만 그를 괴롭혔다. 그는 거북한 느낌이 들었다. 프랭키의 관점이 옳고 합당한 것은 분명했다. 중요한 것이 아니니까 내버려 두라. 그러나 그의 양심이 희미하게나마 자신을 꾸준히 책망하고 있었다. 그는 죽은 사람이 전혀 아무 말도 하지 않았다고 했다. 그러나 그것은 사실이 아니었다. 매우 사소하고 쓸없는 말일 수도 있지만, 그래도 마음이 편해지지 않았다. 마침내 그는 그날 저녁에 충동적으로 케이먼 씨에게 편지를 썼다.

친애하는 케이먼 씨

저는 귀하의 처남이 죽기 전에 실제로는 어떤 말을 했다는 것이 떠올랐습니다. 그 정확한 말은 "그들은 왜 에번스를 부르지 않았지?"라는 것이었다고 생각합니다. 오늘 아침에 이것을 언급하지 못해 죄송합니다만, 당시에는 그 말이 중요하다고 생각지 않았기 때문에 기억하지 못했던 것 같습니다.

로버트 존스 올림

이틀 뒤 그는 다음과 같은 리오 케이먼의 답장을 받았다.

친애하는 존스 씨

6일자 귀하의 서신은 잘 받았습니다. 제 불쌍한 처남의 마지막 말을 비록 사소한 것이기는 하나 그처럼 정확하게 반복해 주셔서 고맙습니다. 집사람이 바랐던 것은 오빠가 남겼을지도 모르는 마지막 전갈이었습니다. 아무튼 귀하의 성실함에 깊이 감사드립니다.

리오 케이먼

보비는 왠지 꾸중 듣는 듯한 느낌이 들었다.

소풍의 끝

그 다음날 보비는 아주 다른 성격의 편지를 받았다.

모든 문제는 해결되었어, 친구.(배저는 자기가 다닌 값비싼 사립 중학교의 교육을 제대로 반영하지 못하고 엉망으로 휘갈겼다.) 고작 15파운드로 자동차를 다섯 대나 얻었어. 오스틴 한 대, 모리스 두 대, 그리고 로버 두 대야. 현재로서는 움직이지 못하지만, 우리가 얼마든지 고칠 수 있으리라고 생각해. 젠장, 아무튼 차는 차니까. 그것을 구입한 사람이 아무 문제없이 집까지 끌고 갈 수 있으면 되는 거지 뭐. 나는 다음 주 월요일에 개업을 할 생각인데, 너한테 잔뜩 기대를 걸고 있으니까 실망시키지 마. 캐리 숙모는 정말 훌륭한 분이라고 생각해. 언젠가 내가 그분의 옆집에 살던 때에 고양이 때문에 그분에게 무례하게 구는 친구의 창문을 깨뜨린 적이 있어. 그분은 그 일을 잊지 못했지. 크리스마스 때마다 5파운드 지폐를 보내 주시더니, 이제 이거야.

우리는 성공하게 되어 있어. 확실해. 내 말은 차는 차라는 거지. 간단히 고칠 수 있어. 그리고 그 위에 멋지게 칠만 해 놓으면 바보들은 감쪽같이 속아 넘어갈 거야. 앞길이 뻥 뚫리게 되어 있다고. 자, 잊어먹지 마. 다음 주 월요일이야. 네게 거는 기대가 크다는 걸 기억해.

배저

보비는 다음 주 월요일에 런던으로 나가 일자리를 얻을 것이라고 아버지에게 알렸다. 그 일자리에 대한 설명은 교구 목사에게 별다른 감흥을 일으키지 못했다. 그가 과거에 배저 비튼과 만난 적이 있다는 사실을 지적해 두어야 할지도 모른다. 그는 단지 무슨 일에나 무리를 하지 않는 현명함에 대해 길게 설교를 했다. 재정적인 문제나 사업 측면에 전문가가 아니었던 만큼 그의 충고는 모호했지만, 그러나 그 뜻에는 오해의 여지가 없었다.

그 주 수요일에 보비는 또 다른 편지를 받았다. 겉봉에는 외국의 비스듬한 필체로 주소가 적혀 있었다. 편지 내용은 그로서는 상당히 놀라운 것이었다.

편지는 부에노스아이레스의 '엔리케스 에 다요'라는 회사에서 보낸 것이었으며, 간단히 말해 보비에게 연봉 1000파운드의 일자리를 제의하는 내용이었다.

연봉 1000파운드라니 꿈같은 이야기였다. 그는 편지 내용을 조심스럽게 다시 읽었다. 전직 해군 장병을 선호한다는 언급이 있었다.

보비의 이름은 누군가(그 이름은 명시되지 않았다.)에 의해 천거되었다고 했다. 그리고 그 제안을 당장 수락해야 하며, 보비는 1주일 이내에 부에노스아이레스로 출발할 준비를 갖추어야 한다는 것이었다.

"이런, 제기랄!"

감정을 다소 부적절하게 드러내면서 보비가 말했다.

"보비!"

"죄송해요, 아버지. 거기 계신 것을 잊고 있었어요."

존스 목사는 헛기침을 했다.

"네게 몇 가지를 지적해야겠구나."

경험으로 미루어 길어지기 일쑤인 이 과정을 어떻게 해서라도 피해야 한다고 생각했다. 이번에는 간단한 한 마디 말로 충분했다.

"누가 제게 연봉 1000파운드를 제의했어요."

목사는 잠시 아무 말도 못 하고 어안이 벙벙해 있었다.

'아버지의 입을 막는 데는 성공이구나.'

보비는 만족스럽게 생각했다.

"애야, 누가 네게 연봉 1000파운드를 제의했다고? 1000파운드?"

"홀인원인 셈이에요, 아버지."

"불가능해……."

교구 목사는 고개를 옆으로 저었다.

믿지 못하겠다는 이 솔직한 표현에도 보비는 마음이 상하지 않았다. 자신의 금전적 가치에 대한 계산도 아버지와 거의 다르지 않았기 때문이다.

"멍청한 사람들인 게 틀림없어요."

유쾌하게 아버지의 말에 동의하면서 그가 말했다.

"그런데 그들이 누구냐?"

보비는 아버지에게 편지를 넘겨주었다. 더듬거리며 코안경을 찾더니 꼼꼼하게 그것을 살폈다. 아버지는 두 번이나 반복해서 샅샅이 읽고 나서 마침내 말했다.

"놀랍군. 아주 놀라워."

"미친놈들이죠."

"애야, 결국 이것은 영국인에게 있는 위대한 장점 때문이야. 성실성 말이지. 그게 바로 우리가 내세우는 거야. 해군은 그 이상을 전 세계로 전파시켰어. 남아메리카의 이 회사는 변함없는 성실성을 간직하고 고용주에게 충성심을 발휘할 만한 젊은이의 가치를 인정한 거야. 공명정대하게 일을 해 나가는 데는 항상 영국인만 한 사람들이 없지."

"착실하기도 하죠."

교구 목사는 의심스럽다는 듯 아들을 바라보았다. 실은 그 말을 막 하려던 참이었기 때문이다. 그러나 보비의 어조에는 진지하지 않은 기미가 있었다. 그러나 아주 심각한 것처럼 보였다.

"그렇더라도 말예요, 아버지, 왜 하필 저일까요?"

"하필 너라니? 그게 무슨 뜻이냐?"

"영국에는 영국인이 많아요. 공명정대할 수 있는 자질을 지닌 성실한 사람들 말이죠. 그런데 왜 절 골랐을까요?"

"어쩌면 지난번의 네 상관이 너를 추천했을지도 모르지."

"그래요, 그럴 거라고 저도 생각해요."

의심스럽다는 듯 보비가 말했다.

"그렇지만 상관없어요. 저는 그 일을 할 수 없으니까요."

"할 수 없다니? 얘야, 그게 무슨 뜻이냐?"

"아시다시피 일이 결정되어 있으니까요. 배저하고 말이에요."

"배저? 배저 비튼 말이구나. 얘야, 그건 말도 안 돼. 이건 진로에 관한 진지한 문제야."

"아주 어려운 문제예요. 저도 인정해요."

보비는 한숨을 쉬었다.

"비튼과 네가 하려는 어린애 짓은 지금 중요한 게 아냐."

"제게는 중요해요."

"비튼은 책임감이 전혀 없어. 과거에 이미 자기 양친에게 상당한 괴로움과 금전적 부담을 안겨 준 것을 나도 알고 있다."

"운이 따르지 않았기 때문이죠. 배저는 아주 믿을 만해요."

"운, 운이라! 그 젊은이는 살아가면서 아직 아무것도 한 일이 없다는 말을 해야겠구나."

"말도 안 돼요, 아버지. 그는 새벽 5시에 일어나 닭들에게 모이를 주기도 했어요. 그놈들이 이상한 병에 걸린 것은 그 친구 탓이 아니었어요."

"나는 이 자동차 정비 사업에 찬성하지 않았어. 바보짓에 지나지 않아. 그 일은 포기하려무나."

"안 돼요. 이미 약속했어요. 배저를 실망시킬 수 없죠. 제게 잔뜩 기대를 하고 있는걸요."

논쟁은 계속되었다. 배저라는 인물에 대한 편견에 사로잡힌 교구 목사는 그 젊은이에게 한 약속을 반드시 지켜야 한다고 생각하지 않았다. 그는 보비가 자기보다 더 나쁜 친구와 어울려 게으른 생활을 해 나가려는 것이라고 간주했다. 반면에 보비는 독창적인 의견 없이 '옛 친구 배저를 실망시킬 수 없다'는 말만 고집스럽게 되풀이했다.

마침내 목사는 화를 낸 채 방을 나섰고, 보비는 바로 그 자리에서 '엔리케스 에 다요'라는 회사에 그들의 제의를 거절하는 편지를 썼다. 그러면서 그는 한숨을 쉬었다. 결코 다시는 생길 것 같지 않은 기회를 던져 버리는 셈이었기 때문이다. 그러나 대안이 없었다.

나중에 골프장에서 그는 프랭키에게 그 문제를 털어놓았다.

"남아메리카로 가야 한다는 거야?"

"그래."

"그게 좋았을까?"

"그렇지 않을 이유는 없지."

프랭키는 한숨을 쉬었다.

"아무튼 내 생각으로는 네가 아주 잘한 것 같아."

그녀가 결심한 듯 말했다.

"배저에 대해서 말이야?"

"그래."

"옛 친구를 실망시킬 수 없잖아."

"그래. 그렇지만 옛 친구가 너를 곤경에 빠뜨리지 않을지 주의해."

"물론 그래야지. 아무튼 별문제 없을 거야. 나는 가진 게 없으니까."

"어쩌면 즐겁겠어."

"왜?"

"이유는 모르겠어. 그냥 괜찮은 데다 자유롭고 책임도 가벼울 것처럼 들려. 그렇지만 생각해 보니 나도 가진 게 없다는 생각이 드는군. 내 말은 아버지께서 용돈을 주시고, 몇 군데 집에 많은 의상과 하녀, 엄청난 보석이 있는 데다 아무 상점에나 가서 돈도 내지 않고 물품을 구입할 수 있지만, 실제로 그건 모두 가족의 것이지 내 것이 아니라는 거야."

"그래. 그렇지만……."

"아니 전혀 달라. 나는 알고 있어."

프랭키가 잘라 말했다.

"그래, 전혀 다르지."

보비는 이렇게 말하면서 갑자기 심한 절망감을 느꼈다.

두 사람은 조용히 다음 티로 걸음을 옮겼다.

"나는 내일 런던으로 나갈 예정이야."

보비가 티에 공을 올려놓을 때 프랭키가 말했다.

"내일? 저런, 네게 소풍을 가자고 말할 참이었는데."

"그러고 싶어. 하지만 이미 정해진 일이야. 아버지의 중풍이 다시 재발했거든."

"곁에 머물면서 보살펴 드려야지."

"아버지께서는 간병을 좋아하지 않으셔. 화만 북돋울 뿐이야. 보조 하인을 가장 좋아하시지. 그는 아버지의 뜻을 잘 아는 데다, 물건을 집어던지고 바보 멍청이라고 욕해도 전혀 개의치 않거든."

보비가 드라이브 샷에서 공의 위쪽을 때리는 바람에 공은 벙커로 들어가 버렸다.

"재수가 없군."

프랭키가 말하고 멋진 드라이브 샷을 똑바로 날렸다.

"그리고 참 우리 런던에서 만나기로 해. 곧 올라갈 거야?"

"월요일. 그렇지만 글쎄, 무슨 소용이 있을까?"

"소용이라니?"

"나는 온종일 기계공으로 일해야 한다는 뜻이야. 내 말은……."

"그래도 내 다른 친구들과 마찬가지로 칵테일파티에 와서 취해 보기도 해야지."

프랭키의 말에 보비는 고개를 저을 뿐이었다.

"네가 원한다면 맥주와 소시지 파티를 할 수도 있어."

격려하듯 프랭키가 말했다.

"이봐, 프랭키, 소용이 없다니까. 내 말은 어울리는 사람끼리 어울려야 한다는 거야. 네가 어울리는 사람과 내가 어울리는 사람은 수준이 달라."

"말해 둘 게 있어. 내가 어울리는 사람은 아주 다양해."

"내 말을 이해하지 못하는 체하는군."

"원한다면 배저와 함께 와도 돼. 그럼 네 친구도 있는 셈이지."

"너는 배저에 대해 일종의 편견을 가지고 있어."

"그건 그가 말을 더듬기 때문이야. 그런 사람은 나까지 말을 더듬게 만들어."

"이봐, 프랭키, 소용없다니까 그러네. 그건 너도 잘 알고 있어. 너와 함께하는 것은 이곳만으로 충분해. 할 일도 많지 않고, 나도 전혀 쓸모없지는 않다고 생각해. 네가 항상 내게 잘해 준 것은 정말 고마워. 그렇지만 내가 아무것도 아니라는 사실은 스스로 잘 알고 있어. 내 말은……"

"네 열등감에 대한 이야기가 끝났으면 퍼터가 아니라 9번 아이언으로 벙커에서 탈출해 봐."

프랭키가 쌀쌀맞게 말했다.

"내가…… 이런, 제기랄!"

그는 퍼터를 가방 속에 도로 넣고 9번 아이언을 꺼냈다. 프랭키는 그가 잇달아 다섯 차례나 엉망으로 휘두르는 것을 지켜보면서 심술궂은 만족감을 느꼈다.

"이번 홀은 졌어."

공을 집어 들면서 보비가 말했다.

"그래. 그리고 이렇게 해서 오늘 시합은 내가 이긴 거야."

"남은 홀도 끝까지 돌까?"

"아냐, 안 되겠어. 할 일이 너무 많아."

"그렇겠지."

그들은 조용히 클럽하우스로 걸음을 옮겼다.

"자, 그럼 안녕."

프랭키가 손을 내밀었다.

"여기 내려와 있는 동안 덕분에 즐거운 시간 보냈어. 내게 다른 일이 없을 때 또 만나기로 해."

"이봐, 프랭키……."

"어쩌면 내 조촐한 파티에 왕림해 주실지도 모르지. 울워스에 가면 진주 버튼을 아주 싸게 살 수 있을 거야."

"프랭키……."

프랭키가 벤틀리의 시동을 걸었기 때문에 그의 말은 엔진 소리에 파묻혀 버렸다. 그녀는 쾌활하게 손을 흔들고는 차를 몰고 떠났다.

"제기랄!"

보비가 침울하게 내뱉었다.

그는 프랭키가 지나친 행동을 했다고 생각했다. 어쩌면 자신이 재치 있게 대응하지 못했는지 모르지만, 아무튼 그가 한 말만은 분명한 사실이었다. 그러나 그것을 말로 표현하지 않는 것이 좋았을는지도 모른다.

그 다음의 사흘은 한없이 길게 여겨졌다. 교구 목사는 인두염에 걸려 말을 할 때는 속삭여야 할 지경이었다. 그는 거의 말을 하지 않았으며, 기독교도로서 넷째아들의 존재를 견뎌내고 있음이 분명했다. 그는 '독사의 이빨'이 언급되는 셰익스피어의 문구 몇 개를 인용했다. (『리어왕』 중 '은혜를 모르는 자식을 두는 것은 독사의 이빨에

물리는 것보다 아프다'는 구절이 있음 — 옮긴이)

일요일이 되자 보비는 집에서 지내는 괴로움을 더 이상 견딜 수 없었다. 남편과 함께 목사관을 관리하는 로버츠 부인에게 샌드위치를 만들어 달라고 부탁하고, 마치볼트에서 구입한 맥주 한 병을 샌드위치에 곁들여 혼자 소풍을 나섰다.

그는 지난 며칠 동안 미칠 듯이 프랭키가 그리웠다. 이곳의 나이 많은 사람들은 더이상 참아줄 수가 없었다……. 그들은 사물에 대하여 같은 말을 너무 되풀이한다.

그는 양치식물이 자라난 둑 위에 몸을 뻗은 채, 점심을 먼저 먹은 뒤 잠을 잘까 아니면 먼저 눈을 붙인 뒤 점심을 먹을까 잠시 궁리했다. 그러나 생각에 잠겨 있는 동안 자기도 모르는 사이에 잠이 들었기 때문에 그 문제는 저절로 해결되었다.

잠에서 깨어났을 때는 벌써 오후 3시 30분이었다! 이처럼 하루를 보내는 것을 아버지가 탐탁지 않게 여기리라고 생각하면서 웃음을 지었다. 시골길을 12마일 정도 걷는 것은 젊은이가 해야 할 운동이었다. 그 다음에는 당연히 그 유명한 말로 이어졌다.

"자, 이제 점심 먹을 만한 일을 한 셈이군."

보비는 생각에 잠겼다.

'바보 같은 일이야. 그다지 하고 싶지도 않은 산책이나 하고 나서 점심 먹을 일을 한 셈이라니. 그것이 무슨 도움이 될까. 산책에 재미라도 느낀다면 순수한 즐거움이지만, 재미를 느끼지도 않고 한다면 멍청이가 아닐까.'

아무튼 그는 점심을 맛있게 먹었다. 만족스러운 숨소리와 함께 맥주병을 땄다. 맛이 썼지만 아주 시원했다. 그는 빈 병을 덤불 속으로 집어던지고는 다시 벌렁 드러누웠다.

아주 편안한 느낌이었다. 세상이 그의 발밑에 놓여 있는 것 같았다. 어구 하나, 좋은 어구 하나가 떠올랐다. 노력만 한다면 어떤 일도 할 수 있으리라는 것이었다! 황홀한 여러 가지 계획과 과감한 시도가 그의 머릿속에서 번뜩였다.

그러자 차츰 다시 잠이 왔다. 무기력이 그를 사로잡았다.

그는 잠에 빠져들었다…….

아무런 감각 없는 깊은 잠 속으로…….

죽음으로부터의 탈출

녹색 벤틀리를 운전하던 프랭키는 '세인트 에이새프'라는 간판이 걸린 구식 건물의 바깥쪽 보도 곁에 차를 세웠다.

차에서 나온 프랭키는 몸을 돌려 커다란 백합 다발을 꺼냈다. 그리고 벨을 울렸다. 간호사 복장을 한 여자가 문을 열어 주었다.

"존스 씨를 볼 수 있을까요?"

프랭키가 물었다.

간호사는 벤틀리와 백합, 그리고 프랭키를 관심 어린 눈초리로 쳐다보았다.

"누구시라고 할까요?"

"레이디 프랜시스 더웬트예요."

간호사는 흠칫했다. 그녀의 환자까지도 추정상의 지위가 격상되었다.

그녀는 계단을 통해 2층에 있는 방으로 프랭키를 안내했다.

"존스 씨, 손님이 찾아오셨어요. 자, 누구실까요? 정말 놀라운 분이에요."

이것은 소규모 사립 병원에서 흔히 보이는 '밝은' 태도였다.

"아니, 프랭키 아냐!"

보비가 깜짝 놀라며 말했다.

"안녕, 보비. 꽃을 좀 가져왔어. 묘지에나 어울릴 듯한 꽃이지만 선택의 여지가 별로 없었거든."

"레이디 프랜시스, 아주 아름다운 꽃이에요. 제가 물속에 담가 둘게요."

간호사는 꽃을 들고 밖으로 나갔다.

프랭키는 문병객용이 분명한 의자에 앉았다.

"아니 보비, 도대체 어찌 된 영문이지?"

"잘 물었어. 나는 이곳의 화제 인물이야. 모르핀 0.5그램 이상이었으니까. 《랜싯》과 《BMJ》에서도 나에 대해 기사를 쓸 거래."

보비가 설명했다.

"《BMJ》가 뭐야?"

프랭키가 말을 중단시켰다.

"《영국 의학보》라는 잡지야."

"좋아, 계속해. 약자 같은 것은 빼고."

"이봐, 0.03그램만 하더라도 치명적인 양이라는 걸 알고 있어? 그러니까 나는 열여섯 번이나 죽어야 하는 거야. 1그램 이후에도 회복된 사례가 알려져 있는 것은 사실이지만, 0.5그램도 아주 많은 양 아니겠어? 나는 이곳의 영웅이라니까. 이제까지 나 같은 사례는 전혀 없었대."

"그들에게는 잘된 일이네."

"그래. 다른 환자들에게 해줄 이야기가 생겼으니까."

백합을 꽂은 꽃병을 들고 간호사가 다시 들어왔다.

"나 같은 사례가 이제껏 없었던 게 사실이죠, 간호사님?"

보비가 의기양양하게 말했다.

"그럼요, 여기 계셔서는 안 되죠. 교회 묘지에 계셔야죠. 그렇지만 젊어서 죽는 것은 훌륭한 사람뿐이라고 하잖아요."

간호사는 자신의 재담에 깔깔 웃고는 다시 밖으로 나갔다.

"거봐, 나는 영국 전역에 걸쳐 유명해질 거야."

그는 이야기를 계속했다. 지난번에 프랭키와 만났을 때 보여 주었던 열등감의 조짐은 이제 씻은 듯이 사라지고 없었다. 그는 자기가 겪은 이야기를 들려주는 데 굉장한 즐거움을 느끼고 있었다.

"됐어."

프랭키가 그를 억제시키며 말했다.

"위세척 따위에는 관심이 없으니까. 누가 들으면 이 세상에 독약 마신 사람이 너밖에 없는 줄 알겠다."

"0.5그램의 모르핀을 썼는데도 살아남은 사람은 정말 거의 없다니까. 원…… 별로 놀라지 않는구나."

"너를 죽이려 하다니 정말 끔찍해."

"알아. 아주 좋은 모르핀만 낭비한 셈이지."

"맥주에 들어 있었던 거야?"

"그래. 누군가 죽은 듯 잠들어 있는 나를 발견하고 깨우려고 했지만 깨어나지 않더래. 깜짝 놀라 농장으로 나를 데려가서 의사를 부르고……."

"그 다음 이야기는 알고 있어."

프랭키가 서둘러 말했다.

"처음에는 내가 의도적으로 그걸 마신 것으로 생각했다는군. 깨어난 후 내 이야기를 듣고 나서는 맥주병을 찾아 분석했지. 남아 있는 약간의 분량만으로도 충분히 분석 가능했나 봐."

"모르핀이 어떻게 병속에 들어갔는지는 몰라?"

"전혀. 그 맥주를 산 가게의 사람들도 면담하고 다른 병도 따 보았지만 다들 문제가 없었대."

"네가 잠들었을 때 누가 그걸 맥주 속에 넣었구나."

"그래. 병뚜껑의 종이가 제대로 붙어 있지 않았던 것이 기억나."

프랭키는 생각에 잠긴 채 고개를 끄덕였다.

"그러니까 그날 열차 안에서 내가 한 말이 맞는 모양이야."

"네가 뭐랬지?"

"그 사람, 프리처드라는 사람을 벼랑에서 누가 밀었다는 것."

"그건 열차에서가 아니라 역에서 한 말이었어."

보비가 힘없이 말했다.

"마찬가지지 뭐."

"그렇지만 이유가……."

"이봐, 분명해. 누가 왜 너를 제거하려고 하겠어? 엄청난 재산의 상속자도 아닌데 말이야."

"그럴지도 모르지. 뉴질랜드 등지에 살던 알지도 못한 고모나 이모가 내게 전 재산을 물려주려고 했는지도 모를 일이야."

"허튼소리. 그럴 리가 없어. 잘 알지도 못하는 넷째 아들에게 재산을 남겨? 요즘 같은 어려운 시절에는 성직자에게도 넷째 아들은 없을 거야! 만사가 분명해. 네가 죽는다고 해서 이득 볼 사람이 없으니까 그건 배제해야 돼. 그 다음에는 원한 관계야. 혹시 화학자의 딸을 유혹한 것은 아냐?"

"내 기억으로는 그런 적 없어."

보비가 위엄을 갖추고 말했다.

"알아. 너무 많이 유혹해서 일일이 헤아릴 수가 없는 거지? 실제론 네가 결코 누구를 유혹한 적이 없을 게 분명해 보이지만."

"프랭키, 나를 부끄럽게 만드는구나. 그런데 왜 하필 화학자의 딸이야?"

"모르핀에 쉽게 접근할 수 있으니까. 모르핀을 입수하기란 쉬운 일이 아니거든."

"아무튼 나는 화학자의 딸을 유혹하지 않았어."

"그리고 원한을 산 적도 없지?"

보비는 고개를 저었다.

프랭키는 의기양양하게 말했다.

"자, 그러니까 벼랑에서의 사건과 관련이 있는 게 분명해. 경찰에서는 뭐래?"

"어떤 미치광이의 짓이라는군."

"말도 안 돼. 미치광이는 다량의 모르핀을 들고 맥주병을 찾으러 방황하지 않아. 확실해, 누가 프리처드를 벼랑 위에서 밀었어. 일이 분 뒤에 네가 나타나자 자기가 한 짓을 보았다고 생각하고 너를 제거할 작정을 한 거야."

"프랭키, 그건 이치에 맞지 않아."

"왜?"

"글쎄, 우선 나는 아무것도 보지 못했거든."

"그래. 하지만 그자는 그것을 몰라."

"그리고 내가 무엇인가를 보았다면, 검시 배심 때 그렇게 말했을 거야."

"그렇겠군."

마지못해 프랭키가 중얼거렸다.

그녀는 잠시 동안 생각에 잠겼다.

"어쩌면 그자는 네가 무엇인가를 보았으리라고 생각한 것인지도 몰라. 그걸 너는 아무것도 아니라고 생각하지만 실은 중요한 것일지도 모르지. 횡설수설 같지만 무슨 말인지 알겠지?"

보비는 고개를 끄덕였다.

"그래, 네 말이 무슨 뜻인지는 알겠지만, 그럴 가능성은 거의 없을 것 같아."

"벼랑가의 사건이 이것과 관계있는 것이 확실해. 너는 현장에 있었어. 거기에 나타난 최초의 인물……."

"토머스 선생님도 거기에 있었어. 그렇지만 아무도 그를 독살하려고 하지 않았지."

"어쩌면 그렇게 될지도 몰라. 또는 시도했다가 실패했을지도 모르고."

프랭키가 신이 난 듯 말했다.

"억지가 너무 많아."

"나는 논리적이라고 생각해. 마치볼트 같은 침체된 곳에서 이상한 일이 두 가지 일어나면…… 아니 잠깐, 세 번째 일이 또 있군."

"뭐지?"

"바로 네가 제의를 받았다는 일자리. 물론 그것은 아주 사소한 일이지만, 이상하다는 것은 너도 인정할 거야. 보잘것없는 전직 해군 장교를 찾아 다닌다는 외국 기업은 들어본 적이 없어."

"보잘것없다니?"

"그때 너는 《BMJ》에 수록되지 않았으니까. 아무튼 내가 말하는 요점은 알 거야. 너는 봐서는 안 될 무엇인가를 보았어. 적어도 그들은 (그들이 누구든) 그렇게 생각해. 바로 그거야. 그들은 맨 먼저 해외의 일자리를 제의해서 너를 제거하려고 했어. 그리고 실패하자 이번에는 세상과 영원히 하직시키려고 한 거지."

"너무 극단적이지 않아? 그리고 위험 부담도 크고?"

"아, 살인자들은 항상 매우 조급하게 마련이야. 살인을 저지를수록 더 많은 살인을 하게 돼."

"『제3의 핏자국』(영국 작가 G. K. 체스터턴의 작품 — 옮긴이)처럼 말이지."

좋아하는 소설 가운데 하나를 떠올리면서 보비가 말했다.

"그래. 그리고 현실 세계에서도 마찬가지야. 스미스와 그의 아내들(영국인 스미스는 1910년대에 3명의 아내를 죽인 죄로 교수형에 처해졌다 — 옮긴이)이나 암스트롱 일당 등과 같이 말이지."

"그렇지만 프랭키, 대관절 내가 뭘 본 걸까?"

"그것은 물론 어려운 문제야."

프랭키도 그 점을 인정했다.

"실제로 미는 것을 보았다면 그 이야기를 했을 테니 그것은 아니겠지. 틀림없이 그 사람 자체에 대한 거라고 생각해. 어쩌면 점이나 관절이 두 개인 손가락 같은 신체적인 특이성일지도 몰라."

"그러고 보니 네 정신 상태는 손다이크 박사(영국 작가 오스틴 프리먼이 발표한 탐정소설에 등장하는 주인공 — 옮긴이)와 비슷해지고 있는 것 같다. 하지만 그런 것은 아니야. 내가 본 것이라면 경찰도 보았을 테니까."

"그렇겠네. 멍청한 생각이었어. 정말 어렵구나."

"재미있는 가설이야. 그리고 내가 중요 인물 같은 느낌도 들고 말이지. 하지만 가설 그 이상은 아닌 것 같아."

"그래도 내가 옳은 게 확실해."

프랭키는 몸을 일으켰다.

"이제 가야겠어. 내일 다시 올게."

"그렇게 해. 간호사들과의 잡담은 따분하기만 하니까. 그런데 런던에서는 빨리 돌아왔네?"

"네 소식을 듣자마자 부랴부랴 돌아왔어. 독살될 뻔했던 친구가 있다는 게 얼마나 낭만적이야."

"모르핀이 그렇게 낭만적인지 몰랐군."

보비는 생각에 잠겼다.

"그래, 내일 올게. 키스해도 돼?"

"전염병을 옮기는 것도 아니잖아."

격려하듯 보비가 말했다.

"그럼 환자에 대한 내 의무를 완벽히 수행해야겠어."

그녀는 가볍게 키스했다.

"내일 봐."

그녀가 밖으로 나갈 때 간호사가 보비의 차를 가지고 들어왔다.

"신문에서 가끔 저분의 사진을 보았어요. 그렇지만 사진들과는 많이 다르네요. 물론 자동차를 타고 다니는 것도 보았지만, 이처럼 가까이 본 적은 한 번도 없었죠. 전혀 거만해 보이지 않아요, 그죠?"

"물론이죠. 프랭키가 거만하다니."

"수간호사에게도 저분이 꾸밈없다고 말했어요. 아주 자연스럽다고요. 우리와 다름없는 분이라고 했다니까요."

보비는 순간적으로 이 견해에 반감을 느꼈지만 아무 말도 하지 않았다. 그의 무반응에 실망한 간호사는 밖으로 나가 버렸다.

보비는 생각에 잠겼다. 간호사가 가져온 차를 마신 다음 프랭키의 놀라운 가설에 대한 가능성을 생각해 보았다. 그리고 마지못해 그것을 부인하는 결론을 내렸다. 이어 몇 가지 다른 생각을 했다.

그의 시선은 백합에 멈추었다. 이 꽃을 가져온 프랭키의 다정한 마음씨도 고맙고, 물론 그 꽃도 아름다웠지만, 오히려 탐정소설을 몇 가지 가져왔으면 좋았으리라는 생각을 했다. 그는 곁에 있는 탁자 위로 시선을 옮겼다. 위다(영국의 여류 소설가 — 옮긴이)의 소설 한 권과 『신사 존 핼리팩스』(영국의 여류 소설가 다이너 크레이크가 1857년에 발표한 작품 — 옮긴이), 그리고 지난주의 《마치볼트 위클리 타임스》가 놓여 있었다. 그는 『신사 존 핼리팩스』를 집어 들었다.

5분 뒤 그는 그 책을 놓았다. 『제3의 핏자국』, 『대공 살해 사건』, 『피렌체 단검의 이상한 모험』 등에 길들여진 정신에 『신사 존 핼리팩스』는 활기가 없었다.

그는 한숨을 쉬고 지난 주의 《마치볼트 위클리 타임스》를 집어 들었다.

일이 분 뒤 그는 침대 밑에 있는 벨을 눌렀다. 얼마나 힘차게 눌렀는지 간호사가 곧 달려왔다.

"무슨 일이에요, 존스 씨? 상태가 안 좋은가요?"

"성으로 전화를 해서 레이디 프랜시스에게 당장 이곳으로 와야 한다고 전해 주세요!"

보비가 외쳤다.

"오, 존스 씨. 그런 것은 전해 드릴 수 없어요."

"없다고요? 내가 이 빌어먹을 병상에서 일어날 수만 있다면 그런 전화를 할 수 있는지 없는지 당장 확인할 수 있을 거예요! 그러니 어서 해요."

"그렇지만 아직 돌아가시지 않았을 거예요."

"그 벤틀리를 몰라서 하는 말이에요."

"그분도 차를 드셔야지요."

"이봐요, 아가씨, 거기 서서 나와 입씨름을 하지 말아요. 내가 말한 대로 전화를 해서 즉시 오라고 해요. 아주 중요한 이야기가 있으니까 말입니다."

압도된 간호사는 마지못해 밖으로 나갔다. 그녀는 보비가 전하라는 말을 마음대로 바꾸었다.

'레이디 프랜시스께 불편을 끼치는 것이 아니라면, 존스 씨가 아주 중요한 것을 말씀드려야 하니까 왕림해 주십사 한다. 물론 어떤 경우라도 레이디 프랜시스께서 곤란해져서는 안 될 것이다.'

레이디 프랜시스는 즉시 오겠노라고 대꾸했다.

"그 아가씨는 저 남자에게 마음이 있는 거야. 틀림없어."

간호사가 동료에게 말했다.

프랭키는 기대에 잔뜩 부풀어 돌아왔다.

"이렇게 급히 부른 이유가 뭐야?"

그녀가 물었다.

보비는 양쪽 뺨이 상기된 채 병상에 앉아 있었다. 손에는 《마치볼트 위클리 타임스》를 들고 있었다.

"이걸 봐, 프랭키."

프랭키는 쳐다보았다.

"그래서?"

그녀가 다시 물었다.

"이것이 비록 수정되기는 했지만 케이먼 부인과 닮았더라고 네가 말한 바로 그 사진이야."

보비의 손가락은 그 주간지에 수록된 다소 흐릿한 사진을 가리켰다. 그 사진 밑에는 '사망자에게서 발견돼 그의 신원이 확인된 사진. 사망자의 누이동생인 어멜리아 케이먼 부인.'이라고 적혀 있었다.

"그래, 맞아. 그렇게 말했어. 그리고 그게 사실이야. 이렇게 야단법석을 떨 필요는 없는 것 같은데?"

"그래."

"그런데 뭐가 문제야?"

"내가 말하려는 것은 프랭키……."

보비의 목소리는 매우 엄숙해졌다.

"이것은 죽은 사람의 호주머니에 내가 도로 집어넣은 그 사진이 아니야."

두 사람은 서로의 얼굴을 쳐다보았다.

"그렇다면……."

프랭키가 천천히 말하기 시작했다.

"거기에 두 장의 사진이 있었거나……."

"그럴 것 같지 않아……."

"아니면……."

두 사람은 말을 멈추었다.

"너 대신 시체를 지켜 주었다는 사람…… 이름이 뭐였지?"

"배싱턴프렌치! 확실해!"

사진의 수수께끼

두 사람은 변화된 상황을 이해하려고 애쓰면서 서로를 물끄러미 쳐다보았다.

"다른 사람은 될 수 없어. 기회가 있었던 사람은 그 사람뿐이니까."

보비가 단정했다.

"앞서 말했다시피 사진이 두 장이 아니라면 말이지."

"그럴 것 같지 않다고 했잖아. 사진이 두 장 있었다면 한 장만으로가 아니라 두 장을 모두 가지고 신원을 확인하려고 했을 거야."

"아무튼 그것은 쉽게 알 수 있어. 경찰에 물어 보면 되니까. 우리는 당분간 네가 보고 나서 호주머니에 도로 넣었다는 사진 한 장만 있었다고 가정하기로 해. 네가 봤을 때는 거기에 있었고 경찰이 왔을 때는 거기에 없었으니까. 따라서 그것을 끄집어내고 그 대신에 다른 걸 집어넣을 수 있었던 사람은 이 배싱턴프렌치라는 사람뿐이야. 그는 어떻게 생겼지, 보비?"

보비는 기억하려고 애쓰면서 얼굴을 찌푸렸다.

"별다른 특징이 없는 사람이야. 쾌활한 목소리. 점잖은 행동 등등. 특별한 점을 알아차리지 못했어. 이곳에는 이방인이라면서 집을 하나 찾고 있다고 했을 거야."

"그것도 알아볼 수 있어. 부동산 중개업소는 휠러 앤드 오언밖에 없으니까."

프랭키가 갑자기 몸을 떨었다.

"보비, 생각해 봤어? 누군가 프리처드를 밀었다면 배싱턴프렌치가 그 짓을 했을 게 틀림없어……."

"으스스해지는군. 그는 아주 훌륭하고 유쾌한 사람 같았어. 하지만 프랭키, 프리처드가 밀려 떨어졌는지는 확실하지 않아. 너는 계속 그렇게 생각하지만……."

"아냐, 처음에는 사건이 더 흥미진진해질 것 같아서 그렇게 생각한 것뿐이야. 그렇지만 이제 그것이 어느 정도 입증되었어. 그게 살인이라면 모든 것이 척척 들어맞거든. 네가 갑자기 나타남으로써 살인자의 계획이 틀어진 거야. 네가 그 사진을 발견한 것, 그리고 그에 따라 너를 없애야 할 필요가 생긴 것 등등."

"거기에 빠진 게 있어."

보비가 지적했다.

"왜? 그 사진을 본 사람은 너밖에 없어. 배싱턴프렌치는 시체와 함께 남게 되자마자 네가 본 사진을 바꿔치기한 거야."

그러나 보비는 계속 고개를 저었다.

"아니 그럴 리가 없어. 당분간 네가 말한 대로 그 사진이 아주 중요해서 나를 '없애야 할' 필요가 있었다고 쳐. 엉뚱하기는 하지만 가능성이 있는 이야기라고 할 수 있지. 그렇지만 처리해야 할 일이었다면 당장 처리했어야 돼. 내가 런던으로 나가는 바람에 그 사진이 게재된《마치볼트 위클리 타임스》나 다른 신문을 보지 않은 것은 전혀 생각지 못한 우연이야. 그러니까 당장 내가 '저 사진은 내가 본 게 아니다.' 하고 말할 가능성이 높았던 거지. 그런데도 왜 만사가 제대로 끝난 검시 배심 뒤까지 기다려?"

"거기에 문제가 있구나."

프랭키도 인정했다.

"게다가 또 한 가지가 있어. 물론 확실하지는 않지만, 내가 죽은 사람의 호주머니에 사진을 도로 집어넣을 때 배싱턴프렌치가 거기에 없었다는 것은 거의 단언할 수 있을 정도야. 그는 5분 내지 10분 정도 뒤에 도착했으니까."

"너를 죽 지켜보고 있었을 테지."

프랭키가 주장했다.

"그럴 수가 없어……. 정확히 우리가 있던 곳을 바라볼 수 있는 위치는 한 군데밖에 없으니까. 더 돌아가면 벼랑이 툭 튀어나오고 그 아래는 들어가 있기 때문에 내려다보지 못하거든. 게다가 배싱턴프렌치가 거기에 왔을 때 나는 당장 그 소리를 들었거든. 발자국 소리가 들려온 거야. 그때까지 그가 가까이 있었을지는 몰라도 내려다보지는 못했어. 그건 분명해."

"그럼 네가 그 사진을 보았다는 사실을 그가 알지 못했다고 생각하는 거야?"

"그가 알 수 있을 리가 없었다는 거지."

"그리고 자기가 하는 짓, 즉 살인을 네가 보았으리라 염려할 리가 없다는 말이지? 네 말대로 하면 그렇게 생각하는 것이 엉뚱하니까 말이야. 네가 계속 말하는 투는 이게 살인 사건이 아니라고 믿는 것 같아."

"단지 그럴 리가 없다는 것뿐이야."

"검시 배심까지 그들이 알지 못했던 것……. 그런데 내가 왜 '그들'이라고 할까?"

"그럴 만하잖아. 케이먼 부부까지도 관련돼 있는 게 틀림없으니까. 어쩌면 하나의 집단일지도 모르지. 나는 집단 범죄를 좋아해."

"저급한 취향이야. 단독 살인이 훨씬 격이 높아."

멍하니 그렇게 말한 프랭키가 보비를 불렀다.

"보비!"

"응?"

"프리처드가 죽기 직전에 한 말이 뭐였지? 그날 골프장에서 내게 이야기했잖아. 그 우스꽝스러운 질문 말이야."

"'그들은 왜 에번스를 부르지 않았지?'"

"그래. 바로 그게 아닐까?"

"그렇지만 그건 우스꽝스러운 말이야."

"그렇게 들리지만 정말은 중요한 것일지도 몰라. 보비, 내게는 확실히 그래. 내가 잠시 멍청했군. 케이먼 부부에게 그 이야기를 한 적이 없지?"

"했어."

보비가 천천히 말했다.

"했어?"

"그래. 그날 저녁 그들에게 편지를 썼지. 물론 전혀 중요하지 않을지도 모른다는 말을 했어."

"그래서 어떻게 됐지?"

"물론 그 말에 아무 뜻이 없다는 데 동의하면서, 아무튼 알려 줘 고맙다고 케이먼이 점잖게 답장을 보냈더군. 나는 오히려 꾸중을 듣는 느낌이 들었어."

"그리고 이틀 뒤 이상한 회사로부터 남아메리카로 오라는 편지를 받았지?"

"그래."

"이제 확실해진 것 같은데. 그들은 먼저 일자리를 제안했고, 네가 그것을 거절하자, 그 다음에는 네 뒤를 따라다니면서 기회를 노리다가 맥주병에 모르핀을 집어넣은 거야."

"그럼 케이먼 부부가 관련돼 있구나?"

"물론 그들이 관련돼 있지!"

보비가 생각에 잠긴 채 말했다.

"사건에 대한 네 재구성이 옳다면 그들이 관련돼 있는 게 틀림없어. 우리의 현재 가설에 의하면 이런 식이야. 죽은 사람 X가 가정하건대 BF에 의해 고의로 벼랑에서 밀려 떨어진다.(약칭은 편의적인 거니까 양해하고 들어.) X의 신원이 올바로 확인되어서는 곤란하므로 C부인의 사진을 호주머니에 넣고 그 미확인 인물의 사진을 제거한다.(그럼 그 여자는 누구일까?)"

"요점만 계속해."

프랭키가 엄격하게 말했다.

"C부인은 사진이 발견되기를 기다렸다가, 슬픔에 잠긴 여동생으로 등장해 X가 외국에서 돌아온 자기 오빠라고 확인한다."

"두 사람이 남매일 수도 있다는 것을 믿지 못하는 거야?"

"전혀! 알다시피 나는 그 문제에 계속 의문을 품어 왔거든. 케이먼 부부는 전혀 품위가 없었어. 죽은 사람은…… 글쎄 이렇게 말하면 아주 이상하게 들리겠지만, 그는 나이가 많아 은퇴한 영국인과 인도인 사이의 혼혈인 같은 훌륭한 신사였다니까."

"케이먼 부부는 그런 부류가 아니고?"

"전혀 아냐."

"그럼 케이먼 부부의 관점으로 보면, 시체가 성공적으로 확인되고 사고사의 평결이 나오는 등 만사가 척척 진행될 때 네가 나타나는 바람에 산통이 깨진 셈이네."

프랭키가 생각에 잠기면서 말했다.

"'그들은 왜 에번스를 부르지 않았지?' 이 말에 사람을 놀라게 할 내용이 있을 것 같진 않아."

보비도 생각에 잠긴 채 다시 그 말을 반복했다.

"아, 그건 네가 몰라서 그래. 낱말 맞히기 퍼즐을 만드는 것과 비슷해. 힌트를 적는 사람은 문제가 너무 쉬워 모든 사람이 바로 맞힐 것이라고 생각하지만, 아무도 전혀 알아내지 못하는 것을 보고 놀라게 되지. '그들은 왜 에번스를 부르지 않았지?'라는 말도 그들에게는 아주 의미 깊은 게 틀림없어. 그리고 그들은 그 말이 네게는 아무 뜻도 없다는 것을 깨닫지 못하는 거야."

"바보들이로군."

"물론 그렇지. 하지만 프리처드가 그 말을 했다면 다른 말까지도 했을 것이며, 그것을 네가 나중에 상기할지도 모른다고 그들이 생각했을 가능성도 있어. 아무튼 그들은 위험을 내버려 둘 수 없었지. 너를 제거해야 안심이 되었을 거야."

"그들은 위험을 감수하고 일을 저질렀어. 그러니까 또 다른 '사고'를 가장할 수도 있었을 텐데?"

"그렇지 않아. 그랬더라면 어리석은 결과가 되었을 거야. 1주일 사이에 두 건의 사고가 생겨? 그러면 둘 사이의 관련성이 암시되었을 테고, 사람들은 처음의 사고에 대해서도 의문을 품기 시작했을 거야. 아냐, 그들의 방법에는 정말 교활하다고 할 만한 일종의 단순성이 엿보여."

"그렇지만 너는 모르핀을 구하기란 쉽지 않다고 했어."

"물론이지. 서류에 서명해야 하는 등 여간 까다롭지 않아. 오, 물론 그것도 단서야. 그 짓을 한 사람은 모르핀을 쉽게 공급할 수 있는 일을 하고 있었을 테니까."

"의사나 간호사, 또는 화학자 말이지."

보비가 예를 들었다.

"글쎄, 나는 밀수된 약물 쪽으로 생각하고 있었어."

"너는 너무 여러 가지 범죄를 뒤섞고 있구나."

"알다시피 중요한 건 동기가 없다는 거야. 네 죽음은 아무에게도 도움이 되지 않아. 그래, 경찰은 뭐라고 생각하지?"

"미치광이 짓이라고 생각해."

"거봐. 그처럼 단순해."

갑자기 보비는 웃음을 터뜨리기 시작했다.

"뭐가 그렇게 재미있어?"

"그들이 얼마나 기분이 상했을까 하는 생각이 갑자기 들어서. 대여섯 명이나 죽일 수 있는 양의 모르핀을 사용했는데도 나는 이렇게 멀쩡하게 살아 있거든."

"사람으로서는 내다볼 수 없는 인생의 아이러니 가운데 하나라고 할까."

프랭키도 동의했다.

"문제는…… 이제 우리는 뭘 하지?"

보비가 실제적인 질문을 했다.

"아, 많지."

프랭키는 즉각 대답했다.

"어떤……?"

"사진에 대한 것, 두 장이 아니라 한 장뿐이라는 것을 확인하는 거지. 그리고 배싱턴프렌치가 집을 구하러 다녔다는 것에 대해서도 알아보고."

"그것은 아마 전혀 문제가 되지 않을 거야."

"왜 그런 말을 하지?"

"프랭키, 생각 좀 해 봐. 배싱턴프렌치는 의심의 여지가 없다니까. 모든 게 깨끗하고 공명정대한 사람임에 틀림없어. 그는 죽은 사람과 아무 관련이 없고, 여기에 온 데도 적절한 이유가 있을 거야. 어쩌다가 집을 찾고 있다는 말을 지어냈을지는 모르지만, 어떤 사정이 있었으리라고 확신해. 그를 '범죄 현장 주변에 보이는 수상한 나그네'라고 해서는 안 돼. 배싱턴프렌치도 본명이고 의심받을 만한 사람이 아니라는 생각이 들어."

프랭키는 생각에 잠기더니 말했다.

"그래, 아주 훌륭한 추론이야. 배싱턴프렌치와 알렉스 프리처드를 결부시킬 수 있는 것은 전혀 없겠군. 만약 죽은 사람이 정말 누군지를 알면……."

"그럼 문제가 달라지겠지."

"그만큼 시체의 신원이 확인되지 않아야 하는 것이 중요했던 거야. 케이먼의 위장도 그 때문이지. 하지만 커다란 위험도 따르고 있었어."

"케이먼 부인이 가능한 대로 빨리 신원 확인을 했다는 것을 너는 잊고 있구나. 그런 다음에는 그 사람의 사진이 신문에 났더라도(그런 사진이 얼마나 흐릿한지 너도 잘 알지?) 사람들은 말했을 거야. '신기하게도 벼랑에서 떨어진 이 프리처드라는 사람은 X씨와 정말 닮았군.' 하고 말이야."

"거기에는 더 많은 문제가 있어."

프랭키가 예리하게 말했다.

"X는 쉽게 정체가 드러나지 않을 사람이어야 돼. 내 말은 가족이 있는 사람이어서는 안 된다는 뜻이야. 부인이나 친척이 당장 경찰에 찾아가 실종 신고를 할 테니까."

"맞아, 프랭키. 그래, 그는 막 외국으로 나갔거나 방금 돌아온 사람이 틀림없었어. 그는 수렵꾼처럼 햇볕에 그을려 그런 사람처럼 보였거든. 그러니까 그의 움직임을 모조리 알고 있는 아주 가까운 친척이라고는 없었을 거야."

"우리의 추론은 훌륭해. 틀리지 않았으면 좋으련만."

"그럴 가능성이 많지."

"상당한 타당성이 있는 이야기라고 생각해. 물론 헛다리 짚은 것일 수도 있겠지만."

프랭키는 손으로 그런 경우를 물리치는 시늉을 했다.

"문제는 앞으로 할 일이야. 세 가지 공격 방향이 있을 것 같아."

"말해 봐, 탐정님."

"맨 처음은 바로 너야. 그들은 이미 네 생명을 노렸어. 그러니까 어쩌면 다시 시도할 가능성이 있지. 이번에는 우리가 그들에 대한 정보를 얻을 수 있을지도 몰라. 내 말은 너를 미끼로 사용한다는 거야."

"반갑지 않은 말이야, 프랭키……. 이번에는 내가 운이 좋았지만, 그들이 공격 방법을 둔기 같은 것으로 바꾼다면 또다시 행운을 기대하기는 어려울 거야. 앞으로 나는 내 신변 보호에 엄청 주의를 기울이려고 해. 미끼 생각은 잊어버려."

보비가 감정적으로 말했다.

"네가 그런 말을 하지 않을까 걱정스러웠어……."

프랭키는 한숨을 쉬며 덧붙였다.

"유감스럽게도 요즘 청년들은 영 나약해졌단 말이야. 아버지께서도 그렇게 말씀하셔. 불편을 참지 못하고 위험하거나 즐겁지 않은 일은 더 이상 하지 않으려고 해. 안타까운 노릇이야."

"안타깝기 그지없는 노릇이지."

보비가 동의했지만, 그의 목소리는 단호했다.

"두 번째 행동 계획은?"

"'그들은 왜 에번스를 부르지 않았지?'라는 단서를 추궁하는 거야. 죽은 사람은 누군지 모르지만 에번스를 만나러 여기에 왔으리라고 생각할 수 있어. 만약 우리가 에번스를 찾을 수 있다면……."

보비가 말을 중단시켰다.

"마치볼트에 얼마나 많은 에번스가 있으리라고 생각해?"

"700명쯤이라고 생각해야겠지."

"최소한 그렇지! 그런 식으로 일은 하더라도, 어떤 결과가 나올지 의심스러운걸."

"에번스라는 이름을 가진 사람들을 모두 목록으로 만들고 가능성

있는 사람들을 찾아가는 거야."

"그리고 그들에게 물어 봐야겠지. 그런데 뭘?"

"그게 문제야."

"우리가 조금 더 알아내야 해. 그런 다음에야 네 아이디어가 쓸모
가 있을 거야. 세 번째 계획은 뭐지?"

"배싱턴프렌치라는 사람이야. 이 경우에는 구체적으로 알아볼 여
지가 있어. 성이 특이해. 아버지께 여쭤 봐야겠어. 아버지께서는 시
골의 온갖 성씨와 그들의 다양한 계파까지도 알고 계시거든."

"그래. 그런 식으로 하면 무엇인가를 해 나갈 수 있겠군."

"여하튼 우리는 무엇인가를 해 나갈 거야."

"물론 그래야지. 모르핀 0.5그램을 마셨는데도 내가 아무것도 하
지 않으리라 생각해?"

"그런 정신이 있어야 해."

"그 밖에 부끄럽게도 위를 세척해야 하고."

"됐어. 내가 중단시키지 않으면 너는 병적으로 거기에 집착하겠다."

"네겐 여성다운 동정심이라곤 없어."

배싱턴프렌치에 대하여 알아보다

프랭키는 그날 저녁에 아버지를 찾아갔다. 시간을 낭비하지 않고 곧바로 일에 착수한 것이다.

"아빠, 혹시 배싱턴프렌치라는 사람들 아세요?"

정치 기사를 읽고 있던 마칭턴 경은 그 질문을 제대로 알아듣지 못했다.

"국가의 시간과 금전을 낭비하면서 멍청한 짓이나 하고 회의만 하는 데는 프랑스인이 미국인에 미치지 못하지."

마칭턴 경은 멈추지 않고 익숙한 철로 위를 달리는 열차처럼 자신의 생각에 몰두했다. 프랭키는 그 열차가 어느 역에 멈출 때까지 잠시 기다렸다.

"배싱턴프렌치 가문들 말예요."

잠시 후 그녀가 반복해 물었다.

"그들이 어떻다는 게냐?"

프랭키는 그들이 어떤지 몰랐다. 반박하기를 좋아하는 아버지의 성향을 익히 알고 있는지라 불쑥 한 마디를 던졌다.

"그들은 요크셔 가문이잖아요."

"허튼소리. 햄프셔 가문이야. 물론 슈롭셔 계파도 있고, 또 아일랜드계도 있지. 어느 쪽이 네 친구들이냐?"

"확실하지 않아요."

프랭키는 모르는 사람들과 갑자기 친구가 되어 버린 것을 받아들이면서 말했다.

"확실하지 않다니? 그게 무슨 말이냐? 확실해야지."

"요즈음에는 사람들이 떠돌아다니잖아요."

"떠돌아다닌다…… 그래, 사람들은 그것밖에 하지 않는구나. 우리 때는 사람들에게 물으면 어디 사람인지 알았지. 자기가 햄프셔 계파라고 이야기하니까. 그래, 너희 할머니께서는 내 육촌과 결혼하셨지. 그렇게 해서 관계를 이루어 나갔어."

"아주 좋았을 거예요. 그렇지만 요즘에는 족보나 지리 연구를 할 시간이 없어요."

"없지. 요즘에는 이런 독약 같은 칵테일을 마시는 시간 이외에는 아무 시간도 없더구나."

마칭턴 경은 중풍이 든 다리를 움직이다가 갑자기 비명을 질렀다. 그것은 집에서 담근 포도주를 아무리 마셔도 개선되지 않았다.

"그들은 잘살고 있나요?"

"배싱턴프렌치 가문 말이냐? 그것은 말할 수 없다. 슈롭셔 계파는 상속세 등으로 어려움을 겪어 왔지. 햄프셔 가문 중의 하나는 부잣집 상속녀와 결혼했고. 미국 여자야."

"며칠 전에 한 사람이 여기에 왔어요. 집을 구하러 왔다나 봐요."

"우스운 생각이구나. 여기서 집을 구해 뭘 하겠다고?"

프랭키도 그게 의문이라고 생각했다.

다음 날에는 주택 및 부동산 중개업소인 휠러 앤드 오언의 사무실을 찾아갔다.

오언 씨는 벌떡 일어나 그녀를 맞이했다. 프랭키는 그에게 미소를 보내고 의자에 앉았다.

"어떤 일로 오셨습니까, 레이디 프랜시스? 설마 성을 매각하시려는 건 아니시죠? 하하."

오언 씨는 자기의 농담에 웃음을 터뜨렸다.

"그럴 수 있었으면 좋겠어요. 하지만 그 문제가 아니고, 며칠 전 배싱턴프렌치 씨라는 제 친구가 이곳에 왔을 거예요. 집을 구하고 있었거든요."

"아, 그래요. 그 이름을 기억합니다. F가 둘이나 들어가는 이름이었어요."

"맞아요."

"전망이 좋은 작은 땅을 몇 군데 사고 싶다면서 문의를 했어요. 다음 날 런던으로 돌아가야 했기 때문에 많이 구경하지 못했지만, 서두르는 것 같지는 않았어요. 그가 떠난 뒤 한두 군데 매물이 나왔기에 그에게 명세서를 보냈지만 아직 답이 없군요."

"편지를 런던으로…… 아니면 시골 주소로 보냈나요?"

"알아보죠."

그는 직원을 불렀다.

"프랭크, 배싱턴프렌치 씨의 주소를 가르쳐 주게."

"햄프셔 군, 스테이벌리, 메러웨이 코트 저택의 로저 배싱턴프렌
치 씨인데요."

직원이 입심 좋게 불러 주었다.

"아! 그렇다면 그 사람은 내가 알고 있는 배싱턴프렌치 씨가 아니
군요. 그의 사촌이 틀림없어요. 여기까지 와서 나를 찾아오지 않아
이상하다고 생각했더니……."

"그래요, 그래요."

오언 씨는 무슨 말인지 이해하겠다는 듯 말했다.

"그럼 그 사람이 여기에 온 것이 수요일이었겠네요."

"맞습니다. 6시 30분 직전이었죠. 저희는 6시 30분까지 영업을 하
거든요. 저는 특히 그날이 그 슬픈 사고가 일어났던 날이기 때문에
기억하지요. 사람이 벼랑에서 떨어졌어요. 실제로 배싱턴프렌치 씨
는 경찰이 올 때까지 시체 곁에 있었어요. 그분이 여기 왔을 때 아
주 당황한 것처럼 보였죠. 매우 비극적인 일입니다. 이제 그 길에 대
해 어떤 조처를 취할 때가 되었죠. 읍 평의회에 대해 공공연히 말이
많다고도 말씀드릴 수 있습니다, 레이디 프랜시스. 아주 위험하거든
요. 왜 더 많은 사고가 없었는지 이해가 안 될 정도예요."

"예사롭지 않네요."

그녀는 생각에 잠긴 채 그 사무실을 나왔다. 보비가 예언한 것처럼 배싱턴프렌치 씨의 행동은 명쾌하고 올바른 것 같았다. 그는 햄프셔의 배싱턴프렌치 가문에 속하는 사람이었으며, 정확한 주소를 남겼고, 그 비극에 자신이 관여한 부분까지 부동산 중개업자에게 그대로 언급했다. 과연 배싱턴프렌치 씨는 보이는 것처럼 완전히 결백한 사람일 수 있을까?

프랭키는 잠시 마음의 동요가 일었으나 곧 그것을 부정했다.

'아냐……'

그녀는 혼잣말을 했다.

'부동산을 구입하려는 사람이라면 이곳에 더 일찍 오거나, 아니면 다음 날까지 머물러야 해. 부동산 중개업소에 저녁 6시 30분에 찾아갔다가 다음 날 런던으로 떠나 버리지는 않을 거야. 대관절 왜 간 것일까? 왜 답장을 하지 않지?'

배싱턴프렌치는 유죄일 가능성이 있다고 그녀는 단정했다.

그녀가 다음에 방문한 곳은 경찰서였다.

윌리엄스 경위는 가짜 추천장으로 고용되었다가 프랭키의 보석을 들고 도망친 하녀를 추적하는 데 성공한 구면이었다.

"안녕하세요, 경위님."

"안녕하십니까, 영애님. 나쁜 일로 오신 것이 아니기 바랍니다."

"아직은 아니지만 돈이 필요해서 은행을 털까 생각하고 있어요."

프랭키의 농담에 경위는 웃음을 터뜨렸다.

"실은 순전한 호기심에서 몇 가지 여쭐 게 있어 찾아왔어요."

"그렇습니까, 레이디 프랜시스?"

"경위님, 이걸 말씀해 주세요. 벼랑에서 떨어진 프리처드인가 뭔가 하는 사람……."

"프리처드가 맞습니다."

"그에게 사진이 한 장밖에 없었죠? 누가 제게 석 장이 있었다고 했거든요."

"한 장이 맞습니다. 그의 누이동생 사진이었죠. 그 여자가 와서 프리처드의 신원을 확인했어요."

"그럼 석 장이 있었다는 것은 말이 안 되는군요!"

"아, 그런 말은 쉽게 나죠, 영애님. 신문기자들은 망설임 없이 과장하기 때문에 가끔 오보를 내기도 하거든요."

"알겠어요. 그런데 아주 이상야릇한 이야기를 들었어요."

그녀는 잠시 멈춘 뒤 상상력을 마음껏 발휘했다.

"그 사람의 호주머니에 그가 공산당 첩자라는 걸 입증하는 서류가 들어 있었다는 이야기도 있고, 호주머니에 마약이 잔뜩 들어 있었다는 이야기가 있는가 하면, 또 위조지폐가 가득 차 있었다고도 하더군요."

경위는 유쾌하게 웃었다.

"그거 재미있는 이야기로군요."

"그의 호주머니에는 흔히 보는 것뿐이었겠죠?"

"별것 없었어요. 아무런 표시 없는 손수건, 잔돈, 담배 한 갑, 지갑에 들어 있지 않은 채 구겨진 지폐 두 장. 서류 같은 것은 없었죠. 만약에 사진이 아니었더라면 그의 신원을 확인하는 데 어려움을 겪었을 거예요. 운이 좋았다고 할 수 있습니다."

"놀랍군요."

그녀가 개인적으로 알고 있는 지식에 의하면 운이 좋았다는 것은 전혀 적절하지 못한 말이었다. 그녀는 화제를 바꾸었다.

"나는 어제 교구 목사의 아들인 존스 씨를 찾아갔었어요. 독살될 뻔했던 사람 말예요. 정말 별난 일이었어요."

"아, 말씀대로 별난 일입니다. 이제껏 그런 경우는 본 적이 없어요. 전혀 원한 살 일이 없는 것 같은 젊은 신사에게 그런 일이 생기다니. 레이디 프랜시스께서도 아시다시피 요즘 이상한 녀석들이 돌아다니고 있습니다. 그렇더라도 이런 식으로 살인을 저지르려고 한 미치광이 이야기는 들어 본 적이 없죠."

"누가 그랬을지 추측할 만한 단서가 전혀 없나요?"

프랭키는 눈을 크게 뜨고 물은 후에 덧붙여 말했다.

"이런 이야기를 듣게 되다니 아주 재미있네요."

경위는 만족감으로 흐뭇해졌다. 그는 백작의 딸과 이처럼 친근하게 대화를 나누는 것이 즐거웠다. 레이디 프랜시스에게는 거만한 태도나 속물근성이 전혀 없었다.

"인근에 자동차 한 대가 보였어요. 짙은 푸른색의 탤벗 세단이었죠. 록스코너에서 번호 GG 8282의 짙은 푸른색 탤벗이 세인트보톨프 방향으로 갔다고 어떤 사람이 제보했어요."

"그래서요?"

"GG 8282는 보톨프 주교의 자동차 번호예요."

프랭키는 일이 분 정도 성직자의 아들들을 살해하여 공물로 바치는 주교를 상상해 보다가 한숨을 쉬었다. 그녀는 그 상상에서 깨어나며 말했다.

"주교님을 의심하시지는 않겠죠?"

"주교님의 자동차는 그날 오후 주교관의 차고에서 나간 적이 없음을 알아냈습니다."

"그럼 가짜 번호판이었군요."

"그래요. 우리는 그것을 모조리 조사하고 있습니다."

감탄하는 표정을 지으면서 프랭키는 자리에서 일어났다. 그녀는 기가 꺾인 티는 전혀 내지 않았지만, 혼자 가만히 생각했다.

'영국에는 짙은 푸른색 탤벗이 엄청 많을 거야.'

집으로 돌아온 그녀는 서재의 책상 위에 놓인 마치볼트 전화부를 방으로 들고 와서 몇 시간 동안 그것과 씨름했다.

결과는 만족스럽지 않았다.

마치볼트에는 482명의 에번스가 있었다.

"제기랄!"

프랭키는 이렇게 중얼거리며 앞으로의 계획을 짜기 시작했다.

사고를 계획하다

1주일 뒤 보비는 런던으로 가서 배저와 합류했다. 프랭키로부터 이상한 편지를 몇 통 받았지만, 대부분 알아보기 힘들게 갈겨썼기 때문에 그 의미를 추측하는 것 이외에는 별 도리가 없었다. 편지의 전체적인 의미는 프랭키에게 어떤 계획이 있으며, 보비는 그녀로부 터 소식을 들을 때까지 아무것도 할 필요가 없다는 것 같았다. 보비 는 다른 일을 할 수 있을 만큼 한가롭지 않았으므로 이것도 괜찮았 다. 재수 나쁜 배저는 이미 자기 자신과 사업을 혼란에 빠뜨렸으며, 보비는 그가 만들어 놓은 엄청난 혼란을 정리해 나가느라 정신없이 바빴다.

한편으로는 몸을 지키는 데 매우 엄격했다. 0.5그램의 모르핀을 섭취한 경험 때문에 음식이나 음료마다 잔뜩 의심을 갖고 살폈으며, 썩 내키지 않았지만 런던에 올 때 군용 연발 권총을 가지고 왔다.

지난 모든 일들이 묘한 꿈같았다는 느낌이 들기 시작할 무렵, 프랭키의 벤틀리가 거리로 들어서더니 정비 공장의 바깥쪽에 멈추었다. 보비는 기름 묻은 작업복 차림을 한 채 밖으로 나갔다. 프랭키가 운전대에 앉아 있었고, 그 옆에는 약간 우울해 보이는 젊은 남자가 앉아 있었다.

"안녕, 보비. 이 사람은 조지 아버스넛이라고 해. 의사이고 우리에게 도움을 줄 거야."

보비는 조지 아버스넛과 눈인사를 주고받으면서 약간 거북스러운 느낌이 들었다.

"우리에게 정말 의사가 필요할까? 너무 비관적이지 않아?"

프랭키가 대답했다.

"그런 식으로 이 사람이 필요하다는 뜻이 아냐. 내가 추진하려는 계획에 필요한 거지. 어디 이야기 좀 할 만한 곳이 있을까?"

보비는 주위를 돌아보았다.

"글쎄, 내 침실이 있긴 해."

주저하면서 그가 말했다.

"좋아."

프랭키는 차에서 내렸고, 조지 아버스넛과 함께 보비의 뒤를 따라 바깥쪽 계단을 통해 아주 작은 침실로 들어갔다.

보비는 의심스러운 듯 주위를 둘러보았다.

"앉을 만한 것이 있을지 모르겠군."

없었다. 하나 있는 의자 위에는 보비의 옷가지가 잔뜩 쌓여 있었다.

"침대에 앉으면 돼."

프랭키가 침대에 털썩 주저앉았다. 조지 아버스넛도 함께 앉자 침대는 저항하듯 소리를 냈다.

"모든 계획을 세웠어. 우선 우리에겐 차가 한 대 필요해. 너희 차면 될 거야."

프랭키가 말했다.

"우리들 차를 한 대 사겠다는 거야?"

"그래."

"정말 고마운 노릇이군, 프랭키."

보비는 감사의 뜻을 나타냈다.

"그렇지만 굳이 그러지 않아도 돼. 나는 친구들에게 장사를 하지 않을 생각이거든."

"너는 잘못 생각하고 있어. 그런 게 전혀 아니야. 네 말뜻은 알겠어. 점포를 개업하는 친구로부터 아주 형편없는 옷이나 모자를 사는 것과 같다는 거지. 그런 건 귀찮은 노릇이긴 해. 그러나 이것은 그런 뜻이 전혀 아니라니까. 나는 정말 자동차가 필요해."

"벤틀리는 어쩌고?"

"벤틀리는 안 돼."

"미쳤군."

"아니야, 벤틀리는 내가 하려는 일에 어울리지 않는다니까."

"무슨 일인데?"

"부숴 버리려는 거야."

보비는 신음 소리를 내면서 손으로 이마를 짚었다.

"오늘은 아침부터 몸이 그다지 좋지 않은 것 같아."

조지 아버스넛이 처음으로 입을 열었다. 그의 목소리는 깊고 침울했다.

"프랭키의 말은 자기가 사고를 낼 것이라는 뜻입니다."

"사고가 나리라는 걸 어떻게 알아요?"

보비가 거칠게 말했다.

프랭키는 과장하듯 한숨을 크게 내쉬었다.

"어쩌다 이야기가 처음부터 잘못된 것 같아. 자, 보비, 잠자코 내가 하는 말을 듣기나 해. 네 머리가 보잘것없는 것은 알지만, 그래도 주의를 집중하면 알아들을 수 있을 거야."

그녀는 말을 멈추었다가 다시 계속했다.

"나는 배싱턴프렌치의 뒤를 쫓고 있어."

"이런."

"배싱턴프렌치, 우리가 알고 있는 그 배싱턴프렌치는 햄프셔의 스테이벌리라는 마을에 있는 메러웨이 코트에 살고 있어. 메러웨이 코트는 배싱턴프렌치의 형이 소유한 저택이고, 배싱턴프렌치는 형과 그의 부인하고 거기에 살고 있는 거야."

"누구의 부인이지?"

"물론 그의 형이지. 그게 중요한 것은 아니고, 요점은 너 혹은 나, 아니면 우리 둘 모두 어떻게 그 집에 들어가느냐 하는 거야. 나는 그곳을 미리 답사했어. 스테이벌리는 그냥 시골이야. 거기에 묵으려고 도착하는 낯선 사람들은 눈에 띄게 마련이지. 난처한 노릇이야. 그래서 계획을 세웠어. 다음과 같이 하는 거지. 레이디 프랜시스 더 웬트가 난폭하게 차를 몰고 가다가 메러웨이 코트의 정문 가까이에 있는 벽에 충돌한다. 차는 완전히 박살이 나고, 부상당한 레이디 프랜시스는 뇌진탕과 충격 때문에 멀리 움직여서는 안 된다는 주의를 받고 집 안으로 옮겨진다."

"누가 그런 주의를 해 주지?"

"바로 조지야. 이제 조지가 필요한 까닭을 알겠지. 낯선 의사가 나타나서 내게 아무 문제가 없다고 하면 안 되거든. 또는 주제넘은 사람이 나서서 쓰러진 나를 인근 병원으로 싣고 가도 낭패야. 그래서 이렇게 할 거야. 조지도 차를 타고(차가 또 한 대 필요하네.) 지나가다 사고를 목격하고 뛰어내리는 거지. 그리고 달려와서 '나는 의사요. 모두 물러서시오.' 하고 나서야 해.(물론 물러서야 할 사람이 있는 경우지만.) 그리고 말하는 거야. '이분을 저 집으로 옮겨야겠소. 이름이 뭐요, 메러웨이 코트? 괜찮겠군. 이분을 철저하게 검진해야 하거든.' 그리고 나는 가장 훌륭한 빈 방으로 운반되는 거야. 배싱턴 프렌치 가족은 동정적으로 나오거나 어쩌면 심하게 반발할 수도 있겠지만, 어떤 경우든 조지가 그들을 제압해야 돼. 조지는 검진한 다음 결과를 밝히는 거야. '다행히 생각보다 심각하지 않다. 뼈는 부러지지 않았지만 뇌진탕의 위험이 있다. 이삼 일 동안은 절대 움직여서는 안 된다. 그 후에는 런던에 돌아갈 수 있다.' 그런 다음 조지는 떠나고, 그때부터는 나 홀로 남아 그들의 환심을 사야 하는 거지."

"그럼 나는 어디에 등장해?"

"너는 등장하지 않아."

"그렇지만, 이봐……."

"어린애처럼 굴지 마. 배싱턴프렌치가 너를 알고 있다는 사실을 잊지 마. 나는 전혀 몰라. 게다가 백작의 딸이기 때문에 나는 엄청 유리해. 그게 얼마나 유용한지 너도 알 거야. 나는 이상한 목적으로 그 집에 들어가려는 길 잃은 젊은 여자가 아니라, 백작의 딸이니만큼 존중받게 되겠지. 그리고 조지도 진짜 의사니까 의심받을 일은 전혀 없어."

"그래, 괜찮겠군."

보비는 서운해 했다.

"내가 생각해도 아주 훌륭한 계획이야."

프랭키가 자랑스럽게 말했다.

"그럼 나는 전혀 하는 일이 없는 거야?"

보비는 상처받은 느낌이었다. 예기치 않게 뼈다귀를 빼앗긴 개와 같은 심정이었다. 그리고 자기가 관련된 범죄인데도 이제 그것으로부터 내쫓긴 셈이라고 느꼈다.

"물론 할 일이 있지. 너는 콧수염을 길러."

"콧수염을 기르라고?"

"그래. 얼마나 걸릴까?"

"이삼 주쯤 걸릴 거야."

"맙소사! 그처럼 오래 걸리는지 몰랐어. 어떻게 좀 빨리 기를 수 없니?"

"없지……. 가짜를 붙이면 안 될까?"

"가짜는 항상 가짜처럼 보여. 뒤틀리거나 떨어지는가 하면 고무풀 냄새도 나고. 가만있자, 털을 하나하나 붙이는 식으로 하면 전혀 알아차리지 못할 거야. 극장의 가발 제작자에게 부탁해 봐야겠어."

"나를 도망자라고 생각하지 않을까?"

"다른 사람이 뭐라고 생각하든 상관없어."

"콧수염을 붙이고는 뭘 하는 거지?"

"운전사 제복 차림으로 벤틀리를 몰고 스테이벌리에 오는 거야."

"그래, 알겠어."

보비의 표정이 밝아졌다.

"넌 절대 안전할 거야. 아무도 운전사를 유심히 바라보지 않거든. 그리고 배싱턴프렌치는 너를 고작 일이 분밖에 보지 못한 데다 사진을 바꿔치기할 생각을 하느라고 제대로 쳐다볼 새가 없었을 게 틀림없어. 그에게는 그저 골프장에 있던 젊은이에 불과했을 거야. 너와 마주앉아 이야기하면서 의식적으로 너를 지켜본 케이먼 부부의 경우와는 다르지. 배싱턴프렌치가 운전사 제복 차림의 너를 보면 콧수염이 없더라도 알아차리지 못하리라는 것에 내기를 해도 좋아. 그는 아마도 네 얼굴이 누군가를 연상시킨다는 정도로 생각할 거야. 그러니까 콧수염을 붙이면 절대로 안전해. 자, 내 계획이 어때?"

보비는 머릿속으로 그것을 반복해 보았다.

"사실을 말하면, 프랭키, 아주 훌륭한 계획이라고 생각해."

그는 후하게 점수를 주었다.

"그럼, 가서 차를 보여 줘. 그리고 조지가 네 침대를 망가뜨린 것 같은데 어쩌지?"

프랭키가 시원스럽게 말했다.

"괜찮아. 특별히 좋은 침대도 아니었는걸."

보비가 다정하게 말했다.

그들은 차고로 내려갔다. 묘하게 턱이 없고 상냥한 미소를 띤 젊은이가 그들을 맞이했다. 두 눈이 같은 방향으로 움직이는 결점 때문에 그의 전체적인 이미지는 약간 손상되었다.

"아, 배저…… 너 프랭키 기억하지?"

배저는 기억하지 못하는 것이 분명했지만, 그래도 친근감 있게 웃었다.

프랭키가 말했다.

"내가 너를 마지막 본 것은 네가 진흙 속에 머리를 처박았을 때야. 우리는 네 다리를 잡고 끌어당겼지."

"아니, 그럴 리가……? 아, 웨웨웨일스에서의 이야기로군."

"그렇지. 맞아."

"나는 항상 고고고약한 내애애앰새를 풍겼지. 지금도 그래."

"프랭키는 차를 사려고 해."

보비가 배저를 보면서 설명했다.

"두 대가 필요해. 조지도 한 대 있어야 하거든. 사고를 내는 바람에 현재 차가 없으니까."

프랭키가 말했다.

"그에게는 대여할 수도 있을 거야."

보비가 말했다.

"자, 이리 와서 우우우리에게 있는 차를 구경해요."

배저가 말했다.

"매우 요란해 보이네."

진홍색과 사과 같은 푸른색 등 화려한 색깔에 프랭키는 눈을 깜빡거렸다.

"보기에는 괜찮지."

보비가 모호하게 말했다.

"그것은 중고 크크크라이슬러치고는 아주 싼 물건이야."

배저가 말했다.

"아니, 그건 안 돼. 프랭키가 필요로 하는 차는 적어도 60킬로미터는 넘게 갈 수 있어야 해."

보비가 이렇게 말하자 배저는 자신의 동업자에게 힐난하는 눈길을 보냈다.

"스탠더드는 망가져 가고 있는 상태이지만 그래도 거기까지는 갈 수 있을 거야. 에식스는 그 일에 사용하기에는 너무 아까워. 적어도 300킬로미터는 더 달릴 수 있을 테니까."

보비가 말했다.

"좋아. 스탠더드로 하겠어."

프랭키가 말했다.

배저는 동료를 옆으로 약간 밀며 중얼거렸다.

"가가가격은 어떻게 할 거야? 네 친구에게 많이 받고 싶지는 않아. 10파운드?"

"10파운드라면 좋아. 당장 지불할게."

의논에 끼어들면서 프랭키가 말했다.

"정말 이 여자는 누구니?"

배저가 놀란 목소리로 보비에게 소곤거렸다.

"다다당장 현금을 지불할 수 있는 귀족은 처음이야."

존경의 빛을 띠며 배저가 말했다.

보비는 두 사람을 벤틀리가 있는 곳까지 전송하며 물었다.

"계획은 언제 실행할 거지?"

"빠를수록 좋아. 내일 오후로 생각하고 있어."

"이봐, 나도 가면 안 될까? 원한다면 턱수염이라도 붙일게."

"안 돼. 턱수염은 엉뚱한 순간에 떨어져 만사를 그르칠 수 있어. 그렇지만 모자에다 고글을 쓴 채 오토바이를 몰면 괜찮을 것 같기도 해. 네 생각은 어때, 조지?"

조지 아버스넛이 두 번째로 입을 열었다.

"괜찮아. 사람이 많을수록 더 재미있을 거야."

그의 목소리는 전보다 더욱 침울했다.

사고를 일으키다

사고를 일으키려는 사람들이 만난 곳은 스테이벌리 마을에서 1킬로미터가 좀 넘게 떨어진 곳으로, 스테이벌리로 가는 길이 앤도버 방향의 간선 도로에서 갈라지는 지점이었다.

프랭키의 스탠더드가 언덕에서마다 노후의 조짐을 숨김없이 드러내기는 했지만, 세 사람 모두 별다른 문제 없이 그곳에 도착했다.

정해진 시간은 오후 1시였다.

"우리가 이 일을 벌일 때 다른 사람의 방해를 받지 않아야 해. 아무도 다니지 않을 거라고 생각하지만, 그래도 점심시간이 가장 안전할 거야."

계획을 짤 때 프랭키가 한 말이었다.

그들이 반 킬로미터쯤 더 나아갔을 때 프랭키는 사고를 일으킬 곳으로 선정된 곳을 가리켰다.

"내가 보기에 더 이상 좋은 곳이 없어. 이 언덕을 똑바로 내려가면, 보다시피 길은 툭 튀어나온 벽을 끼고 급하게 구부러져. 저 벽이 바로 메러웨이 코트의 벽이야. 차 시동을 걸고 달려가면, 바로 벽과 충돌하여 아주 커다란 사고가 일어나게 돼."

"그렇겠군⋯⋯."

보비도 동의했다.

"그렇지만 반대 방향에서 돌아오고 있는 사람이 없는지 누가 저 모퉁이에서 지켜봐야겠는걸."

"맞아. 다른 사람이 끼어들게 하거나 그들을 평생 불구자로 만들면 안 되거든. 조지가 차를 저곳으로 몰고 가서 반대쪽으로부터 오는 것처럼 방향을 돌려놓아야겠어. 그리고 아무 문제가 없으면 손수건을 흔드는 거야."

프랭키가 말했다.

"프랭키, 아주 창백해 보여. 괜찮은 거야?"

보비가 걱정스러운 투로 물었다.

"창백해 보이게 화장을 했어. 뇌진탕처럼 보이려는 거지. 화사한 모습으로 저 집에 실려 갈 순 없잖아."

프랭키가 설명했다.

"여자들은 정말 놀라워. 넌 마치 병든 닭처럼 보여."

감탄하듯 보비가 말했다.

"너무 무례한 말씀. 자, 이제 가서 메러웨이 코트의 정문을 살펴봐야겠어. 정문은 튀어나온 곳을 끼고 바로 있어. 다행히 행랑채가 없네. 조지가 손수건을 흔들고 나도 내 손수건을 흔들면, 너는 차의 시동을 걸어."

"알았어. 속도가 빨라질 때까지 발판을 딛고 있다가 시간에 맞춰 뛰어내릴 거야."

"다치지 않도록 해."

"조심해야지. 일부러 사고를 내려다가 정말 사고를 내면 문제가 복잡해질 테니까."

"자, 출발해, 조지."

프랭키의 말에 조지는 고개를 끄덕이고 두 번째 차에 올라타더니 천천히 언덕 아래로 내려갔다. 보비와 프랭키는 선 채 그의 뒷모습을 지켜보았다.

"잘해야 돼, 프랭키. 내 말은 어리석은 짓은 하지 말라는 거야."

갑자기 쉰 목소리로 보비가 말했다.

"나는 문제없어. 용의주도하니까. 그리고 네게는 직접 편지를 쓰지 않는 것이 좋겠어. 조지나 내 하녀 등에게 편지를 보낸 다음 네게 전하라고 할게."

"조지가 의사 노릇은 제대로 할는지 궁금해."

"왜?"

"글쎄, 저치는 병상 곁에서 상냥하게 말을 붙일 것 같지 않으니까 말이지."

"그렇게 될 거야. 자, 나는 이제 가야겠어. 네가 언제 벤틀리를 가지고 내려와야 하는지는 나중에 알려줄게."

"그럼 콧수염 가지고 바쁘겠군. 안녕, 프랭키."

그들은 잠깐 서로를 바라보았다. 프랭키는 고개를 끄덕이고 언덕 아래로 걸어가기 시작했다.

조지는 차의 방향을 돌린 다음 돌출 부분 가까이로 차를 이동시켰다.

프랭키는 잠시 사라졌다가 길 위에 모습을 나타냈다. 길 아래쪽의 모퉁이에서 손수건이 흔들리고, 프랭키의 손수건도 흔들렸다.

보비는 자동차에 올라 기어를 3단으로 바꾼 뒤 발판에 선 채 브레이크에서 발을 뗐다. 자동차는 기어가 들어간 상태에서 마지못해 움직였다. 그러나 경사가 가팔랐기 때문에 엔진의 시동이 걸리면서 차츰 속도가 났다. 보비는 운전대를 꼭 잡았다. 그리고 마지막 순간 차에서 뛰어내렸다.

자동차는 언덕 아래로 내려가더니 상당한 힘으로 벽에 부딪쳤다. 만사가 제대로 이루어진 것이다. 사고는 성공적으로 일어났다.

보비는 프랭키가 사고 현장으로 재빨리 달려가서는 파손된 차 속으로 들어가는 것을 보았다. 조지가 운전하는 차는 모퉁이를 돌아 거기에 멈추었다.

보비는 한숨을 쉬고는 오토바이에 올라타 런던 쪽으로 향했다.

사고 현장에서는 분주했다.

"길 위에 몸을 굴려 흙을 묻힐까?"

프랭키가 물었다.

"그러는 것이 좋겠어. 네 모자 좀 줘 봐."

조지는 모자를 받아들더니 한쪽이 움푹 들어가게 했다. 프랭키는 약하게 비명을 질렀다.

"충격을 받은 거야."

조지가 설명했다.

"자, 이제 그 자리에 드러누워. 자전거 소리가 들리는걸."

바로 그 순간 열일곱 살쯤 되어 보이는 소년이 휘파람을 불면서 모퉁이를 돌아왔다. 그는 당장 멈추고는 눈앞에 펼쳐진 광경에 어리둥절해 했다.

그는 소리를 질렀다.

"이런! 사고가 일어났나요?"

"아니, 이 젊은 여자가 일부러 벽에다 차를 처박았단다."

조지가 냉소적으로 말했다.

실제로는 그것이 사실이었지만, 소년은 이 말을 단순한 사실이라기보다 그가 의도한 대로 조롱으로 받아들이면서 더욱 흥분했다.

"여자의 상태가 나빠 보이는데요? 죽었나요?"

"아직은 아니야. 어인가로 옮겨야겠어. 나는 의사야. 여기 이 집은 뭐지?"

"메러웨이 코트예요. 배싱턴프렌치 씨네 저택이죠. 그분은 치안 판사예요."

"이 여자를 그곳으로 옮겨야겠다. 자전거를 거기 두고 나를 도와다오."

조지가 위엄 있게 말했다.

소년은 서둘러 자전거를 벽에 기대어 놓고 달려와 도왔다. 조지
와 소년은 쾌적해 보이는 구식 대저택의 입구 쪽으로 프랭키를 옮
겼다.

그들이 들어서는 것을 지켜보고 있던 나이 많은 집사가 곧 그들
을 맞이하러 나왔다.

"사고가 일어났어요. 이 여자 분을 옮길 방이 있나요? 당장 검진
을 해야 하거든요."

조지가 퉁명스럽게 말했다.

집사는 서둘러 홀 안으로 뒤돌아갔다. 조지와 소년은 프랭키의
연약한 몸을 들고 그 뒤를 따랐다. 집사가 왼쪽의 방으로 들어가자,
한 여자가 나왔다. 키가 크고 붉은 머리였으며, 나이는 서른 살쯤 되
어 보였다. 눈은 밝고 맑은 푸른색이었다.

그녀는 재빨리 상황 수습에 나섰다.

"1층에 빈방이 하나 있어요. 그쪽으로 데려가 주실래요? 의사를
부를까요?"

"제가 의사입니다. 차를 타고 가다가 사고를 목격했죠."

조지가 설명했다.

"어머나! 참 다행이군요. 이리로 오세요."

그녀는 정원 쪽으로 창문이 나 있는 쾌적한 침실 하나로 그들을
안내했다.

"많이 다쳤나요?"

그녀가 물었다.

"아직은 알 수 없습니다."

배싱턴프렌치 부인은 그 말을 듣고 물러나왔다. 소년도 그녀를 따라 나오면서 마치 사고의 목격자라도 되는 듯 사고 상황을 부지런히 설명했다.

"여자가 담벽에 차를 처박았어요. 차는 박살이 났고요. 여자는 땅 위에 드러누워 있었는데, 모자가 움푹 들어갔더군요. 저 신사 분께서 차를 타고 가시다가……."

소년은 반 크라운짜리 동전을 받고 그곳을 떠날 때까지 계속 떠들어댔다.

한편 프랭키와 조지는 조용히 대화를 나누고 있었다.

"조지, 이 일 때문에 네 경력을 망치는 것은 아니지? 의사 면허를 취소당하거나 하지 않겠지?"

"발각되면 그럴지도 몰라."

조지가 우울하게 말했다.

"그럴 리 없을 거야. 걱정하지 마, 조지. 너를 실망시키지 않을게."

그리고 생각에 잠긴 채 덧붙였다.

"정말 잘해 주었어. 여태까지 네가 그렇게 말을 많이 하는 건 처음 봐."

조지는 한숨을 쉬면서 손목의 시계를 쳐다보았다.

"3분 뒤에 검사를 마칠 거야."

"자동차는 어쩌지?"

"정비 업체에 연락해서 치우도록 할게."

"그래."

계속 시계를 쳐다보던 조지는 마침내 안도의 한숨을 내쉬었다.

"시간이 되었군."

"조지, 정말 수고 많았어. 이 일 맡은 것을 후회하는 거 아냐?"

"그러게. 정말 바보 같은 짓이지 뭐야."

조지는 그녀에게 고개를 끄덕였다.

"안녕. 재미있게 잘해 봐."

"그럴는지는 모르겠어."

프랭키는 대답하면서 약간 미국식 악센트가 섞인 배싱턴프렌치 부인의 냉정하고 차분한 말투를 생각했다.

조지는 집주인을 찾았다.

그녀는 응접실에서 그를 기다리고 있었다.

"글쎄, 제가 염려했던 것보다 나쁘지 않아 다행입니다. 아주 가벼운 뇌진탕이 있었지만, 이제 정상을 회복했습니다. 그렇지만 하루 정도 움직이지 말고 있어야 할 거예요."

그는 잠깐 멈추었다가 말을 이었다.

"그런데 저 아가씨, 레이디 프랜시스 더웬트 같습니다."

"어머나, 이럴 수가! 나는 그녀의 사촌뻘인 드레이컷 가문 사람들을 잘 알아요."

"저분이 여기 머무는 게 불편하실지 모릅니다만, 만약 하루나 이틀쯤 지금 있는 곳에 머물 수 있다면……."

조지는 잠깐 말을 멈추었다.

"물론이죠. 괜찮아요. 선생님의 성함은?"

"아버스넛입니다. 그럼 저는 정비 업체를 알아봐야겠군요. 제가 정비 업체에 연락을 취하겠습니다."

"고마워요, 아버스넛 선생님. 마침 지나가시게 되어 정말 다행이 었어요. 내일쯤 의사를 불러 저분이 괜찮은지 살펴보도록 할게요."

"그러실 필요 없어요. 안정을 취하게만 해 주시면 됩니다."

"그렇지만 그렇게 해야 제가 기쁘겠어요. 그리고 가족들에게도 알려야 할 텐데."

"그 문제도 제가 처리하죠. 그리고 의사를 부르는 문제인데요, 저 아가씨는 크리스천 사이언티스트(미국에서 시작된 신흥 종교의 신자. 신앙의 힘으로 병을 고치는 정신 요법을 특색으로 한다 — 옮긴이) 같으 니까 의사를 원하지 않을 거예요. 저를 보고도 언짢아했거든요."

"어머나, 그래요."

"그렇지만 괜찮을 거예요. 제 말을 믿어도 됩니다."

조지가 다짐하듯 말했다.

"정말 그렇게 생각하신다면야 뭐……."

배싱턴프렌치 부인은 다소 의심스럽다는 표정을 지었다.

"그렇게 생각합니다. 그럼 안녕히 계십시오. 이런, 제가 저 방에 뭘 놓고 나왔군요."

그는 서둘러 방으로 들어가 침대 곁으로 다가갔다.

"프랭키. 네가 크리스천 사이언티스트라고 했으니까 잊지 마."

그는 재빨리 소곤거렸다.

"그렇지만 왜?"

"그럴 수밖에 없었거든."

"알았어. 잊지 않을게."

적진에서

'자, 나는 적진에 안전하게 들어와 있어. 이제 모든 것이 내게 달려 있는 거야.'

프랭키는 생각했다.

문을 가볍게 두드리는 소리가 나더니 배싱턴프렌치 부인이 들어왔다.

프랭키는 몸을 조금 일으켜 베개에 몸을 기댔다.

"너무 죄송해요. 이처럼 폐를 끼치다니."

그녀는 희미한 목소리로 말했다.

"그런 말 마세요."

배싱턴프렌치 부인이 친절하게 말했다.

프랭키는 약간 미국식 악센트가 있는 차분하고 매력적인 목소리를 다시 듣자, 햄프셔에 사는 배싱턴프렌치 가문 사람 가운데 하나가 미국인 상속녀와 결혼했다는 마칭턴 경의 이야기가 기억났다.

"아버스넛 선생님이 당신이 잠자코 안정을 취하면 하루나 이틀 뒤면 괜찮을 거라더군요."

프랭키는 이쯤에서 크리스천 사이언티스트다운 말을 해야겠다고 느꼈지만, 엉뚱한 말을 할까 봐 겁이 났다.

"그분은 훌륭한 것 같더군요. 아주 친절했어요."

"아주 능력 있는 젊은이 같았어요. 마침 그 사람이 지나가게 되어 정말 다행이었죠."

배싱턴프렌치 부인이 말했다.

"그래요. 그렇지만 정말 그분이 필요한 것은 아니었어요."

"말을 많이 해서는 안 돼요. 하녀를 통해 필요한 물건을 보내고, 잠자리도 마련하게 할게요."

"정말 친절하시네요."

"천만에요."

프랭키는 여주인이 물러가자 잠깐 양심의 가책을 느꼈다.

'훌륭하고 친절해. 그리고 전혀 의심을 하지 않아.'

그녀는 혼자 중얼거렸다.

처음으로 그녀는 여주인을 속이고 있다는 죄책감이 들었다. 사악한 배싱턴프렌치가 아무 의심도 없는 희생자를 벼랑에서 밀어 떨어뜨리는 모습에 정신이 사로잡혀 있었기 때문에, 그보다 덜한 인물은 그녀의 상상력 속에 등장하지 않았던 것이다.

'좋아, 이제 이 일을 마무리해야 돼. 그렇지만 저 여자가 저렇게

착하지 않았으면 좋겠어.'

그녀는 따분한 오후를 보냈으며, 저녁때도 어두워진 방 안에 그대로 누워 있었다. 배싱턴프렌치 부인이 그녀의 상태를 살피려고 한두 차례 들어왔지만, 오래 머물지는 않았다.

그러나 다음 날 프랭키는 햇빛이 들어오게 해 달라고 했고, 말벗이 필요하다는 희망을 표시하자, 여주인이 찾아와 그녀와 함께 잠깐 시간을 보냈다. 두 사람은 공통적으로 알고 있는 지인이나 친구를 많이 찾아냈으며, 그날이 끝나갈 무렵에는 서로 친구가 되었다는 생각에 프랭키는 더욱 죄의식을 느꼈다.

배싱턴프렌치 부인은 남편과 어린 아들 토미를 여러 차례 언급했다. 그녀는 가정에 충실한 평범한 여자처럼 보였지만, 무슨 영문에서인지 프랭키는 그녀가 그다지 행복하지 않다는 생각을 했다. 그녀의 눈가에는 마음의 평화와는 어울리지 않는 애절한 표정이 있었던 것이다.

사흘째가 되자 프랭키는 자리에서 일어났고, 집주인을 소개받았다.

그는 묵직한 턱뼈에 큰 몸집을 지닌 사람이었으며, 자상했지만 약간 멍청한 기색이 보였다. 많은 시간을 서재에서 보내는 것 같았다. 비록 아내에게 전혀 관심을 기울이지는 않더라도 프랭키는 그가 그녀를 매우 사랑한다는 느낌이 들었다.

아들 토미는 건강하고 장난꾸러기 같은 일곱 살 소년이었다. 실비아 배싱턴프렌치는 분명히 아들을 사랑하고 있었다.

"이곳이 정말 좋아."

프랭키는 정원의 긴 의자에 누워 한숨을 지었다.

"머리를 찧은 탓인지 모르겠지만 그냥 움직이기가 싫어요. 여기에 며칠이고 누워 있었으면 좋겠어요."

"그럼 그렇게 해요."

실비아 배싱턴프렌치가 따져들지 않는 평온한 어조로 말했다.

"정말예요. 런던으로 서둘러 돌아가지 말아요. 당신이 여기 있는게 나로서도 커다란 기쁨이거든요. 당신이 아주 총명하고 재미있는 사람이라 내 기분까지도 북돋워 주는 것 같아요."

'그러니까 그녀에게는 기분을 북돋워 주는 것이 필요해.'

프랭키의 머리에 그 생각이 퍼뜩 떠올랐다. 동시에 자기 자신이 부끄러워졌다.

"우리가 정말 친구가 되었다는 느낌이 들어요."

여주인이 말을 계속했다.

프랭키는 더욱 부끄러웠다. 내가 하려는 짓은 나쁜 짓이다. 포기해야겠다! 런던으로 돌아가자…….

여주인의 말은 계속되었다.

"여기가 아주 따분하지는 않을 거예요. 내일 우리 시동생이 돌아올 예정이거든. 당신도 그를 좋아할 거예요. 모든 사람이 로저를 좋아해요."

"그분이 당신들과 함께 사나요?"

"때때로 그래요. 그는 잠자코 있지 못하는 사람이에요. 자신을 가문의 놈팡이라고 하는데, 어떤 면에서는 그 말이 옳을지도 모르죠.

그는 한 가지 일에 오래 종사하지 못해요. 아마 평생 진정한 의미에서의 일을 한 적이 없을 거예요. 그렇지만 그 같은 사람이 가끔 있죠. 특히 옛날 가문에는 말이에요. 그리고 보통 몸가짐은 훌륭하게 마련이죠. 로저는 정말 마음에 드는 사람이에요. 금년 봄에 토미가 아팠을 때 그가 없었다면 내가 어떻게 했을지 모르겠어요."

"토미에게 무슨 문제가 있었죠?"

"그네에서 떨어졌어요. 썩은 나뭇가지에 달려 있었던지 가지가 부러졌거든요. 그때 로저가 토미의 그네를 밀어 주고 있었기 때문에 그는 매우 당황했지요. 아이가 좋아하니까 아주 높이 밀었나 봐요. 우리는 처음에 토미의 등뼈가 부서진 줄 알았지만, 아주 가벼운 부상에 그쳤고, 지금은 아무렇지도 않아요."

"확실히 그런 것 같네요."

프랭키는 멀리서 고함 소리가 들려오자 미소를 지으면서 말했다.

"토미는 이제 완벽한 상태인 것 같아, 정말 안심이에요. 걔는 운이 나쁜지 사고가 많았어요. 지난겨울에는 거의 익사할 뻔했죠."

"정말 그랬어요?"

프랭키는 생각에 잠겼다. 이제 더 이상 런던으로 돌아가는 생각을 하지 않아도 될 것 같았다. 죄책감도 줄어들었다.

사고들!

로저 배싱턴프렌치는 사고의 전문가일까?

"정말 그래도 괜찮다면 조금 더 묵겠어요. 그렇지만 내가 이렇게 있는 것을 남편께서는 어떻게 생각하실까요?"

"헨리 말예요……?"

배싱턴프렌치 부인의 입술이 일그러져 이상한 표정이 되었다.

"아뇨, 헨리는 상관하지 않을 거예요. 남편은 아무것도 상관하지 않아요. 요즘에는 말이죠."

프랭키는 호기심을 품으며 그녀를 쳐다보았다.

'나를 더 알게 되면 내게 더 많은 이야기를 할 텐데. 이 집안에는 이상한 일이 너무 많아.'

그녀는 혼자 생각에 잠겼다.

헨리 배싱턴프렌치가 그들과 합석하여 함께 차를 마시는 동안 프랭키는 그를 가까이에서 관찰했다. 그 사내에게는 분명히 이상한 점이 있었다. 그처럼 유쾌하고 스포츠를 좋아하며 단순한 시골 신사는 흔히 볼 수 있지만, 그런 사람은 초조해 하면서 몸을 실룩거리지는 않는 법이다. 그러다가 갑자기 멍해지는 때에는 뭐라고 말해도 엉뚱하고 우스꽝스러운 대답밖에 하지 않았다. 항상 그런 것은 아니었다. 그날 저녁 식사 때 그는 아주 새로운 모습을 보여 주었다. 농담도 하고 웃음을 터뜨리는가 하면 이야기를 하는 가운데 명석함을 내비치기도 했다. 너무 지나친 것 같다고 프랭키는 느꼈다. 그 명석함은 자연스럽지 않았고, 그에게 어울리는 것도 아니었다.

'그의 눈도 이상해. 약간 무서운 느낌이 들 정도야.'

프랭키는 생각했다. 그러나 물론 그녀가 헨리 배싱턴프렌치에 대해 무엇인가를 의심한 것은 아니었다. 그 운명적인 날에 마치볼트에 있었던 것은 그가 아니라 그의 동생이었던 것이다.

프랭키는 그의 동생과의 만남을 의미심장하게 기다렸다. 그녀와 보비의 생각에 그 사내는 살인자였다. 그녀는 살인자와 대면하게 되는 셈이었다.

그녀는 때때로 초조해졌다.

그렇지만 그는 짐작도 할 수 없을 것이다.

로저 배싱턴프렌치가 어떻게 그녀를 자신의 완전한 범죄와 연결시킬 수 있겠는가?

'아무것도 아닌데 내가 괜히 겁내는 거야.'

그녀는 가만히 자신을 타일렀다.

로저 배싱턴프렌치는 다음 날 오후 티타임 직전에 도착했다. 프랭키는 티타임이 될 때까지 그를 만나지 못했다. 그녀는 아직도 오후에는 '휴식'을 취하게 되어 있었다.

그녀가 차를 준비해 놓은 정원으로 나가자 실비아가 미소를 지으면서 맞이했다.

"여기 우리 환자께서 나오시네. 제 시동생이에요, 레이디 프랜시스 더웬트."

프랭키는 키가 크고 호리호리하며 매우 쾌활한 시선을 지닌 30대 젊은이를 바라보았다. 배싱턴프렌치가 외알 안경과 칫솔 같은 콧수염을 가지고 있을 거라고 말한 보비의 뜻을 알 수 있었지만, 그녀 자신은 그의 짙은 푸른색 눈을 더욱 주목했다. 그들은 악수를 나누었다.

배싱턴프렌치가 말했다.

"당신이 담벼락을 부수려 했다는 이야기를 듣고 있었어요."

"제가 세계 최악의 운전자라는 것은 인정할게요. 그렇지만 아주 낡은 고물차를 몰고 있었어요. 내 차가 수리 중이어서 싸구려 중고차를 구입했죠."

"그리고 잘생긴 젊은 의사에게 구출되어 이곳으로 왔어요."

실비아가 덧붙였다.

"그분은 자상한 편이었어요."

프랭키도 동의했다.

이때 토미가 나타나 환성을 지르면서 삼촌에게 달려들었다.

"혼비 열차를 가져왔어? 가져올 거라고 했잖아. 그러겠다고 약속했어."

"얘, 토미! 물건을 사 달라고 떼쓰면 안 돼."

실비아가 토미를 타일렀다.

"괜찮아요, 형수님. 그건 약속이었으니까. 그래, 네게 약속한 장난감 열차를 가져왔어."

그리고 형수를 힐끗 쳐다보면서 물었다.

"형은 차를 마시러 오지 않나요?"

"그러지 않을 거예요. 오늘은 기분이 아주 좋지 않은가 봐요."

그녀의 목소리에는 거북함이 배어 있었다. 그러더니 충동적으로 말했다.

"아, 도련님, 돌아와서 기뻐요."

그는 그녀의 팔 위에 자기 손을 잠깐 올려놓았다.

"그래요, 형수님."

로저는 차를 마신 뒤 조카와 함께 열차를 가지고 놀았다.

그 모습을 바라보는 프랭키의 마음은 혼란에 휩싸였다.

이 사람은 벼랑에서 누군가를 밀어 떨어뜨릴 그런 사람이 분명 아니다! 이 매력적인 젊은이가 냉혹한 살인자일 수 없다! 하지만 그렇다면 그녀와 보비의 생각이 틀렸음이 분명했다. 적어도 저 사람에 관해서는 틀린 것이다.

그녀는 프리처드를 벼랑에서 밀어 떨어뜨린 사람이 배싱턴프렌치가 아니라고 확신했다.

그럼 누구였을까? 그녀는 아직도 그가 밀려 떨어졌다는 확신을 갖고 있었다. 누가 그랬을까? 그리고 누가 보비의 맥주에 모르핀을 넣었을까?

모르핀 생각을 하자, 갑자기 헨리 배싱턴프렌치의 이상한 시선과 바늘구멍처럼 작아진 눈동자가 떠올랐다.

헨리 배싱턴프렌치는 약물중독자야…….

이상한 노릇이지만 그녀는 바로 그 다음 날 이 가설을 로저로부터 확인하게 되었다.

두 사람은 테니스를 치고 난 뒤 자리에 앉아 시원한 음료를 마시고 있었다.

그들은 서로 관계없는 여러 가지 이야기를 주고받았으며, 프랭키는 차츰 로저 배싱턴프렌치처럼 전 세계를 돌아다닌 사람들의 매력을 알아차리게 되었다. 가문의 놈팡이라는 이 사람은 둔중한 몸과 진지한 마음을 지닌 그의 형과 너무 대조적으로 호감을 자아낸다고 생각하지 않을 수 없었다.

이런 생각이 프랭키의 마음속에 지나가는 동안 잠시 대화가 끊어졌다. 로저가 전혀 다른 목소리로 그 침묵을 깨뜨렸다.

"레이디 프랜시스, 저는 지금 이상한 짓을 하려고 해요. 당신을 알게 된 지는 스물네 시간도 채 되지 않지만, 제게는 본능적으로 당신이 제게 충고를 해줄 만한 분이라고 느껴지는군요."

"충고라뇨?"

프랭키가 놀라면서 물었다.

"그래요. 저는 지금 제 행동을 결정해야 하는데, 너무 어려운 문제거든요."

그는 말을 멈추었다. 그리고 라켓을 무릎 사이에서 흔들면서 몸을 앞쪽으로 기울였고, 이마에는 가느다란 주름이 졌다. 표정에는 근심과 당황의 기색이 역력했다.

"그것은 제 형에 관한 문제예요, 레이디 프랜시스."

"네?"

"형은 약물을 복용하고 있어요. 분명해요."

"왜 그렇게 생각하죠?"

"모든 것이 이유가 돼요. 그의 모습, 변덕스러운 기분. 형의 눈을 보셨어요? 눈동자가 바늘구멍처럼 아주 작아요."

"저도 그것은 알아차렸어요. 왜 그럴까요?"

프랭키도 인정했다.

"모르핀이나 일종의 아편 때문일 거예요."

"오래되었나요?"

"약 6개월 전 무렵부터 시작된 것 같아요. 형이 잠이 오지 않는다고 여러 차례 불평했던 것을 기억하거든요. 처음에 어떻게 약물을 복용하게 되었는지는 모르지만 그때 시작된 게 틀림없어요."

"형님께서 어떻게 약물을 입수할까요?"

프랭키는 실제적인 것을 물었다.

"우편으로 배달되어 오는 거라고 생각해요. 며칠 동안 티타임 때 형이 특히 초조해 하고 짜증스러워하는 것을 알아차렸어요?"

"예, 그랬죠."

"저는 그때가 약물이 떨어져 기다리고 있을 때라는 생각이 들어요. 그리고 오후 6시에 우편물이 도착한 뒤에는 서재로 들어갔다가 기분이 완전히 달라져 저녁 식사에 나타나지요."

프랭키는 고개를 끄덕였다. 저녁 식사 때 어울리지 않게 번뜩였던 재기가 머리에 떠올랐기 때문이다.

"그런데 약물이 어디에서 오는 걸까요?"

"그건 저도 모릅니다. 명성이 있는 의사라면 그런 짓을 하지 않겠지요. 하지만 아마 런던에는 비싼 값을 치르면 공급해 주는 데가 있을 거예요."

프랭키는 고개를 끄덕이면서 생각에 잠겼다.

그녀는 보비에게 약물 밀수입자에 대한 이야기를 했던 사실과, 보비가 너무 많은 범죄를 뒤섞지 말라고 했던 사실을 기억했다. 수사를 해 나가는 과정에서 이처럼 빨리 그런 흔적을 발견하게 되다니 이상한 노릇이었다.

그보다 이상한 것은 그 사실에 대해 그녀의 주의를 환기시킨 사람이 다름 아닌 첫 번째 용의자인 점이었다. 그래서 어느 때보다 더 그녀는 로저 배싱턴프렌치를 살인 혐의에서 풀어 주어야겠다고 생각하게 되었다.

하지만 사진이 바뀌었다는 해명되지 못한 문제가 있었다. 그 문제에 대한 혐의는 여전히 이전과 마찬가지라고 그녀는 자신에게 상기시켰다. 그 반대쪽에는 그 남자의 인품밖에 없었다. 그리고 살인자는 항상 매력적이라고 하지 않는가!

그녀는 이런 생각을 털어 버리고 곁에 있는 사람을 쳐다보았다.

"왜 내게 이런 이야기를 하시는 거죠?"

솔직하게 그녀가 물었다.

"형수님을 어떻게 대해야 할지 몰라서 그래요."

그는 간단하게 대답했다.

"모르고 있을까요?"

"물론 모르고 있죠. 제가 말해야 할까요?"

"어렵겠죠?"

"어려워요. 그래서 당신이 저를 도와주실 수 있을 거라고 생각했어요. 형수님은 당신이 마음에 드나 봐요. 원래 주위 사람들에게 마음을 주지 않는 성격인데, 당신은 단번에 좋아졌다고 하더군요. 어떻게 하면 좋을까요, 레이디 프랜시스? 그 이야기를 하면 형수님에게 커다란 짐을 지우게 될 거예요."

"실비아 자신이 헨리에게 긍정적인 영향을 줄 수 있다고 생각한다면 사정이 달라지겠죠?"

"글쎄요. 약물 중독자의 경우에는 가장 가까이 있거나 가장 사랑하는 사람도 영향력이 없어요."

"전혀 희망이 없다는 말인가요?"

"분명한 사실이지요. 물론 방법은 있어요. 형이 치료를 받으러 가는 데 동의만 한다면……. 사실 이 근처에 그런 곳이 있어요. 니콜슨 박사님이 운영하고 있죠."

"그렇지만 형님께서 동의하지 않으시겠죠."

"그럴지도 몰라요. 하지만 약물 중독자라도 때때로 치료를 위해 무엇이든 해야겠다고 뉘우칠 때가 있거든요. 형수님이 모르고 있다고 생각하면 형은 훨씬 수월하게 그런 상태가 될지도 모른다고 생각해요. 형수님이 알게 된다는 것이 형에게는 일종의 위협이 되거든요. 치료에 성공한다면 형수님은 굳이 알 필요가 없지요."

"치료를 받으려면 형님께서 떠나셔야 하나요?"

"제가 말한 그곳은 이 마을의 반대편, 여기서 5킬로미터쯤 떨어진 곳에 있어요. 캐나다 의사인 니콜슨 박사님이 운영해요. 매우 똑똑한 사람이죠. 그리고 다행스럽게도 형은 그 사람을 좋아해요. 쉿…… 형수님이 오고 있어요."

배싱턴프렌치 부인이 그들 사이에 끼어들었다.

"운동 많이 했어요?"

"세 세트를 했어요. 매번 제가 졌죠."

프랭키가 말했다.

"아주 잘하시던걸요."

로저가 말했다.

"나는 테니스는 잘 치지 않아요. 우리 언제 니콜슨 박사님 부부를 불러야겠어요. 그 부인이 테니스를 매우 좋아하거든요. 아니…… 왜 그래요?"

실비아는 두 사람이 주고받는 시선을 알아차리고 물었다.

"아무것도 아녜요. 방금 내가 레이디 프랜시스에게 니콜슨 부부 이야기를 했던 것뿐이에요."

"삼촌도 이제 나처럼 이분을 프랭키라고 부르세요."

실비아가 말했다.

"누구 이야기를 하고 나면 그때마다 곧 다른 사람이 나타나 다시 그 사람 이야기를 하게 되는 게 참 신기하지 않아요?"

"그들은 캐나다인이라면서요?"

프랭키가 물었다.

"남편은 분명하지만, 부인은 영국인 같은데 확실하지 않아요. 부인은 매우 자그마한 몸매에 동경을 품은 듯한 아주 커다란 눈이 매력적이에요. 그런데 왠지 그 부인은 별로 행복하지 않은 것 같아요. 울적한 생활을 하는 게 틀림없어요."

"남편은 일종의 요양원을 운영한다죠?"

"그래요. 정신병자나 약물 중독자 같은 사람들이 오는 곳이죠. 남편은 매우 성공을 거두었죠. 인상적인 사람이에요."

"그분을 좋아하세요?"

"아뇨."

실비아가 불쑥 말했다. 그리고 잠시 뒤 약간 격렬하게 덧붙였다.

"전혀 좋아하지 않아요."

나중에 그녀는 피아노 위에 얹혀 있는 사진 한 장을 프랭키에게 가리켰다. 커다란 눈을 지닌 매력적인 여인의 사진이었다.

"저 여자가 바로 모이라 니콜슨이에요. 매력 있잖아요? 얼마 전 우리 친구들과 함께 여기에 왔던 사람 가운데 한 명이 저 사진에 반한 적이 있었어요. 그 여자를 소개해 달라고 했죠."

그녀는 웃음을 터뜨렸다.

"내일 밤 그들을 저녁 식사에 초대할게요. 당신이 그 남편 쪽을 어떻게 생각할지 궁금해요."

"남편?"

"그래요. 말했다시피 나는 그 사람을 싫어하지만, 나름대로 매력적이거든요."

그녀의 목소리가 묘했기 때문에 프랭키가 재빨리 쳐다보았지만, 실비아 배싱턴프렌치는 몸을 돌려 꽃병 속에서 시든 꽃을 몇 송이 집어냈다.

'몇 가지 아이디어를 생각해 내야 돼.'

프랭키는 그날 밤 저녁 식사를 앞두고 옷을 갈아입을 때 검은 머리에 빗질을 하면서 가만히 생각했다. 그리고 단호하게 덧붙였다.

'그리고 이제 몇 가지 실험을 할 때가 되었어.'

과연 로저 배싱턴프렌치가 자기와 보비가 생각한 바로 그 악당일까, 아닐까?

보비를 제거하려 한 사람은 모르핀에 쉽게 접근할 수 있는 사람이 틀림없을 거라는 데 두 사람의 의견은 일치했다. 어떻게 보면 로저 배싱턴프렌치가 바로 여기에 해당했다. 그의 형이 우편으로 모르핀을 받는다면, 로저가 그 가운데 한 꾸러미를 빼내 사용하기란 어렵지 않은 일이었을 것이다.

잊지 말 것!

프랭키는 종이에 메모를 했다.

(1) 보비가 독살될 뻔했던 16일에 로저 배싱턴프렌치가 어디에 있었는지 알아낼 것.

그녀는 그것을 알아낼 아주 확실한 방법을 생각해 냈다. 그리고 덧붙여 적었다.

(2) 죽은 사람의 사진을 제시하고 반응을 살필 것. 그리고 로저 배싱턴프렌치가 당시 마치볼트에 있었던 것을 인정하는지 살필 것.

그녀는 두 번째 시도에 대해서는 약간 난처한 느낌이 들었다. 그것은 문제를 공개한다는 뜻이었다. 반면에 그 비극이 자기가 있는 곳에서 일어난 만큼, 그것을 아무렇지 않게 이야기하는 것도 어쩌면 매우 자연스러운 일이었다.
그녀는 그 종이를 구겨 태워 버렸다.

그녀는 저녁 식사 때 로저에게 솔직하게 이야기하듯 첫째 사항을 아주 자연스럽게 꺼냈다.

"그런데 있잖아요…… 아무래도 우리가 이전에 만났다는 생각이 들어요. 그것도 그렇게 오래전의 일이 아닌 듯해요. 혹시 클래리지스에서 열린 레이디 셰인의 파티가 아니었을까요? 16일이었는데……."

"16일은 아니었을 거예요."

실비아가 재빨리 말했다.

"도련님은 그때 여기에 있었거든요. 그날 어린이 파티가 있었기 때문에 기억하고 있어요. 도련님이 없었다면 저는 아무것도 못한 채 당황만 하고 있었을 거예요."

그녀는 고마운 표정을 지으면서 시동생을 바라보았고, 그도 그녀에게 미소를 지었다.

"저는 본 적이 없는 것 같네요."

생각에 잠기면서 프랭키를 향해 그가 말했다. 그리고 아주 다정하게 덧붙였다.

"만난 적이 있었다면 제가 틀림없이 기억할 거예요."

'한 가지는 해결되었어. 로저 배싱턴프렌치는 보비가 독살될 뻔했던 날 웨일스에 없었다는 거야.'

프랭키는 결론을 내렸다.

두 번째 사항도 아주 자연스럽게 제기되었다. 프랭키는 여러 군데의 시골 이야기를 하다가, 시골에서는 생활이 따분하기 때문에 조금이라도 흥미를 불러일으킬 만한 사건이 있으면 관심이 끌리게 된다는 식으로 이야기를 전개해 나갔다.

"우리가 있는 곳에서는 지난달 벼랑에서 한 남자가 떨어졌어요. 모두들 야단법석을 떨었죠. 나도 잔뜩 기대한 채 검시 배심에 가 보았지만, 그것도 따분했어요."

"그곳이 마치볼트라는 곳이에요?"

실비아가 물었다.

프랭키는 고개를 끄덕였다.

"더웬트 성은 마치볼트에서 약 10킬로미터 정도밖에 떨어져 있지 않아요."

"로저, 전에 말했던 그 사람이 틀림없어요."

실비아가 큰 소리로 말했다.

프랭키는 답을 기다리듯 로저를 바라다보았다.

"정말요? 저는 바로 그 시체 곁에 있었어요. 경찰이 올 때까지 기다리고 있었죠."

"나는 교구 목사의 아들 하나가 그랬던 것으로 알고 있었는데요?"

"그 사람은 오르간인지 뭔지를 연주하러 가야 한다고 해서 제가 맡았죠."

"이럴 수가. 다른 누가 있었다는 말은 들었지만, 그 사람의 이름은 듣지 못했죠. 그러니까 그 사람이 당신이었어요?"

'이런 일이 있는 걸 보면 세상이 정말 좁은 거야.' 하는 분위기가 세 사람 사이에 잠시 감돌았다. 프랭키는 자기가 멋지게 해냈다고 느꼈다.

"어쩌면 이전에 저를 본 게 마치볼트에서일지도 모르겠군요."

로저가 말했다.

"그 사건이 일어났을 때 나는 그곳에 없었어요. 이틀 뒤에야 런던에서 돌아왔죠. 검시 배심에 참석했었나요?"

"아뇨, 저는 그 다음 날 아침에 런던으로 돌아왔어요."

"우리 도련님은 그곳에서 집을 하나 구입하려는 엉뚱한 생각을 했었어요."

실비아가 설명했다.

"전혀 실없는 짓이었지."

헨리 배싱턴프렌치가 끼어들었다.

"천만에요."

로저가 상냥하게 말했다.

"도련님, 하지만 그렇게 구입해도 방랑벽이 되살아나서 다시 해외로 나갈 것이라는 걸 잘 알잖아요."

"글쎄, 나는 언젠가 그곳에 정착할 거예요, 형수님."

"정착할 때는 우리 가까이에서 해야죠. 웨일스로 갈 게 아니라."

실비아가 말했다.

로저는 웃음을 터뜨리며 프랭키를 바라보았다.

"그 사고에 뭔가 다른 흥미로운 점이라도 있어요? 그 사고는 자살로 판명되지 않았나요?"

"모든 것이 명백하게 밝혀졌어요. 친척이 나타나 그 사람의 신원을 확인했거든요. 그는 도보 여행을 하고 있었던 것 같아요. 정말 슬픈 일이었죠. 아주 잘생긴 사람이었는데 말이에요. 신문에 난 사진 보았어요?"

"그랬을 거예요. 그렇지만 기억나지 않아요."

실비아가 모호하게 말했다.

"지방 신문을 오려 둔 것이 위층에 있어요."

프랭키는 아주 열성적으로 굴었다. 위층으로 달려가 오려 둔 사진을 들고 내려오더니 실비아에게 주었다. 로저도 다가와서 실비아의 어깨 너머로 내려다보았다.

"잘생겼다고 생각하지 않아요?"

마치 여학생 같은 프랭키의 물음에 실비아가 답했다.

"그래요. 그런데 앨런 카스테어스라는 사람과 매우 닮았어요. 그렇지 않아요, 로저? 그때도 내가 그렇게 말했던 기억이 나는데."

"사진으로 보니 닮은 것 같기도 해요……."

로저는 동의하는 한편 이렇게 덧붙였다.

"그렇지만 실제로는 그다지 닮지 않았더군요."

"신문에 난 사진으로는 구분할 수 없잖아요."

사진 오린 것을 돌려주면서 실비아가 말했다.

프랭키는 그 말에 동의했다.

화제는 다른 것으로 바뀌었다.

프랭키는 결론을 내리지 못한 채 잠자리에 들었다. 모든 사람이 아주 자연스러운 반응을 보인 것 같았다. 로저가 주택을 물색한 것도 전혀 비밀이 아니었다.

그녀가 유일하게 얻은 것은 바로 앨런 카스테어스라는 이름뿐이었다.

니콜슨 박사

프랭키는 다음 날 실비아를 보자마자 전날의 화제를 다시 끄집어
냈다.

그냥 지나가는 듯한 말투로 말하기 시작했다.

"어젯밤 언급했던 사람의 이름이 뭐였죠? 앨런 카스테어스였던
가? 어디선가 그 사람 이름을 들어 본 것 같아요."

"들어 보았을 거야. 나름대로 유명 인사니까. 그는 캐나다인이자
박물학자이고 수렵가에 탐험가이죠. 내가 직접 아는 사람이라고는
할 수 없어요. 우리 친구인 리빙턴 부부가 어느 날 점심 때 그를 여
기에 데려왔죠. 매력적인 남자였어요. 키가 컸고 구릿빛 근육에 푸
른 눈동자가 아주 멋있었죠."

"나도 그 이름을 들었던 게 틀림없어요."

"이전에는 우리나라에 온 적이 없었을 거예요. 지난해 그는 백만

장자 존 새비지(암에 걸렸다고 생각하여 비극적으로 자살한 바로 그 남자 말이죠.)와 함께 아프리카로 여행을 떠났어요. 카스테어스는 전 세계를 돌아다녔죠. 동아프리카, 남아메리카 등 가 보지 않은 곳이 없다니까요."

"모험을 좋아하나 보네요."

"그래요. 그리고 아주 매력적이고."

"우습군요. 그런 사람이 마치볼트의 벼랑에서 떨어진 사람과 아주 닮았다니요."

"누구에게나 꼭 닮은 사람이 있게 마련 아닐까요."

그들은 아돌프 베크(노르웨이 출신으로 영국 감옥에서 10년 가까이 억울하게 옥살이를 한 인물. 용모가 흡사한 진범이 잡힌 뒤 석방되었다 — 옮긴이)를 인용하거나 「리옹 마유」(영국 영화 제목. 프랑스의 은세공인이 용모 때문에 살인을 저지른 노상강도로 오인되었으나, 사형 직전에 진범이 붙잡혀 석방된다는 줄거리. 1931년 작품 — 옮긴이)를 가볍게 언급하면서 몇 가지 예를 비교했다. 프랭키는 앨런 카스테어스에 대해 너무 깊숙이 파고들지 않으려고 주의를 기울였다. 너무 깊은 관심을 나타내는 것은 치명적일 수 있었다.

그러나 그녀는 마음속으로 일이 잘 풀리고 있다고 느꼈다. 앨런 카스테어스가 바로 마치볼트의 벼랑에서 일어난 비극의 희생자라는 확신이 들었던 것이다. 그는 모든 조건을 충족시켰다. 이 나라에 가까운 친구나 친척이 없으며, 그래서 그가 사라지더라도 당분간 알려질 가능성이 없었다. 게다가 빈번하게 동아프리카나 남아메리카로 떠나는 사람이 잠깐 보이지 않는다고 문제로 삼을 경우란 없을 것이기 때문이다.

실비아 배싱턴프렌치가 신문에 실린 사진을 보고 닮은 점을 언급하면서도 실제로 그 사람이라고는 잠시도 생각지 않는 데 프랭키는 주목했다.

그것이 인간 심리의 흥미로운 점이라고 프랭키는 생각했다. 우리는 '뉴스'가 되는 사람들이 우리가 주위에서 흔히 보거나 만나는 사람이라고는 거의 생각지 않는 것이다.

그렇다면 좋다. 앨런 카스테어스가 죽은 사람이라고 하자. 다음 단계는 그에 대해 더 알아내는 것이다. 배싱턴프렌치 가족과 그의 관계는 미미한 것 같았다. 그는 친구들에 의해 우연히 이곳에 오게 되었던 것이다. 그 친구의 이름이 뭐였더라? 리빙턴. 프랭키는 그 이름을 나중에 사용하기 위해 기억 속에 저장했다.

조사 가능한 방향임은 확실했다. 그러나 천천히 이루어지는 것이 좋다. 앨런 카스테어스에 대한 조사는 매우 세심하게 이루어지지 않으면 안 될 것이다.

'나는 독살되거나 머리가 깨지는 꼴은 당하기 싫어.'

프랭키는 얼굴을 찌푸리며 생각했다.

'그들은 전혀 아무것도 아닌 일로 보비를 없애려고 덤벼들 정도였으니까…….'

그녀의 생각은 만사가 시작된 그 이상한 질문에 이르렀다.

에번스! 누가 에번스일까? 에번스는 어디에 등장한 것일까?

'약물 관련 범죄단이야.'

프랭키는 그렇게 단정했다. 어쩌면 카스테어스의 친척이 희생되어 그가 그들을 소탕하려고 결심했을는지 모른다. 어쩌면 영국에 온 목적도 그 때문이었을 것이다. 에번스는 은퇴하여 웨일스에 가서 살고 있던 범죄단의 일원일지 모른다. 카스테어스는 에번스에게 다른 범죄자들이 접근하지 못하게 하는 대가로 돈을 지불하기로 하고 에번스도 그에 동의하였으며, 카스테어스는 에번스를 만나기 위해 그곳에 갔다가 미행하는 자에게 살해당했을 것이다.

그자가 로저 배싱턴프렌치였을까? 그럴 가능성은 거의 없을 것 같았다. 이제는 오히려 케이먼 부부 쪽이 프랭키가 상상하는 약물 밀수단의 일원일 가능성이 훨씬 높았다.

그리고 문제의 사진. 보비가 바뀌었다고 주장하는 그 사진에 대한 어떤 실마리가 있으면 좋으련만.

그날 저녁은 니콜슨 박사 부부가 저녁 식사에 오기로 되어 있었다. 프랭키는 옷을 거의 다 갈아입었을 즈음 그들의 차가 현관문 앞까지 도착하는 소리를 들었다. 현관 쪽으로 난 창문을 통해 그녀는 그들을 내다보았다. 키 큰 남자가 짙은 푸른색 탤벗의 운전석에서 내리고 있었다.

프랭키는 머리를 거두어들이며 생각에 잠겼다.

카스테어스도 캐나다인이었고, 니콜슨 박사도 캐나다인이다. 그리고 니콜슨 박사는 짙은 푸른색 탤벗을 소유했다.

물론 그것으로 무엇인가를 구축해 보기란 무리였지만, 그러나 희미하게나마 암시적이지 않은가?

니콜슨 박사는 몸집이 큰 사람이었으며, 동작 하나에도 힘이 느껴졌다. 말씨는 느렸고, 전체적으로 말이 거의 없었지만, 한마디 한마디가 의미 있는 것처럼 강조되었다. 도수 높은 안경 뒤에서 엷은 푸른색 눈동자가 반짝거렸다.

부인은 날씬한 몸매를 지닌 스물일곱 살의 미인이었다. 그녀는 약간 당황스러워하면서 그 사실을 감추기 위한 듯 말을 많이 늘어놓는 것처럼 보였다.

"사고를 당하셨다고 들었습니다, 레이디 프랜시스."

니콜슨 박사가 그녀의 옆자리로 지정된 식탁 자리에 앉으면서 말했다.

프랭키는 사고를 설명했다. 그러면서 자신이 왜 당황하는지 의아스러웠다. 그 의사의 태도는 단순히 관심을 나타내는 정도였다. 왜 기소되지도 않은 사건에 대한 변론 준비를 하고 있는 것처럼 느껴질까? 의사가 자신이 하는 말을 의심하는 부분이라도 있는 것일까?

그녀가 필요 이상으로 자세한 설명을 끝내자 의사가 말했다.

"큰일 날 뻔하셨군요. 그렇지만 훌륭하게 회복되신 것 같습니다."

"완전히 나았다고는 인정하지 않을 거예요. 그분을 우리가 잡아두고 있거든요."

실비아가 말하자 의사의 시선이 그쪽으로 옮겨졌다. 아주 희미한 미소 같은 것이 입술에 나타났다가 거의 곧바로 사라져 버렸다.

"저도 가능한 대로 이분을 여기에 붙잡아 두어야겠군요."

니콜슨이 정중하게 말했다.

프랭키는 집주인과 니콜슨 박사 사이에 앉아 있었다. 헨리 배싱 턴프렌치는 오늘밤 아주 침울했다. 양손이 떨려 거의 아무것도 먹지 않았으며, 대화에도 전혀 참가하지 않았다.

맞은편에 앉은 니콜슨 부인은 헨리 때문에 거북해 하다가, 로저 쪽으로 몸을 돌리면서 안도하는 기색이 역력했다. 그녀는 산만하게 그와 이야기를 나누었지만, 결코 남편의 얼굴에서 오래 눈을 떼지 않는다는 사실을 프랭키는 알아차렸다.

니콜슨 박사는 시골 생활에 대하여 이야기하고 있었다.

"배양이 무엇인지 아십니까, 레이디 프랜시스?"

"글쎄요."

프랭키는 당혹감을 느끼며 애매하게 대답했다.

"세균의 배양 같은 것 말입니다. 그들은 특별히 준비된 액체 속에서 성장합니다. 시골도 약간 그와 같죠. 시간과 공간, 무한한 여가 등 성장에 대한 적합한 환경이 갖추어져 있어요."

"나쁜 의미로 말씀하신 건가요?"

프랭키가 당혹감을 느끼며 물었다.

"그것은 배양되는 세균의 종류에 따라 달라지겠지요, 레이디 프랜시스."

바보 같은 대화라고 프랭키는 생각했다. 그리고 왜 비굴해지는 느낌이 들지?

그녀는 경박하게 말했다.

"저는 모든 종류의 어두운 성질을 발전시키고 있는 것 같아요."

"아뇨, 저는 그렇게 생각하지 않아요, 레이디 프랜시스. 항상 법과 질서의 편에 계실 분이시죠."

니콜슨은 평온한 어조로 말하면서 프랭키를 바라보았다.

법이라는 말이 약간 강조되었을까?

식탁 건너편에서 갑자기 니콜슨 부인이 말했다.

"제 남편은 성격을 집어내는 데 일가견이 있어요."

니콜슨 박사는 가만히 고개를 끄덕였다.

"그렇지, 모이라. 사소한 게 내 관심을 끌거든."

그는 다시 프랭키 쪽으로 몸을 돌렸다.

"사고에 대한 이야기를 들었습니다만 한 가지 이상한 점이 있더 군요."

"그래요?"

그녀의 심장이 빠르게 박동하기 시작했다.

"지나가던 의사…… 그러니까 여기에 들어왔던 의사 이야기입니 다만."

"그래서요?"

"그 의사의 행동이 이상했어요. 당신을 구조하기 직전에 차의 방 향을 바꾸었거든요."

"무슨 말씀이신지 모르겠어요."

"물론 그러시겠죠. 무의식 상태였을 테니까. 아무튼 리브스라 는 심부름꾼이 스테이벌리에서 오는 동안 지나치는 자동차가 없었는데도 모퉁이를 돌아서면서 충돌 현장을 보았다고 합니다. 그리고 의사의 차가 자기와 같은 방향, 즉 런던 쪽으로 향하고 있는 것을 발견했죠. 제 말을 알아들으시겠어요? 그 의사는 스테이벌리 방향에서 오지 않았으니 반대 방향에서 언덕으로 내려왔을 것입니다. 그 경우 그의 차는 스테이벌리 쪽을 향해야 돼요. 하지만 그렇지 않았어요. 그러니까 그 사람이 방향을 돌렸음에 틀림없죠."

"조금 더 일찍 스테이벌리에서 오지 않았다면, 그렇겠네요."

"일찍 와 있었던 것이라면 사고가 났을 때 그의 차가 거기에 서 있었을 거예요. 그랬나요?"

엷은 푸른색 눈이 두꺼운 안경을 통해 그녀를 물끄러미 응시했다.

"기억나지 않아요. 그렇지 않았을 거예요."

"당신은 마치 형사 같군요, 재스퍼."

니콜슨 부인이 말했다.

"그리고 전혀 아무것도 아닌 일을 가지고……."

"사소한 것이 내 관심을 끌거든."

니콜슨은 이렇게 말하면서 여주인 쪽으로 향했다. 그러자 프랭키는 안도의 숨을 몰아쉬었다.

니콜슨은 왜 그렇게 나를 몰아세웠을까? 그 사고에 대한 것을 모두 알아낸 것일까? "사소한 일이 내 관심을 끌거든." 하고 그는 말했다. 그게 전부였을까?

프랭키는 카스테어스도 캐나다인이었다는 사실과 짙은 푸른색 탤벗 세단을 기억했다. 갑자기 니콜슨 박사가 사악한 사람처럼 여겨졌다.

저녁 식사가 끝난 후 프랭키는 그를 피하여 연약한 니콜슨 부인 곁에 붙어 있었다. 프랭키는 니콜슨 부인의 시선이 항상 남편을 지켜보고 있음을 알아차렸고, 그것이 사랑인지 아니면 두려움 때문인지 궁금했다.

니콜슨은 실비아와 어울려 있다가, 10시 30분쯤 아내의 시선과 마주치자 나가기 위해 몸을 일으켰다.

그들이 떠난 뒤 로저가 말했다.

"자, 니콜슨 박사님에 대해 어떻게 생각하세요? 개성이 아주 강하지 않아요?"

프랭키가 대답했다.

"실비아와 같아요. 나도 남편은 마음에 들지 않아요. 부인 쪽이 더 나아요."

"부인은 아름답지만 약간 바보스럽죠. 그 여자는 남편을 숭배하든가 아니면 아주 무서워하는데, 어느 쪽인지를 모르겠어요."

로저가 말했다.

"나도 의아하게 생각하는 게 바로 그거예요."

프랭키도 동의했다.

"나는 그를 좋아하지 않지만 그가 굉장한 힘을 가진 것은 인정하지 않을 수 없어요. 그는 약물중독자에게는 아주 훌륭한 선생님인 것 같아요. 그들은 마지막 희망을 갖고 거기에 들어가서 완전히 치료되어 나오는 거예요."

실비아가 이렇게 말했을 때 헨리 배싱턴프렌치가 갑자기 큰 소리로 외쳤다.

"그래……? 거기서 무슨 일이 벌어지는지 알고 있어? 그들이 받는 엄청난 고통과 정신적 고문을 알고 있느냐고. 약에 중독된 사람이 들어가면 그들은 금단증상 때문에 벽에 머리를 찧을 정도로 발광하게 돼. 그런 식으로 당신 말처럼 저 '굉장한 힘을 가진' 의사는 사람들을 고문하여 지옥으로 보내고 미치게 만들어…….."

그는 격렬하게 몸을 떨더니 벌떡 일어나서 방을 나가 버렸다.

실비아 배싱턴프렌치는 깜짝 놀란 것처럼 보였다.

"헨리가 왜 저러지? 아주 당황한 것처럼 보여."

영문을 모르는 듯 그녀가 말했다.

프랭키와 로저는 서로의 얼굴을 바라보려고 하지 않았다.

"저분은 저녁 내내 좋지 않아 보였어요."

프랭키가 입을 열었다.

"그래요. 나도 알아차렸어요. 그이는 요즘 매우 울적해요. 그가 승마를 포기하지 않았으면 좋으련만. 아…… 그리고 니콜슨 선생님이 토미를 내일 초대했는데, 나는 걔가 거기에 가는 것이 별로 내키지 않아요. 이상한 정신병자에다 약물중독자들 천지일 텐데."

"그들과 접촉하지 않게 할 거예요. 의사는 어린이들을 매우 좋아하는 것 같더군요."

로저가 안심시켰다.

"그래요, 그에게 자식이 없는 것은 안타까운 일이에요. 그 부인에게도 그럴지 몰라요. 아주 슬퍼 보여. 그리고 너무 섬세해."

"부인은 슬픈 마돈나 같았어요."

프랭키가 말했다.

"그래, 그녀에게 잘 어울리는 표현이에요."

"니콜슨 박사님이 아이들을 좋아한다면 당신이 개최한 어린이 파
티 때도 왔겠네요?"

프랭키는 별생각 없이 물었다.

"불행히도 그분은 바로 그때 하루나 이틀 동안 떠나 있었어요. 어
떤 회의 때문에 런던에 가야 했을 거예요."

"그랬구나……."

그들은 잠자리에 들었다. 프랭키는 잠들기 전에 보비에게 편지를
썼다.

중요한 발견

보비는 지루한 시간을 보내고 있었다. 어쩔 도리 없이 손 놓고 아무것도 하지 못하는 것은 정말 괴로운 노릇이었다. 하는 일 없이 잠자코 런던에 머물러 있고 싶지 않았다.

그는 조지 아버스넛의 전화를 받았다. 만사가 제대로 이루어졌다는 간결한 설명이었다. 이틀 뒤에는 프랭키가 쓴 편지를 받았다. 마칭턴 경의 런던 저택에 있는 그녀의 하녀에게 보내는 형식으로 썼으며, 그 하녀가 보비에게 가지고 왔다.

그 후로는 아무 소식이 없었다.

"편지 왔어."

배저가 큰 소리로 말했다.

보비는 기대에 부풀었지만, 이번에는 아버지의 필체로 주소가 적혔고, 마치볼트의 소인이 찍혀 있었다.

그러나 바로 그 순간 검은 가운을 걸친 프랭키의 하녀가 길을 걸어오고 있는 모습이 눈에 띄었다. 5분 뒤 그는 프랭키가 보낸 두 번째 편지를 뜯었다.

보비에게

네가 내려올 때가 된 것 같아. 우리 집에는 네가 원할 경우 언제나 벤틀리를 내주라고 말해 두었어. 운전사 제복을 구해. 우리 가족의 경우 항상 짙은 녹색이야. 해러즈 백화점에 가서 아버지 이름을 말하면 돼. 세세한 것까지 정확한 게 제일이야. 그리고 콧수염에도 주의를 기울여. 그게 사람의 인상을 놀라울 정도로 바꾸니까.

여기 와서 나를 찾아. 형식적으로 아버지의 메시지를 전하도록 해. 그리고 그 자동차도 제대로 고쳐졌다고 말해 줘. 이곳의 차고는 두 대밖에 주차하지 못하는데, 가족용 다임러와 로저 배싱턴프렌치의 2인승 자동차가 차지하고 있어. 그러니까 너는 스테이벌리로 가서 그곳에 묵어야 해. 그게 다행인 셈이야.

거기 가면 가능한 대로 이 지방의 소식을 얻어 와. 특히 약물중독자를 위한 요양원을 운영하는 니콜슨 박사에 대해 알아보아야 해. 그에게는 몇 가지 수상한 점이 있어. 짙은 푸른색 탤벗 세단을 가지고 있는 데다, 네 맥주에 독물이 섞였던 16일 이곳에서 떠나 있었으며, 내 자동차 사고가 일어난 상황에 대해 지나칠 정도로 상세하게 관심을 기울였거든.

그리고 시체의 신원을 확인한 것 같아!!!

그럼 안녕.

탐정놀이의 짝꿍, 성공적으로 뇌진탕을 일으킨 프랭키

추신: 이 편지는 내가 직접 부칠 거야.

보비의 기분은 순식간에 밝아졌다.

작업복을 벗고 배저에게 당장 떠나야 한다는 소식을 전한 그는 서둘러 나서려다 아직 아버지의 편지를 열어 보지 않았다는 데 생각이 미쳤다. 목사의 편지는 즐거움에서가 아니라 의무감에서 작성되고, 아주 우울해지게 만드는 기독교적 관용의 분위기를 띠었기 때문에 편지를 뜯는 그의 태도 역시 별다른 열의가 없었다.

목사는 마치볼트의 사정을 꼼꼼하게 적었으며, 오르간 연주자 때문에 겪는 자신의 곤란을 설명하였고, 교구 위원 누군가의 기독교도답지 않은 정신에 대해 언급했다. 찬송가집을 다시 제본하는 문제도 이야기되었다. 그리고 목사는 보비가 씩씩하게 열심히 일하여 목적을 성취하기 바라며, 자기는 항상 자애로운 아버지라고 적었다.

그리고 추신이 적혀 있었다.

그런데 런던의 네 주소를 묻는 사람이 있었다. 당시 나는 밖에 나가고 없었기 때문에 그 사람의 이름은 알 수 없다. 로버츠 부인에 의하면, 그는 키가 크고 구부정한 신사였으며, 코안경을 쓰고 있었다고 한다. 그는 너를 보지 못해 매우 섭섭하게 생각했고, 너를 무척 만나고 싶어 하는 것 같았다고 한다.

코안경을 쓴 키가 크고 구부정한 신사. 보비는 아는 사람들 가운데 그 설명에 어울리는 사람을 생각해 보았지만, 아무도 머리에 떠오르지 않았다.

갑자기 한 가지 의심이 그의 마음속에 솟아올랐다. 이것이 그의 목숨을 노리는 새로운 시도의 전주일까? 이들은 그의 행방을 뒤쫓는 수상한 적일까?

그는 가만히 앉아 심각하게 생각해 보았다. 그들이 누구든 자기가 그 동네를 떠난 것을 이제 알아차린 셈이었다. 로버츠 부인이 아무런 의심 없이 런던의 새 주소를 가르쳐 주었기 때문이다.

그렇다면 그들이 누구든 이미 이곳을 감시하고 있을지도 모를 일이었다. 밖으로 나가면 누가 뒤쫓을 것이다. 그렇게 생각하면 모든게 의심스럽게 여겨지는 법이다.

"배저."

보비는 배저를 불렀다.

"왜?"

"이리 와."

그 다음의 5분은 정말 분주하게 지나갔다. 10분이 지난 다음 배저는 자기가 지시받은 내용을 암기할 수 있었다.

그가 완벽하게 외자, 보비는 1902년형 2인승 피아트에 올라 빠른 속도로 길을 나섰다. 세인트제임스 광장에 피아트를 주차한 다음, 거기서부터는 가끔 들르는 클럽까지 걸어갔다. 그곳에서 몇 군데 전화를 걸었고, 두 시간 뒤 어떤 짐이 그에게 배달되었다. 이윽고 3시 30분쯤 짙은 녹색 운전사 제복 차림의 보비가 세인트제임스 광장을 걸어가, 그 부근에 약 30분 전쯤에 주차되어 있던 대형 벤틀리에 올라탔다. 주차장 관리인은 그에게 고개를 끄덕였다. 그 차를 두고 간 신사가 약간 더듬거리는 말투로 운전사가 곧 찾으러 올 것이라고 말해 두었기 때문이다.

보비는 클러치를 밟고 깔끔하게 차를 뺐다. 임자를 잃은 피아트는 주차장에 얌전히 서 있었다. 가짜 수염 때문에 윗입술이 불편했지만 그래도 즐거웠다. 그는 남쪽이 아니라 북쪽으로 향했으며, 강력한 엔진이 장착된 자동차는 곧 북부대로 위를 질주했다.

그 경로는 조심스러운 예방 조치일 뿐이었다. 보비는 미행이 없는지 확인한 후, 왼쪽으로 방향을 꺾어 우회로를 통해 햄프셔로 향했다.

그 벤틀리가 메러웨이 코트의 현관 쪽으로 들어선 것은 티타임이 끝난 직후였다. 운전석에 앉은 운전사는 흠잡을 데 없었다.

"아, 차가 왔어요."

프랭키가 부드럽게 말했다.

그녀는 현관문 쪽으로 나갔다. 실비아와 로저도 따라왔다.

"모두 제대로 해결되었나요, 호킨스?"

운전사는 모자를 만졌다.

"예, 아가씨. 차는 수리가 완전히 끝났습니다."

"잘됐네요."

운전사는 종이쪽지를 꺼냈다.

"영주님께서 보내신 것입니다, 아가씨."

프랭키는 그것을 받았다.

"스테이벌리에 가서, 뭐였더라, 앵글러스 암스라는 곳에 묵도록 해요, 호킨스. 아침에 차가 필요할 때 전화할 테니까."

"알겠습니다, 아가씨."

보비는 자동차를 뒤로 뺀 다음 방향을 돌려 밖으로 나갔다.

"주차 공간이 부족해서 미안해요."

그러고 나서 실비아는 "참 좋은 차네요." 하고 덧붙였다.

"저 차를 타고 신나게 달리기도 하겠군요."

로저의 말이었다.

"그래요."

프랭키는 시인했다.

로저의 얼굴에 보비를 알아차린 기색이 전혀 없는 것을 보고 그녀는 만족스러웠다. 만약 그랬다면 오히려 놀랐을지도 모른다. 아무것도 모르는 채 지금의 보비를 만났다면 그녀조차도 알아보지 못할 정도였기 때문이다. 자그마한 콧수염이 매우 자연스러웠을 뿐 아니라, 보비에게 어울리지 않는 깍듯한 태도와 더불어 운전사 제복이 변장의 효과를 한층 높였다.

목소리까지도 훌륭했으며, 보비의 원래 목소리와는 전혀 달랐다. 프랭키는 보비가 생각보다 훨씬 재능이 있다고 생각하기 시작했다.

한편 보비는 앵글러스 암스를 찾아가 방을 하나 얻었다.

그는 이제 레이디 프랜시스 더웬트의 운전사 에드워드 호킨스의 역할을 하지 않으면 안 되었다.

운전사들이 사생활에서 어떤 언행을 하는지에 대해 전혀 몰랐지만, 보비는 약간 거만하게 굴더라도 나쁘지 않으리라 생각했다. 그는 스스로 우월한 존재로 느끼면서 그에 따라 행동하려고 애썼다. 앵글러스 암스에 고용된 여러 여자들이 나타내는 존경하는 듯한 태도도 그에게 힘이 되었다. 그는 곧 프랭키와 그녀가 일으킨 사고가 그곳의 중심 화제가 되어 있음을 알아차렸다. 보비는 토머스 어스큐라는 이름의 몸집이 뚱뚱하고 마음씨 좋은 여관 주인과 친해졌고, 그를 통해 정보를 수집하였다.

"리브스라는 젊은이가 거기서 사고가 일어나는 것을 보았대요."

어스큐 씨가 말했다.

보비는 그 젊은이의 거짓말이 다행이라고 생각했다. 그 유명한 사고는 목격자가 생김으로써 이제 사실로 굳어져 있었다.

"그 녀석은 마지막 순간이 왔다고 생각했대요."

어스큐 씨가 말을 이었다.

"자동차가 자기를 향해 언덕을 굴러왔으니까요. 그러더니 벽에 부딪쳤지요. 젊은 숙녀 분께서 세상을 하직하시지 않은 게 놀라울 지경이지요."

"영애께서는 그런 경우가 여러 차례 있었지요."

보비가 말했다.

"사고도 많았겠군요."

"운이 좋으셨어요. 그렇지만 우리 영애께서 때때로 직접 운전하실 때마다 내 마지막 시간이 오는구나 하고 생각한답니다, 어스큐 씨."

함께 있던 여러 사람들이 고개를 끄덕이면서, 그리 놀라운 일이 아니며 자기들도 그렇게 생각한다고 말했다.

"이곳은 아주 훌륭하군요, 어스큐 씨. 아주 훌륭하고 쾌적해요."

보비가 짐짓 친절하게 그리고 생색내듯 말했다.

어스큐 씨는 감사의 뜻을 나타냈다.

"이곳에서는 저택이라면 메러웨이 코트뿐인가요?"

"글쎄, 그레인지라는 곳도 있죠, 호킨스 씨. 그곳을 정확히 저택이라 할 수는 없겠지만. 거기에는 가족이 살지 않으니까요. 아니, 미국인 의사가 그곳을 구입할 때까지만 하더라도 여러 해 동안 비어 있었어요."

"미국인 의사라뇨?"

"그래요. 니콜슨 박사 말이죠. 그리고 호킨스 씨가 물으셨으니 말이지만, 거기서는 매우 이상한 일이 벌어진답니다."

이때 주점의 하녀가 니콜슨 박사를 보면 소름이 끼친다고 말했다.

"이상한 일이라뇨, 어스큐 씨? 무슨 말씀이죠?"

보비가 물었다.

어스큐 씨는 음울하게 고개를 가로저었다.

"그곳에는 강제로 끌려온 사람들이 있어요. 그들의 친척이 보냈죠. 믿지 않으시겠지만 거기에는 신음과 비명 소리가 그치지 않는

답니다.”

“왜 경찰이 단속하지 않을까요?”

“글쎄, 그게 합법적이니까요. 정신병자 같은 사람들이래요. 증세가 그다지 심하지 않은 미치광이 말예요. 그리고 그 신사 분은 의사니까 합법적이라는 게죠.”

여관 주인은 얼굴을 술잔에 파묻었다가 고개를 들고는 아주 의심스럽다는 듯 좌우로 흔들었다.

“글쎄, 우리가 그런 곳에서 벌어지는 일을 모두 안다면……”

보비가 음울하게 그리고 의미심장하게 말하며 땜납으로 만든 큰 맥주잔에 고개를 숙였다.

주점의 하녀가 대화에 끼어들었다.

“제 말도 바로 그거예요, 호킨스 씨. 거기서 무슨 일이 일어날까요? 글쎄, 어느 날 밤에 불쌍한 젊은 여자가 잠옷 차림으로 그곳을 탈출했어요. 그리고 의사와 두 사람의 간호사가 그 여자를 찾아 나섰죠. ‘그들이 저를 데려가게 하지 마세요!’ 그 여자는 줄곧 그렇게 외치고 있었어요. 참으로 불쌍했어요. 그 여자는 아주 부자였는데, 친척들이 그곳으로 보냈대요. 아무튼 그 여자는 도로 끌려갔어요. 의사는 그 여자가 피해망상이라고 설명했어요. 모든 사람이 그 여자를 괴롭히는 것처럼 생각한다더군요. 그렇지만 저는 가끔……”

“글쎄, 말하기는 쉬운데……”

어스큐 씨가 말했다.

그 자리에 있던 누군가는 그곳에서 벌어지는 일은 알 수가 없다고 말했다. 그러자 다른 하나가 그 말에 맞장구를 쳤다.

이윽고 그 모임이 흩어지자, 보비는 잠자리에 들기 전에 산책을 하고 싶다고 말하고는 주점을 나섰다.

그레인지는 마을에서 볼 때 메러웨이 코트의 반대편에 있었다. 그는 그쪽을 향해 발걸음을 옮겼다. 그날 저녁 그가 들은 이야기는 주목할 만한 가치가 있는 것처럼 여겨졌다. 물론 그 가운데 많은 부분은 무시해도 무방한 것이었다. 시골 사람들은 이방인에 대해 편견을 갖게 마련이며, 특히 국적이 다른 경우에는 그 정도가 심하다. 니콜슨이 약물중독자를 치료하는 요양소를 운영한다면, 그곳에서 비명이나 신음 같은 이상한 소리가 날 수도 있으며 결코 나쁜 이유 때문이라고 할 수 없다. 그러나 젊은 여자가 탈출한 이야기는 보비에게 결코 즐겁지 않은, 일종의 충격이었다.

그레인지가 정말로 본인의 의사를 무시한 채 사람들을 수용하고 있는 곳일까? 그렇다면 위장을 위해 환자를 받는 것인지도 모른다.

이런 생각을 할 즈음 보비는 연철로 만든 문이 나 있는 높은 담장에 이르렀다. 그는 문으로 다가가 가만히 흔들어 보았다. 잠겨 있었다. 그래, 잠겨 있지 않을 까닭이 없지.

그렇지만 잠겨 있는 문은 그에게 약간 사악한 느낌을 자아냈다. 이곳은 마치 감옥 같구나.

그는 길을 따라 조금 더 걸으면서 담장의 높이를 가늠해 보았다. 올라갈 수 있을까? 담장은 매끄럽고 높았으며, 발을 걸 만한 갈라진 틈이라고는 전혀 없었다. 그는 고개를 가로저었다. 그 순간 작은 쪽문이 눈에 띄었다. 그는 크게 기대하지 않고 그것을 밀어 보았다. 놀랍게도 움직였다. 잠겨 있지 않았던 것이다.

'이곳은 빠뜨린 모양이지.'

보비는 싱긋 웃으면서 안으로 들어간 뒤 살며시 그 문을 닫았다.

안에는 덤불 사이로 오솔길이 나 있었다. 그는 꼬불꼬불하게 난 그 길을 따라 걸었다. 『이상한 나라의 앨리스』에 나오는 오솔길을 연상시켰다.

갑자기 그 길이 날카롭게 꺾이더니 건물에 가까운 개방 공간으로 이어졌다. 달밤이었기 때문에 그 공간은 아주 밝았다. 보비는 달빛 속으로 발걸음을 내디디려다 말고 멈추어 섰다.

바로 그 순간 어떤 여자의 모습이 건물 모퉁이로 돌아 나왔기 때문이다. 그녀는 사냥꾼을 피하는 동물처럼(지켜보는 보비에게는 그렇게 보였다.) 잔뜩 긴장한 상태로 주위를 두리번거리면서 아주 조용히 발걸음을 옮기고 있었다. 갑자기 꼼짝하지 않고 멈추어 서더니 마치 쓰러질 것처럼 몸이 기울어졌다.

보비는 달려 나가 그녀를 붙잡았다. 그녀의 입술은 백지장처럼 하앴다. 그는 이제까지 사람의 표정에 그 같은 공포가 드러나는 것을 결코 본 적이 없었다.

"괜찮아요…… 아무 일 없어요."

그는 매우 나지막한 목소리로 차분히 그녀를 진정시켰다.

소녀 같은 여자는 희미하게 신음 소리를 냈다. 그녀의 눈꺼풀은 반쯤 닫혀 있었다.

"저는 겁이 나요. 정말 겁이 나요."

그녀가 중얼거렸다.

"무엇 때문에요?"

보비가 물었다.

젊은 여자는 고개를 흔들며 다시 희미하게 같은 말을 되풀이했다.

"저는 겁이 나요. 정말 겁이 나요."

갑자기 무슨 소리가 그녀의 귀에 들린 것 같았다. 벌떡 몸을 바로 세우더니 보비에게서 떨어졌다. 그리고 그를 바라보았다.

"가요. 어서 가세요."

"당신을 돕고 싶어요."

"그래요?"

그녀는 일이 분 동안 무엇인가를 찾아 헤매는 이상한 눈빛으로 그를 쳐다보았다. 마치 그의 영혼을 더듬는 것 같았다.

그러더니 고개를 저었다.

"아무도 저를 도울 수 없어요."

"할 수 있어요. 뭐든지 하겠습니다. 당신을 겁나게 하는 게 뭔지 말해 봐요."

그녀는 고개를 저을 뿐이었다.

"지금은 안 돼요. 어머나! 어서…… 그들이 와요! 지금 가는 게 날 돕는 거예요. 당장 가라니까요, 당장."

보비는 그녀의 재촉에 어쩔 수가 없었다.

"나는 앵글러스 암스에 있어요."

그는 그렇게 소곤거리고 오솔길을 돌아 나왔다. 그가 바라본 그녀의 마지막 모습은 그를 서두르게 하는 다급한 몸짓이었다.

갑자기 그는 자기 앞쪽의 오솔길에서 발자국 소리를 들었다. 누가 작은 쪽문으로부터 길을 따라 다가오고 있었다. 보비는 길 옆에 있는 풀숲에 몸을 감추었다.

과연 어떤 사내가 오솔길을 걸어오고 있었다. 보비 바로 곁을 스쳐 지나갔지만, 너무 어두워 그의 얼굴은 보지 못했다.

그가 사라지자 보비는 다시 걸음을 옮기기 시작했다. 그는 그날 밤에는 더 이상 아무것도 할 수 없다고 느꼈다.

그렇지만 그의 머리는 소용돌이에 휩싸였다. 그 젊은 여자를 알아볼 수 있었기 때문이다. 거기에는 추호의 의심도 없었다.

그녀는 수수께끼처럼 사라진 사진에 찍혀 있던 바로 그 인물이었던 것이다.

보비, 변호사가 되다

"호킨스 씨?"

"맞아요."

베이컨과 달걀 프라이가 한 입 가득 들어 있었기 때문에 약간 가라앉은 목소리로 보비가 대답했다.

"전화가 왔어요."

보비는 서둘러 커피를 한 모금 마신 다음 입을 닦고는 자리에서 일어섰다. 전화기는 자그마한 어두운 통로 쪽에 있었다. 그는 수화기를 집어 들었다.

"여보세요."

"아, 프랭키."

부주의하게 보비가 대답했다.

"나는 레이디 프랜시스 더웬트인데 호킨스가 맞나요?"

쌀쌀한 목소리였다.

"예, 아가씨."

"런던으로 출발하게 10시에 와요."

"잘 알겠습니다, 영애님."

보비는 수화기를 내려놓으며 생각했다.

'언제 아가씨라고 하고 언제 영애님이라고 하는지 모르겠어. 알아야 하는데도 모르겠단 말이야. 진짜 운전사나 집사가 보면 이걸로 내가 가짜라는 것을 알아차리겠는걸.'

프랭키는 전화기를 내려놓고 로저 배싱턴프렌치에게 말했다.

"오늘 런던에 가야 하다니 귀찮아 죽겠어요. 아버지께서 화를 내시는 바람에."

"하지만 오늘 저녁에 돌아오시겠죠?"

"아, 그럼요!"

"저를 태워 주실 수 있는지 물어 볼까 생각하고 있는 참입니다만."

로저가 무심코 말했다.

프랭키는 아주 짧은 순간 멈칫했지만 곧 순순히 대답했다.

"물론 그렇게 하죠."

"음…… 다시 생각하니 오늘은 갈 수 없겠어요. 형이 어느 때보다 이상해 보이거든요. 형수님 혼자 그의 곁에 두고 싶지 않군요."

"알겠어요."

"직접 운전하실 거예요?"

전화 있는 곳에서 나오면서 로저가 물었다.

"예, 하지만 호킨스를 태우고 가야죠. 쇼핑도 해야 하는데, 혼자 운전할 때는 차를 두고 내릴 수가 없어서 번거롭거든요."

"그렇겠군요."

그는 더 이상 말하지 않고, 아주 깍듯한 몸가짐의 보비가 운전하는 차가 오자 현관의 계단까지 따라나와 그녀를 전송했다.

"안녕히 계세요."

그녀는 손을 내밀 생각이 없었지만, 로저가 그녀의 손을 잠깐 잡았다.

"돌아오시는 거죠?"

고집스럽게 그가 다시 물었다.

프랭키는 웃음을 터뜨렸다.

"물론예요. 나는 오늘 저녁까지 안녕이라는 뜻이었어요."

"다시 사고를 내지 않도록 조심하세요."

"원한다면 호킨스에게 운전을 맡길게요."

그녀는 보비 곁에 올라탔다. 보비는 모자를 슬쩍 만졌다. 차가 움직이기 시작했고, 로저는 계단에 선 채 차의 뒷모습을 지켜보았다.

"보비, 로저가 내게 반할 수도 있을까?"

"그랬어?"

"글쎄, 그냥 생각이야."

"그런 증상은 네가 잘 알겠지."

보비의 말투에는 힘이 없었다. 프랭키는 그를 힐끗 쳐다보았다.

"무슨 일이 있었어?"

"그래, 프랭키, 그 사진의 인물을 발견했어."

"네가 그처럼 여러 차례 말했던 사진, 죽은 사람의 호주머니에 있던 그 사진을 말하는 거야?"

"응."

"보비! 나도 몇 가지 이야기할 게 있지만 그보다 중요한 것은 없어! 대관절 어디서 그 여자를 발견했어?"

보비는 고개를 휙 돌렸다.

"니콜슨 박사의 요양소에서."

"이야기해 줘."

보비는 조심스럽게 그리고 꼼꼼하게 전날 밤에 있었던 일을 설명했다. 프랭키는 숨을 죽이고 이야기에 귀를 기울였다.

"그렇다면 우리는 올바른 궤도에 있는 거야. 니콜슨 박사가 모든 짓을 꾸몄어! 나는 그 사람이 두려워."

"어떤 사람이지?"

"아, 몸집이 크고 힘도 있어. 그리고 사람을 지켜보는 거지, 안경 너머로 뚫어지게. 그가 우리에 대해 다 알고 있다는 느낌이 들어."

"언제 만났지?"

"저녁 식사 때 왔어."

그녀는 디너 파티에서 니콜슨 박사가 그녀의 '사고'에 대해 시시콜콜 따진 것에 대해 설명했다.

"나는 그가 의심스러워."

그녀가 결론적으로 말했다.

"그처럼 시시콜콜 따진 것은 확실히 이상하군. 프랭키, 이 사건의 밑바닥에 깔린 것은 무엇이라고 생각해?"

"글쎄, 나는 약물 범죄단의 소행이라는 네 말이 틀린 추측이 아니라는 생각이 들기 시작해. 당시에는 전혀 아니라고 생각했지만 말이야."

"니콜슨 박사가 범죄단의 두목이고?"

"그래. 이 요양소 사업은 아주 좋은 위장물이 되는 거지. 그는 합법적으로 많은 약물을 지니고 있을 거야. 약물중독자를 치료하는 척하면서 실제로는 약물 공급을 할지도 몰라."

"충분히 그럴듯하군."

보비도 동의했다.

"내가 아직 헨리 배싱턴프렌치에 대해서는 말하지 않았네."

그녀가 집주인의 특이한 점에 대해 설명하는 것을 보비는 주의 깊게 들었다.

"부인은 의심하지 않는 거야?"

"확실해."

"부인은 어떤 사람이지? 똑똑해?"

"정확하게는 생각해 보지 않았어. 아냐, 아주 똑똑한 것은 아니야. 하지만 어떤 면에서는 매우 날카로워 보여. 솔직하고 명랑한 여자지."

"그리고 우리가 뒤쫓고 있는 배싱턴프렌치는?"

"그 점에서 나는 당혹스러워."

프랭키가 천천히 덧붙였다.

"보비, 우리가 그에 대해 잘못 생각했을 가능성이 있을까?"

"말도 안 돼. 우리는 여러 가지로 따진 결과 그가 바로 악한이라고 단정한 거잖아."

"사진 때문에?"

"사진 때문이지. 그 사람을 제외한 다른 사람은 사진을 바꾸어 놓을 수 없어."

"나도 알아. 그렇지만 그에게 혐의가 가는 것은 그 사실 하나뿐이기도 하잖아."

"그것으로 충분해."

"그렇다고 생각하지만 그래도……."

"응?"

"이유를 모르겠지만, 이상하게도 그는 무죄이고 그 문제에 전혀 관련이 없다는 느낌이 들어."

보비는 그녀를 냉정하게 쳐다보며 물었다.

"그가 네게 반했다는 거야, 네가 그에게 반했다는 거야?"

"그런 말 하지 마, 보비. 나는 무죄를 설명할 수 있는 게 또 없을까 생각했을 뿐이야."

프랭키는 얼굴을 붉혔다.

"있을 수가 없지. 특히 이제는 가까운 곳에서 그 여자를 발견했으니까 말이야. 그것이 여러 가지 문제를 마무리해 줄 것 같아. 우리가 죽은 사람이 누구인지에 대해 조금이라도 알기만 하면……."

"아, 내가 알아냈어. 편지에서도 그렇게 적었잖아. 죽은 사람은 앨런 카스테어스라는 사람이라는 게 거의 확실해."

그녀는 다시 한 번 자세히 설명했다.

"이봐, 우리는 정말 많은 성과를 거둔 셈이야. 이제 범죄를 재구성해야 돼. 여러 가지 사실을 펼쳐 놓은 뒤 우리가 무엇을 할 수 있는지 알아보기로 해."

보비는 잠시 말을 멈추었으며, 마치 동조하듯 차의 속도도 느려졌다. 그러자 그는 다시 한 번 액셀러레이터를 밟으면서 그와 동시에 입을 열었다.

"우선 앨런 카스테어스에 대해서는 네가 옳다고 생각하기로 해. 그는 확실히 여러 가지 조건에 어울리는 사람이야. 그는 방랑 생활을 했고 영국에 친구나 친지가 아주 적기 때문에, 그가 사라지더라도 보고 싶어 하거나 찾지 않으리라는 것 등 딱 맞는 사람이지. 그런데 앨런 카스테어스가 스테이벌리에 왔다……. 누구하고 왔다고 했지?"

"리빙턴. 그 부분을 조사해야 돼. 사실 우리는 거기서 실마리를 찾아야 할 거야."

"그래야지. 좋아, 카스테어스가 리빙턴 부부와 함께 스테이벌리로 온다. 자, 거기에 의심할 만한 점이 있을까?"

"네 말은 그가 그들에게 부탁해서 일부러 이곳으로 왔다는 거야?"

"그래. 단지 우연히 오게 된 것일까? 그가 그들에 이끌려 이곳으로 왔다가 나처럼 우연히 그 젊은 여자와 마주치게 되었을까? 나는 그가 그 여자를 이전부터 알고 있었으며, 그렇지 않다면 그 사진을 갖고 다니지 않았을 거라고 생각해."

프랭키가 생각에 잠겨 말했다.

"그가 이미 니콜슨 일당을 추적하고 있었을지도 모르지."

"그리고 이곳으로 오는 수단으로 리빙턴 부부를 이용했다는 거야?"

"아주 가능성 있는 가설이라니까. 그가 니콜슨 일당을 추적했을지도 모른다는 것 말이야."

"아니면 그냥 그 여자를 찾았을지도 몰라."

"그 여자?"

"그래. 그 여자가 납치된 것일지도 모르잖아. 그 여자를 찾으러 영국에 왔을 가능성도 있어."

"글쎄, 하지만 스테이벌리까지 왔다면, 웨일스에는 왜 간 걸까?"

"우리가 아직 모르는 것이 많군 그래."

보비가 말했다.

"에번스. 우리는 에번스에 관한 실마리도 찾지 못했어. 에번스 문제가 웨일스와 관계있는 게 틀림없어."

프랭키가 생각에 잠겨 말했다.

그들은 잠깐 침묵했다. 그제서야 프랭키는 그들이 지금 어디에 와 있는지 깨달았다.

"어머나, 벌써 퍼트니힐이야. 5분밖에 되지 않은 것 같은데. 어딜 가서 뭘 할까?"

"그건 네가 말해야지. 나는 우리가 왜 런던에 왔는지조차 모르겠어."

"런던에 온 것은 너하고 이야기를 하기 위한 핑계였지. 스테이벌리의 노상에서 걸으면서 운전사와 깊은 이야기를 나누는 것은 위험하거든. 아버지의 가짜 편지를 핑계로 런던에 가면서 도중에 너와 이야기하려고 했는데, 그것마저도 배싱턴프렌치가 따라오겠다는 바람에 무산될 뻔했어."

"정말 계획을 망칠 뻔했구나."

"그렇지도 않아. 그가 원하는 곳에 내려준 뒤 브룩 거리에 가서 거기서 이야기하면 되었을 테니까. 그래, 거기에 가는 것이 좋겠어. 네 정비 공장은 감시를 받고 있을지도 모르거든."

보비도 동의하면서, 마치볼트에 자기를 찾는 사람이 있었다는 이야기를 전해 주었다.

"더웬트 가문의 런던 주택으로 가는 게 좋겠어. 거기에는 관리인 두 사람과 내 하녀밖에 없어."

그들은 브룩 거리로 향했다. 프랭키가 벨을 누르자 문이 열렸고, 그녀 혼자 먼저 들어간 뒤 보비는 밖에서 기다렸다. 그런 다음 프랭키가 다시 문을 열어 그를 들어오게 했다. 그들은 2층에 있는 커다란 응접실로 들어가, 블라인드를 올리고 소파 하나의 덮개를 걷어 냈다.

"네게 잊어버리고 얘기 안 한 게 하나 있어. 네가 독을 마신 16일에 배싱턴프렌치는 스테이벌리에 있었지만 니콜슨은 런던에 회의가 있다면서 그곳을 떠났대. 그리고 그의 차가 짙은 푸른색 탤벗이야."

"그리고 그는 모르핀을 얼마든지 사용할 수 있고……."

보비가 덧붙여 말했다.

두 사람은 뜻있는 시선을 주고받았다.

보비가 말했다.

"증거라고 할 수는 없지만 척척 들어맞는군."

프랭키는 사이드테이블로 다가가 전화번호부를 가지고 돌아왔다.

"뭘 하려고 그래?"

"리빙턴이라는 이름을 찾아보려는 거야. A. 리빙턴 앤드 선스 건설회사, 치과의사 B. A. C. 리빙턴, D. 리빙턴, 슈터스힐, 이 사람은 아니야. 미스 플로렌스 리빙턴, H. 리빙턴 대령, 이 사람은 꽤 그럴듯해. 타이트 거리의 첼시에 있대."

그녀는 검색을 계속했다.

"온슬로 광장에 M. R. 리빙턴이 있어. 이 사람도 가능해. 햄스테드에도 윌리엄 리빙턴이 있네. 나는 온슬로 광장과 타이트 거리에 있는 사람이 가장 가능성이 있는 것 같아. 보비, 리빙턴 부부를 빨리 찾아가야 해."

"나도 그렇게 생각하지만, 가서 뭐라고 말할 거야? 네가 그럴듯한 거짓말을 생각해 봐, 프랭키. 나는 그런 일에 소질이 없으니까."

프랭키는 잠시 생각에 잠겼다.

"나는 네가 가야 한다고 생각해. 법률 사무소의 젊은 변호사 흉내를 낼 수 있겠어?"

프랭키가 물었다.

"매우 신사다운 역할이군. 그보다 형편없는 역할을 네가 생각해 내지 않을까 걱정했거든. 하지만 어울리지 않을 것 같은데?"

"무슨 뜻이지?"

"글쎄, 변호사가 직접 사람을 찾아 나서는 경우는 없잖아? 그들은 언제나 한 번에 6 내지 8펜스를 받고 서류를 작성해 주거나, 사람들에게 편지를 보내 사무실 방문 약속을 잡으라고 하거든."

"이 법률 사무소는 특별해. 잠깐만 기다려 봐."

그녀는 방을 나갔다가 명함을 하나 들고 왔다.

"프레더릭 스프래지 씨로군."

그것을 보비에게 건네면서 그녀가 말했다.

"너는 블룸스베리 광장에 있는 스프래지, 스프래지, 젠킨슨 앤드 스프래지라는 법률 사무소 소속의 젊은 변호사가 되는 거야."

"그 법률 사무소의 이름을 지어낸 거야, 프랭키?"

"천만에. 아빠의 변호사들이야."

"내가 그들을 사칭하는 것을 알게 되면?"

"괜찮아. 거기에 젊은 스프래지는 없어. 스프래지는 한 사람뿐인데 백 살가량 되고 내가 시키는 대로 할 사람이야. 문제가 생기면 알아서 해결할게. 그 사람은 엄청난 속물이야. 돈은 벌지 못하더라도 귀족이라면 사족을 못 쓰거든."

"옷은 어떻게 하지? 배저에게 전화해서 좀 가져오라고 할까?"

프랭키는 의심스럽다는 듯한 표정을 지었다.

"보비, 네 옷을 나무랄 생각은 없어. 네 가난을 탓하는 것도 아니야. 다만 네 옷은 어울리지 않아. 아빠의 옷장을 찾아보면 어떨까? 아빠의 옷이 네게 그럭저럭 맞을 것 같거든."

15분 뒤 마름질 잘된 모닝코트와 줄무늬 바지를 차려입은 보비는 마칭턴 경의 커다란 거울 앞에 서 있었다.

"네 아버지께서는 의상 취향이 뛰어나시구나. 새빌 거리의 의상을 걸치니까 자신감이 솟아나는 듯해."

보비가 우아하게 말했다.

"콧수염은 그대로 붙이고 있어야겠어, 보비."

"아주 단단히 붙어 있어. 이건 일종의 예술 작품이야. 금방 뗐다 붙였다 할 수 있는 게 아니지."

"그럼 붙이고 있는 게 좋겠네. 깔끔하게 면도를 하는 것이 더 변호사다워 보일지 모르지만."

"턱수염보다야 낫지. 자, 프랭키, 그럼 네 아버지 모자도 빌려 볼까?"

리빙턴 부인의 이야기

현관의 계단에 멈춰선 보비가 프랭키에게 말했다.

"온슬로 광장의 M. R. 리빙턴 씨 자신이 변호사라면? 그럼 큰일이잖아."

"그럼 타이트 거리의 대령부터 먼저 시도해. 그는 변호사에 대해 아무것도 모를 거야."

그래서 보비는 택시를 타고 타이트 거리로 향했다. 리빙턴 대령은 외출 중이었으나 부인은 집에 있었다. 그는 하녀에게 '스프래지, 스프래지, 젠킨슨 앤드 스프래지 법률 사무소로부터 급한 용무로 방문'이라고 미리 써 놓은 명함을 내밀었다.

그 명함과 마칭턴 경의 의상이 하녀에게 효력을 발휘했다. 그녀는 보비가 축소 모형을 팔거나 보험을 권유하러 왔다고는 조금도 의심하지 않았다. 그는 값비싼 용품으로 꾸며진 아름다운 응접실로 안내되었으며, 곧 아름답고 값비싼 의상을 차려입고 화장까지 한 리빙턴 부인이 그곳으로 들어왔다.

"번거롭게 해서 죄송합니다, 리빙턴 부인. 그렇지만 급한 용건이라 서신을 보내면 늦어질까 봐 직접 방문하게 되었습니다."

보비는 이렇게 말하는 순간, 변호사라면 아무리 급한 일이라도 늦어지는 것을 결코 두려워하지 않을 것이라는 생각이 들었고, 리빙턴 부인이 그것을 눈치 채지 않을까 잠시 초조해졌다.

그러나 리빙턴 부인은 분명히 두뇌보다 외양에 신경을 쓰는 여자였는지라 그 말을 곧이곧대로 받아들였다.

"앉으세요. 오시고 있다는 전화 연락을 방금 사무실로부터 받았어요."

보비는 이 마지막 순간의 적절한 조처를 취한 프랭키에게 속으로 찬사를 보냈다.

그는 자리에 앉았고 변호사처럼 보이려고 애썼다.

"용건은 우리 의뢰인인 앨런 카스테어스 씨에 관한 것입니다."

"그래요?"

"그분께서 우리가 그분의 법률 업무를 대행하고 있다고 말씀드렸을 줄로 압니다."

"그랬나요? 글쎄요, 그랬겠죠."

리빙턴 부인은 커다란 푸른 눈을 크게 떴다. 그녀는 분명히 쉽게 최면에 걸릴 수 있는 부류였다.

"그렇지만 난 당신의 법률 사무소에 대해서는 잘 알고 있어요. 돌리 몰트래버스가 그 무시무시한 양복점 사내를 총으로 쏜 사건에서 그 여자의 변호를 맡았죠? 당신도 그 상세한 내용까지 다 알고 계실 것 같아."

그녀는 잔뜩 호기심을 나타내며 그를 바라보았다. 보비는 리빙턴 부인이라면 쉽게 다룰 수 있겠다고 생각했다.

"저희는 법정에까지 가지 않는 것도 많이 알고 있습니다."

그는 미소를 지어 보였다.

"어머나, 그럴 거예요."

리빙턴 부인은 부럽다는 듯 그를 쳐다보았다.

"그럼 말씀해 주세요. 그 여자가 정말 자기가 말한 옷차림을 했었나요?"

"그 이야기는 법정에서 부인되었습니다."

보비가 엄숙하게 말했다. 그러고는 눈꺼풀의 모서리를 살짝 내렸다.

"아, 그렇군요."

리빙턴 부인은 기뻐하면서 숨을 몰아쉬었다.

친근감을 조성했으니 이제 용무를 처리할 수 있겠다고 생각한 보비는 입을 열었다.

"카스테어스 씨에 관한 용건입니다만, 그분께서 갑작스럽게 영국을 떠나셨습니다. 그 점은 알고 계시나요?"

리빙턴 부인은 고개를 저었다.

"영국을 떠났어요? 나는 몰랐어요. 우리는 한동안 그를 보지 못했거든요."

"그분께서 언제쯤 돌아오실 거라고 했습니까?"

"일이 주 뒤나, 아니면 반년이나 1년쯤? 언제 돌아올지 모른다고 했죠."

"그분께서는 어디에 머무르시나요?"

"사보이죠."

"마지막으로 그분을 언제 보셨습니까?"

"글쎄, 3주나 한 달 전쯤이었을 거예요. 기억이 나지 않는군요."

"언젠가 그분을 스테이벌리로 데리고 가셨지요?"

"아, 그래요! 우리가 그를 본 건 그때가 마지막이었어요. 그가 전화를 해서 언제 우리를 볼 수 있느냐고 물었죠. 그는 런던에 막 도착했다고 했어요. 휴버트는 아주 난처해졌죠. 그 다음 날에 스코틀랜드에 가기로 되어 있고, 그날은 스테이벌리로 가서 어쩔 수 없이 만나야 하는 사람들과 외식을 하기로 되어 있었거든요. 하지만 남편은 카스테어스를 매우 좋아했으므로 그 사람은 꼭 봐야 한다기에 제가 말했죠. '여보, 그를 데리고 함께 배싱턴프렌치 가족에게 가기로 해요. 그들은 개의치 않을 거예요.' 그래서 그렇게 된 거예요. 그리고 물론 그들은 개의치 않았어요."

그녀는 숨도 쉬지 않고 말하고는 잠시 입을 다물었다.

"그분께서 영국에 머무시게 된 까닭을 이야기하시던가요?"

보비가 물었다.

"아뇨. 특별한 까닭이 있었나요? 아 그렇지, 알아요. 우리는 그것이 비극적인 죽음을 맞이한 그의 백만장자 친구 때문일 것이라고 생각했죠. 어느 의사가 그 사람에게 암에 걸렸다고 하자 자살을 해 버렸지요. 의사가 그런 말을 하는 법이 어디 있어요? 그렇게 생각하지 않으세요? 그리고 그들이 틀리는 경우도 가끔 있잖아요. 며칠 전 우리 의사도 딸애가 홍역이라고 했지만, 곧 일종의 땀띠로 판명되었거든요. 나는 휴버트에게 의사를 바꾸자고 했어요."

리빙턴 부인이 의사를 도서관에 있는 책처럼 생각하는 것을 무시하고 보비는 요점으로 돌아왔다.

"카스테어스 씨가 배싱턴프렌치 가족을 알고 있었나요?"

"아뇨. 그렇지만 앨런은 그들을 좋아했다고 생각해요. 그런데 돌아올 때는 아주 이상하게 우울해져 있더군요. 이야기 가운데 뭔가가 그를 당황스럽게 한 것이라 생각해요. 아시다시피 그는 캐나다인인데, 캐나다인은 간혹 너무 과민한 것 같다니까요."

"그분을 당황하게 만든 것이 무엇인지 모르시나요?"

"전혀 모르겠어요. 때때로 아주 시시한 것이 그럴 수도 있잖아요."

"그분께서 그 부근을 산책하지는 않으셨습니까?"

"아뇨. 그건 터무니없는 생각이에요."

그녀는 그를 물끄러미 쳐다보았다.

보비는 다시 시도해 보았다.

"그럼 파티가 있었나요? 그분께서 이웃에 사는 사람을 만났습니까?"

"아뇨, 단지 그들과 우리들뿐이었어요. 그렇지만 그렇게 말씀하시니까 이상한데……."

"예?"

그녀가 말을 멈추자 보비가 다음 이야기를 재촉하듯 말했다.

"카스테어스 씨가 그곳 가까운 데 사는 누군가에 대해 여러 가지 질문을 했거든요."

"그 이름을 기억하시나요?"

"아뇨. 별로 관심을 끌 만한 사람이 아니었거든요. 의사였든가 그럴 거예요."

"니콜슨 박사였습니까?"

"그 이름이었을 거예요. 그는 그 사람과 그의 부인, 그리고 그들이 언제 그곳에 오는지 등 온갖 것을 물었어요. 그가 원래는 호기심이 강한 사람이 아니었으므로 아주 이상하게 생각되었어요. 그렇지만 물론 그가 대화를 나누면서 달리 할 말이 없었기 때문인지도 모르죠. 사람에게는 때때로 그런 경우가 있는 법이거든요."

보비는 그 말에 동의하고 니콜슨 부부에 대한 화제가 어떻게 나왔는지에 대해 물었지만, 리빙턴 부인은 그것까지 알지는 못했다. 그녀는 헨리 배싱턴프렌치와 함께 정원에 나갔다 왔으며, 그때 이미 니콜슨 부부에 대한 이야기가 논의되고 있었던 것이다.

이제까지 대화는 순조롭게 진행되었고, 보비는 아무런 위장 없이 그 부인으로부터 이야기를 끌어냈지만, 갑자기 그녀가 호기심을 나타냈다.

"그런데 카스테어스 씨에 대해 아시고자 하는 게 뭐예요?"

보비는 설명하기 시작했다.

"제가 원하는 것은 그분의 주소입니다. 아시다시피 저희는 그분을 위해 일하고 있는데 얼마 전 뉴욕에서 중요한 전보가 왔습니다.
아시다시피, 지금 달러화의 가격 변동이 심하거든요."

리빙턴 부인은 알아들으려고 애쓰며 고개를 끄덕였다.

보비는 재빨리 말을 이었다.

"그래서 그분과 접촉하려는 것입니다. 그분의 지시를 받아야 하기 때문이죠. 그분께서는 주소를 남기지 않으셨고, 그분께서 친구 사이라고 하신 것을 들었기 때문에 이곳을 찾아오면 그분의 소식을 들을 수 있을지 모르겠다고 생각했습니다."

"아, 알겠어요……."

충분히 만족한 리빙턴 부인이 말했다.

"그렇지만 어쩌죠? 그는 항상 행방이 모호한 사람이거든요."

"예, 분명히 그렇죠."

보비는 자리에서 일어섰다.

"자, 그럼……. 너무 많은 시간을 빼앗게 되어 죄송합니다."

"천만에요. 그리고 돌리 몰트래버스가 정말 그랬다는 것을 알게 되어 재미있었어요."

"저는 전혀 아무 말씀도 드리지 않았습니다만……."

"그랬죠. 변호사들은 항상 그처럼 세심하시더라."

리빙턴 부인은 그렇게 말하면서 살짝 웃음을 터뜨렸다.

보비는 타이트 거리를 걸어 내려오면서 생각했다.

'이제 됐군. 내가 그 돌리 뭐라는 여자에 대해 너무 멋대로 말한 것 같지만, 감히 말하건대 그럴 만하다고 생각해. 그리고 저 멋쟁이 여편네는 얼마나 멍청한지, 카스테어스의 주소가 필요하면 왜 간단히 전화 한 통으로 묻지 않았는지 결코 의심하지 않을 거야.'

브룩 거리로 돌아온 그는 프랭키와 함께 그 문제를 모든 각도에서 검토했다.

"그가 배싱턴프렌치의 집에 가게 된 것은 정말 순수한 우연의 결과처럼 보여."

프랭키가 생각 끝에 덧붙였다.

"나도 알아. 그리고 거기에 내려갔다가 어떤 우연한 말 때문에 니콜슨 부부가 그의 주의를 끌었고."

"그렇다면 정말 수수께끼의 핵심에 있는 것은 배싱턴프렌치 가족이 아니라 니콜슨이야? 아직도 네 영웅의 혐의를 풀어 주려고 안달인 게로군."

보비가 그녀를 쳐다보며 쌀쌀하게 말했다.

"이봐, 나는 드러나 보이는 사실을 지적하고 있을 뿐이야. 카스테어스를 흥분시킨 것은 니콜슨과 그가 운영하는 요양소에 대한 언급이야. 배싱턴프렌치 가족들에게 간 것은 순수하게 우연이었고. 그것은 너도 인정해야 돼."

"그럴지도 몰라."

"모르다니?"

"글쎄, 다른 가능성도 하나 있거든. 리빙턴 부부가 배싱턴프렌치 가족과 점심식사를 하러 간다는 계획을 카스테어스가 어떻게 해서 알아냈을는지도 몰라. 어쩌면 사보이의 레스토랑 같은 데서 그 이야기를 들었을 수도 있지. 그래서 그들에게 전화를 걸어 빨리 만나고 싶다고 말했고, 이루어졌으면 하고 바랐던 일이 그대로 이루어진 거야. 그들은 이미 약속이 잡혀 있었기 때문에 그에게 동행을 권유했어. 그들도 그를 보고 싶어 한 데다 그들의 친구들이 개의치 않을 것이라고 생각했기 때문이지. 그럴 가능성도 있어, 프랭키."

"가능성은 있지만 상당히 억지스러워."

"네가 일으킨 사고보다 억지스럽지는 않아."

"그 사고는 강력하고 직접적인 행동이었어."

프랭키가 냉정하게 말했다.

보비는 마칭턴 경의 옷을 벗어 원래 있던 곳에 다시 갖다 놓았으며, 다시 운전사 제복을 입었다. 그리고 곧 두 사람은 스테이벌리로 향했다.

프랭키가 차분하게 말했다.

"만약 로저가 내게 반했다면 내가 빨리 돌아온 것을 기뻐하겠지. 내가 그에게서 오래 떨어져 있는 것을 견딜 수 없는 모양이라고 생각할 거야."

"네가 그것을 견딜 수 있는지 모르겠군. 정말 위험한 범죄자란 유별나게 매력적이라더니."

"어쩐지 그가 범죄자라고 생각되지 않아."

"그 말은 전에도 했어."

"글쎄, 그렇게 느낀다니까."

"그 사진 문제를 어떻게 설명할 거야?"

"망할 놈의 사진!"

프랭키가 내뱉듯 말했다.

보비는 잠자코 현관 앞에 차를 세웠다. 프랭키는 차에서 뛰어내리더니 뒤도 돌아보지 않고 집 안으로 들어갔다. 보비는 차를 끌고 나왔다.

집 안은 매우 조용했다. 프랭키는 시계를 보았다. 오후 2시 30분이었다.

'이들은 내가 벌써 돌아오리라고는 생각지 않는 모양이야. 다들 어디로 갔을까?'

그녀는 서재의 문을 열고 안으로 들어가다가 입구에서 멈추어 섰다.

니콜슨 박사가 소파에 앉아 실비아 배싱턴프렌치의 양손을 꼭 잡고 있었다.

실비아는 갑자기 나타난 프랭키를 보자 변명하듯 서둘러 입을 열었다.

"이분께서 이야기를 해주고 계셨어요."

목소리는 잠겨 있었다. 그녀는 양손을 감추기라도 하듯 그것으로 자기의 얼굴을 가렸다.

"너무 엄청난 일이에요."

그녀는 흐느끼면서 프랭키 곁을 지나 밖으로 달려 나갔다.

니콜슨 박사도 일어섰다. 프랭키는 한두 걸음 그를 향해 다가갔다. 여느 때와 마찬가지로 날카로운 그의 시선이 그녀의 시선과 마주쳤다.

"안된 일입니다. 저분에게는 커다란 충격이었어요."

그가 부드럽게 말했다.

그의 입가 근육이 씰룩거렸다. 찰나적으로 프랭키는 그가 즐거워하는 것이라고 생각했다. 그러나 곧 그것이 전혀 다른 감정이라는 것을 깨달았다.

그 남자는 화를 내고 있었다. 부드럽고 차분한 가면 뒤에 분노를 감추면서 스스로 억제하고 있었으나, 그 감정이 그대로 드러났다. 그가 할 수 있는 것이라고는 그 감정을 억제하는 것뿐이었다.

잠깐 침묵이 이어졌다.

"배싱턴프렌치 부인이 진실을 알고 있는 것이 가장 좋아요. 나는 저분에게 남편을 내게 보내도록 권했어요."

"방해가 되지 않았는지 모르겠어요……."

프랭키는 부드럽게 말했다. 그리고 잠시 말을 멈추었다가 덧붙였다.

"제가 너무 빨리 돌아왔군요."

사진의 여자

보비가 여관으로 돌아가자, 그를 만나려고 누가 기다리고 있다는 소식을 들었다.

"여자 분이에요. 어스큐 씨의 방에 가 보세요."

보비는 약간 당황하면서 걸음을 옮겼다. 프랭키에게 날개가 달리지 않았다면 자기보다 먼저 앵글러스 암스에 올 수 없을 것이며, 자기를 찾아올 사람이라고는 프랭키밖에 없다고 생각했기 때문이다.

그는 어스큐 씨가 개인용 방으로 사용하고 있는 작은방의 문을 열었다. 검은색 옷차림으로 의자에 똑바로 앉아 있는 호리호리한 몸매의 인물은 바로 사진 속의 여자였다.

보비는 깜짝 놀라 한동안 아무 말도 할 수 없었다. 그리고 그는 그 여자가 매우 초조해 하고 있는 것을 알아차렸다. 그녀는 작은 손을 떨고 있었으며, 의자의 팔걸이 위에서 폈다 오므렸다 하고 있었다. 그녀는 너무 초조하여 말조차 할 수 없을 듯했지만, 커다란 눈은 공포에 사로잡힌 매력 같은 것을 간직하고 있었다.

"당신이었군요."

마침내 보비가 말했다. 그는 문을 닫고 탁자 쪽으로 다가갔다.

그녀는 아직도 입을 열지 않았다. 잠자코 공포에 질린 커다란 눈이 그를 바라보기만 할 뿐이었다. 마침내 말이 튀어나왔지만, 거친 속삭임에 지나지 않았다.

"말했죠……. 말했어요……. 나를 도와줄 거라고요. 하지만 오지 말았어야 했나 봐요……."

보비는 그 말을 중단시키면서 다짐을 해주었다.

"오지 말았어야 했다고요? 말도 안 되는 소리. 잘 왔어요. 물론 와야지요. 당신을 돕기 위해 무엇이든 하겠어요. 겁내지 말아요. 이제는 안전하니까요."

그 여자의 얼굴에 혈색이 약간 돌아오는가 싶더니 불쑥 말했다.

"당신은 누구세요? 당신은…… 당신은 운전사가 아녜요. 제 말은 운전사일지 모르지만 정말은 아니라는 거죠."

보비는 혼란스럽고 두서없는 말에도 불구하고 그녀의 말에 감추어진 의혹을 알아차렸다.

"요즘에는 사람이 온갖 일을 하죠. 나는 한때 해군에 있었어요. 지금은 정확히 말해 운전사가 아니지만, 그것은 문제가 아녜요. 아무튼 다짐하지만 당신은 나를 믿어도 돼요. 그리고 모든 것을 이야기해 주세요."

그녀의 얼굴이 더욱 붉어지며 중얼거렸다.

"나를 미쳤다고 생각할 게 틀림없어요. 미쳤다고 생각할 게 틀림
없다니까요……."

"아니 천만에……."

"맞아요. 이렇게 찾아온 것 하며……. 하지만 나는 너무 무서워요.
너무 무섭다니까요……."

그녀의 목소리는 차츰 약해졌으며 두 눈은 마치 무시무시한 환영
을 보는 것처럼 커졌다.

보비는 그녀의 손을 꼭 잡았다.

"이봐요. 자, 괜찮아요. 모든 것이 잘될 거예요. 당신은 이제 친구
와 함께 있으니까 안전해요. 아무 일도 생기지 않을 거라니까요."

그의 말에 대답하듯 그녀의 손가락에 힘이 들어가는 것을 보비는
느꼈다.

그녀가 나지막하게 서둘러 말했다.

"며칠 전에 달빛 속으로 당신이 튀어나왔을 때 그것은 하나의 꿈,
구원의 꿈이었어요. 당신이 누구인지, 어디서 왔는지 몰랐지만, 내
게 희망을 주었어요. 그래서 이곳에 와서 당신을 찾아 이야기를 해
야겠다고 결심했죠."

"잘했어요. 말해 봐요. 전부 말해요."

보비가 격려했다.

갑자기 그녀가 손을 뺐다.

"내가 말을 하면 내가 미쳤다고 생각할 거예요. 그곳에 있는 바람

에 다른 사람들처럼 내 머리가 돌아 버렸다고 생각할 거라니까요."

"아니 그러지 않겠어요. 정말이에요."

"그럴 거예요. 미친 소리처럼 들리니까요."

"그렇지 않다는 것을 나는 알아요. 말해 봐요. 제발 말해 보세요."

그녀는 그로부터 조금 더 몸을 뺐다. 자세는 아주 똑바로 앉은 채였고, 시선은 앞쪽을 똑바로 응시하고 있었다.

"뭐냐 하면요…… 누가 날 죽일까 봐 겁나는 거예요."

그녀의 목소리는 칼칼하고 거칠었다. 그녀는 분명히 자제하면서 말하고 있었지만 양손은 떨리고 있었다.

"누가 죽인다고요?"

"그래요, 미친 소리 같지 않아요? 그…… 뭐라 그러죠? 피해망상처럼……."

"아뇨. 미친 소리 같지 않아요. 단지 겁이 나는 것뿐이죠. 말해 봐요, 누가 왜 당신을 죽이려고 하는 거죠?"

그녀는 잠시 입을 다물었다. 양손만 맞잡았다 풀었다 할 뿐이었다. 그러더니 나지막하게 중얼거렸다.

"내 남편요."

"남편?"

여러 가지 생각이 보비의 머리에서 소용돌이쳤다.

"당신 이름이 뭐죠?"

그가 불쑥 물었다.

그러자 이번에는 그녀가 깜짝 놀라는 표정을 지었다.

"몰랐어요?"

"알 턱이 없죠."

"나는 모이라 니콜슨예요. 내 남편은 니콜슨 박사고요."

"그럼 당신은 그곳의 환자가 아닌가요?"

"환자라고요? 어머나, 아니에요."

그녀의 얼굴은 갑자기 어두워졌다.

"그러니까 내가 환자 같다고 생각하는군요."

"아니, 아녜요. 그런 뜻이 전혀 아니었어요."

그는 그녀를 안심시키기 위해 다시 노력했다.

"정말 그런 뜻이 아니었다니까요. 나는 당신이 결혼했다는 사실이 놀라웠을 뿐이에요. 그뿐이에요. 자, 이제 아까 이야기한 것, 남편이 당신을 죽이려 한다는 데 대해 이야기해 보세요."

"미친 소리 같다는 거 나도 알아요. 하지만 그렇지 않아요…….
그렇지 않다니까요! 남편이 나를 처다볼 때 그의 눈을 보고 알아차렸어요. 그리고 이상한 일들…… 사고들이 일어났어요."

"사고?"

보비가 날카롭게 물었다.

"그래요. 아, 내 말이 히스테리 같고, 지어낸 이야기처럼 들릴 거예요. 나도 알아요……."

"전혀 그렇지 않아요. 매우 타당한 이야기처럼 들리니까 계속해봐요. 그 사고들에 대해서."

"그냥 사고들이었어요. 내가 서 있는 것을 보지도 않고 남편이 차를 후진시킨다거나(나는 깜짝 놀라 가까스로 몸을 피했죠.), 엉뚱한 병에 들어가 있는 여러 가지들……. 사람들은 별것 아니라고 생각하겠지만 의도적인 게 분명해요. 나는 알아요. 그리고 내 목숨을 부지하기 위해 그런 것들을 살펴보는 데 이제 지쳤어요."

그녀는 발작적으로 침을 꿀꺽 삼켰다.

"남편이 왜 당신을 없애려 할까요?"

그는 명확한 답변을 기대한 것이 아니었다. 그러나 답변은 대번에 튀어나왔다.

"실비아 배싱턴프렌치와 결혼하고 싶기 때문이죠."

"하지만 그 여자는 이미 결혼한 상태인데요."

"나도 알아요. 하지만 그는 다 계획을 세우고 있어요."

"어떻게 알아요?"

"나도 정확히는 몰라요. 다만 그가 배싱턴프렌치 씨를 그레인지에 환자로 데려오려고 애쓰고 있다는 것은 알고 있어요."

"그런 다음에는요?"

"잘은 모르지만 무슨 일이 일어나리라고 생각해요."

그녀는 몸을 부르르 떨었다.

"그는 배싱턴프렌치 씨를 좌지우지할 수 있는 계기를 잡았어요. 그게 뭔지는 모르지만."

"배싱턴프렌치는 모르핀을 복용하고 있어요."

보비가 말했다.

"그래요? 재스퍼가 그에게 줄 거예요."

"우편으로 배달된대요."

"재스퍼가 직접 주지는 않겠죠. 내 남편은 매우 교활하거든요. 배싱턴프렌치 씨는 그것이 재스퍼로부터 오는 것인지 모르겠지만, 저는 그렇다고 확신해요. 그런 다음 재스퍼는 그를 그레인지에 받아들이고 그를 치료하는 체하겠지요. 일단 그가 들어오면……."

그녀는 말을 멈추며 몸을 떨었다.

"그레인지에서는 온갖 일이 일어나요. 이상한 일들 말예요. 사람들은 나아지기 위해 그곳으로 들어오지만, 낫기는커녕 더 악화되지요."

그녀가 말하는 동안 보비는 이상야릇하고 사악한 분위기가 엿보이는 느낌이 들었다. 그는 오랫동안 모이라 니콜슨의 생활을 둘러싸고 있던 공포의 일면도 느꼈다.

보비가 불쑥 물었다.

"남편이 배싱턴프렌치 부인과 결혼하기를 원한다고 그랬죠?"

모이라는 고개를 끄덕였다.

"남편은 그녀에게 빠져 있어요."

"그 여자는요?"

"모르겠어요."

모이라가 천천히 고개를 흔들었다.

"단정을 못 하겠어요. 표면상 그 여자는 자기 남편과 아들을 좋아하고 만족스러워하며 평화롭게 지내는 것 같거든요. 그 여자는 매우 단순한 것 같아요. 하지만 때때로 그 여자가 보기와는 달리 그렇게 단순하지 않다는 생각도 들어요. 심지어는 그 여자가 우리 모든 사람이 생각하는 것과 전혀 다른 여자가 아닐까, 어쩌면 그 여자가 어떤 역할을 맡고 있는 것이 아닐까, 그것도 아주 훌륭하게 수행하고 있는 것이 아닐까 하는 생각이 드는 때도 있어요. 그렇지만 그것은 허튼소리고 내 헛된 망상이라고 생각해요. 그레인지 같은 곳에서 살다 보면 정신이 왜곡되고 헛된 생각을 하게 될 거예요."

"동생인 로저에 대해서는 어떻게 생각해요?"

보비가 물었다.

"그 사람에 대해서는 잘 몰라요. 좋은 사람이라고 생각하지만, 쉽게 속아 넘어갈 그런 타입이에요. 그도 재스퍼의 손아귀에 들어와 있는 것을 나는 알아요. 재스퍼는 그 사람에게 배싱턴프렌치를 설득해 그레인지로 데려오도록 부추겨요. 하지만 그 사람은 그것이 자기 생각이라고 착각하겠죠."

그녀는 갑자기 몸을 앞으로 기울이더니 보비의 소매를 붙잡았다.

"그가 그레인지로 오지 않게 하세요. 만약 오게 되면 끔찍한 일이 일어날 거예요. 나는 알아요."

애원하듯 그녀가 말했다.

보비는 이 놀라운 이야기를 머릿속에서 되새기며 잠시 침묵했다.

"니콜슨과 결혼한 지는 얼마나 되었죠?"

이윽고 그가 입을 열었다.

"1년이 조금 넘은 정도……."

몸을 떨며 그녀가 대답했다.

"그를 떠날 생각은 전혀 하지 않았어요?"

"어떻게요? 나는 갈 곳이 없어요. 돈도 없고. 나를 받아 줄 사람이 있다고 하더라도 무슨 이야기를 할 수 있을까요? 남편이 나를 죽이려 했다는 헛소리 같은 이야기 말예요? 누가 내 말을 믿겠어요?"

"글쎄, 나는 믿어요."

보비는 무슨 행동을 취할 결심이라도 하듯 잠시 말을 멈추더니 말을 계속했다.

"이봐요, 단도직입적으로 질문을 하나 할게요. 앨런 카스테어스라는 남자를 알아요?"

그는 무뚝뚝하게 물었다. 그리고 그녀의 뺨에 혈색이 돌아오는 것을 보았다.

"그것은 왜 묻죠?"

"중요하기 때문이에요. 당신은 앨런 카스테어스를 알고 그에게 언젠가 당신의 사진을 주었을 것 같아요."

그녀는 잠시 침묵을 지켰고, 시선을 아래로 떨어뜨렸다. 그러더니 고개를 들고 그의 얼굴을 바라보았다.

"그 말이 맞아요."

"결혼하기 전부터 그를 알고 있었어요?"

"예."

"결혼한 뒤 그가 당신을 만나러 이곳으로 온 적이 있었어요?"

그녀는 망설이다가 대답했다.

"예, 한 번 있었어요."

"그게 한 달 전쯤이었어요?"

"그래요. 한 달 전쯤이었던 것 같아요."

"당신이 여기 살고 있는 것을 그가 알고 있었나요?"

"그가 어떻게 알았는지 모르겠어요. 나는 말하지 않았거든요. 결혼 이후에 그에게 편지를 쓴 적도 없었어요."

"그렇지만 그가 알아내고 이곳으로 와서 당신을 만났군요. 당신 남편이 그 사실을 알았나요?"

"아뇨."

"아니라고 생각하는군요. 그렇지만 남편이 알았을지도 모르죠."

"그럴지도 모르지만 그는 아무 말도 하지 않았어요."

"카스테어스에게 남편에 대해 의논했어요? 그에게 당신의 두려움이나 당신의 안전에 대해 이야기했어요?"

그녀는 고개를 흔들었다.

"그때는 의심을 시작하기 전이었어요."

"그렇지만 불행했죠?"

"그래요."

"그렇다는 이야기를 했어요?"

"아녜요. 나는 내 결혼이 불행하다는 것을 내색하지 않으려고 애썼어요."

"그렇지만 그는 짐작했을 거예요."

보비가 부드럽게 말했다.

"그랬으리라 생각해요."

그녀도 나지막한 목소리로 시인했다.

"어떻게 말해야 할지 모르겠지만, 그 사람이 당신 남편에 대한 어떤 일을 알고 있었거나, 예컨대 이 요양소가 겉보기와 전혀 다를지도 모른다는 것을 의심하거나 하지 않았을까요?"

그녀는 생각해 내는 동안 눈썹을 찌푸리더니 마침내 말했다.

"가능해요. 한두 가지 다소 이상한 질문을 했거든요. 그렇지만 아녜요. 그가 정말 무엇인가를 알 수 있었으리라는 생각은 들지 않아요."

보비는 다시 잠깐 침묵한 뒤 말했다.

"남편이 질투가 많은 사람이라고 생각해요?"

그로서는 놀랍게도 그녀가 대답했다.

"그래요. 매우 질투심이 많아요."

"예컨대 당신에 대해서도 질투를 느낀다는 말이죠."

"아무래도 상관없다고 생각하는 사람에 대해서도 그러느냐는 뜻인가요? 그래요, 그는 마찬가지로 질투를 할 거예요. 나는 그의 소유물이거든요. 그는 이상한 사람이에요. 매우 이상한 사람이죠."

그녀는 몸을 떨었다. 그러더니 갑자기 물었다.

"혹시 어떤 형태로든 경찰과 관련된 분은 아니죠?"

"내가 말인가요? 아니 천만에!"

"나는, 내 말은……."

보비는 운전사 제복을 내려다보았다.

"이것에 대한 이야기는 길어요."

"당신은 레이디 프랜시스 더웬트의 운전사죠? 여관 주인이 그랬어요. 그분을 며칠 전 저녁 식사 때 만났어요."

"나도 알아요……."

그는 잠시 말을 멈추었다가 계속했다.

"그녀에게 연락을 취해야겠어요. 내가 연락하기는 좀 어려운데, 당신이 전화를 해서 그녀에게 어디선가 바깥에서 만나자고 할 수 있겠어요?"

"할 수 있겠죠."

모이라가 천천히 말했다.

"당신에게 아주 이상하게 생각되리라는 것은 나도 알아요. 하지만 내가 설명하면 이해할 거예요. 아무튼 프랭키와 빨리 연락을 취해야겠어요. 아주 중요해요."

모이라가 몸을 일으키며 말했다.

"좋아요."

문의 손잡이를 잡은 채 그녀가 망설였다.

"앨런 카스테어스를 만났다고 그랬나요?"

그녀가 물었다.

"그를 본 적이 있죠. 그렇지만 최근은 아녜요."

보비는 천천히 대답하며 충격을 숨겼다.

'이 여자는 그가 죽은 걸 모르는구나…….'

"레이디 프랜시스에게 전화해요. 그런 다음에 내가 모든 것을 이야기해 줄게요."

세 사람의 회의

모이라는 몇 분 지나 돌아왔다.

"그분에게 연락했어요. 강 가까이에 있는 자그마한 여름 별장에서 만나자고 했죠. 매우 이상하게 생각하는 것은 틀림없었지만 아무튼 오겠다더군요."

"좋아요. 자…… 그곳은 정확하게 어디죠?"

모이라는 그곳과 거기로 가는 방법에 대해 세심하게 설명했다.

"됐군요. 당신이 먼저 가세요. 나도 뒤따라갈게요."

그들은 약속을 정하고 헤어졌다. 보비는 어스큐 씨와 이야기를 하기 위해 남았다. 보비는 대수롭지 않다는 듯이 말했다.

"얄궂은 일이에요. 한때 저 여자 분, 니콜슨 부인의 숙부 집에서 내가 일한 적이 있었어요. 캐나다의 신사 분이었죠."

보비는 모이라가 자기를 찾아온 사실이 소문 날지 모른다고 느꼈으며, 그 같은 소문이 떠돌아다니다가 니콜슨 박사의 귀에 들어가기라도 하면 큰일이라고 생각했다.

"아, 그랬군요. 왠지 의아한 생각이 들었어요."

어스큐 씨가 말했다.

"그래요. 저 여자 분이 나를 알아보고 내 소식이 궁금해 왔더군요. 멋지고 상냥하게 이야기하는 분이에요."

"정말 상냥한 분이죠. 그레인지에서는 생활다운 생활을 제대로 못 할 거예요."

"나도 그렇게 생각해요."

보비가 동의했다.

소기의 목적을 달성했다고 생각한 그는 마을로 나와, 모이라가 가르쳐 준 방향으로 터벅터벅 걸음을 옮겼다. 그는 약속 장소를 찾았고, 모이라가 기다리고 있는 것을 발견했다. 프랭키는 아직 모습을 나타내지 않았다.

모이라의 시선에는 솔직하게 의문이 담겨 있었다. 보비는 상당히 어려운 설명이 될 것이라고 느꼈다.

"할 이야기가 아주 많아요."

그는 말을 하려다가 갑자기 멈추었다.

"예?"

보비는 목소리를 낮추어 말했다.

"우선 나는 런던의 정비 공장에서 일을 하지만, 운전사는 아니에요. 그리고 이름도 호킨스가 아니라 존스, 보비 존스예요. 웨일스의 마치볼트 출신이고요."

모이라는 주의를 기울여 듣고 있었지만, 마치볼트라는 장소가 그녀에게 전혀 의미가 없는 것은 분명했다. 보비는 단단히 다짐을 하고 용감하게 문제의 핵심으로 다가갔다.

"이봐요, 당신에게 충격을 주지 않을까 염려스럽지만, 당신도 알아야겠죠. 앨런 카스테어스라는 당신의 친구 분은 죽었어요."

그는 그녀가 깜짝 놀라는 것을 느끼고 짐짓 그녀의 시선을 피했다. 얼마나 충격을 받을까? 그녀는 과연 그 사내를 좋아했을까?

그녀는 잠시 조용히 있더니, 이윽고 나지막하고 생각에 잠긴 듯한 목소리로 말했다.

"그래서 그가 돌아오지 않았군요."

보비는 슬그머니 그녀를 훔쳐보고는 기분이 나아졌다. 그녀는 슬프고 생각에 젖은 듯 보였지만, 그뿐이었다.

"그 일에 대해 이야기해 주세요."

보비는 그렇게 했다.

"그 사람은 내가 살고 있는 마치볼트의 벼랑에서 떨어졌어요. 나하고 그곳에 있던 의사가 그 사람을 발견했지요."

그는 말을 멈추었다가 덧붙였다.

"그의 호주머니에 당신의 사진이 들어 있었어요."

"그랬어요?"

그녀는 멋진, 그러나 슬퍼 보이는 미소를 지었다.

"불쌍한 사람…… 그는 매우 믿음직한 사람이었어요."

잠깐 침묵하다가 그녀가 물었다.

"이 일은 언제 일어났어요?"

"한 달 전쯤이죠. 정확하게 말하면 10월 3일이었어요."

"여기에 왔던 직후가 틀림없네요."

"그래요. 그 사람이 웨일스에 갈 거라는 이야기를 언급했나요?"

그녀는 고개를 저었다.

"에번스라는 사람을 몰라요?"

보비가 물었다.

"에번스?"

모이라는 생각하려고 애쓰면서 얼굴을 찌푸렸다.

"아뇨, 아는 사람 같지 않아요. 물론 아주 흔한 이름이지만, 기억에 떠오르는 사람은 없어요. 그 사람이 누구죠?"

"그건 우리도 모르는 점이에요. 아, 프랭키가 오네요."

프랭키는 길을 따라 바삐 걸어왔다. 보비와 니콜슨 부인이 함께 앉아 이야기를 나누는 광경을 보자, 그녀의 얼굴에는 여러 가지 표정이 나타났다.

"안녕, 프랭크. 잘 왔어. 우리는 중요한 회의를 해야 하거든. 먼저 알려 줄 이야기는 니콜슨 부인이 바로 사진의 인물이라는 사실이야."

"어머나!"

프랭키가 멍하니 말했다.

그녀는 모이라를 쳐다보고는 갑자기 웃음을 터뜨렸다. 그리고 보비를 향해 말했다.

"이봐, 이제야 네가 왜 검시 배심 때 케이먼 부인을 보고 깜짝 놀랐는지 그 이유를 알겠어!"

"그렇다니까."

보비가 말했다.

그는 얼마나 바보였던가. 시간이 흐름에 따라 모이라 니콜슨이 어멜리아 케이먼으로 바뀔 수 있을지 모른다고 잠시라도 상상할 수 있었다니.

"나는 정말 바보였어!"

그는 탄성을 질렀다.

모이라는 당황하는 표정을 지었다.

"이야기해 줄 게 이처럼 많아요. 그리고 어떻게 이야기해야 할지 모르겠네요."

보비는 케이먼 부부와 시체의 신원 확인에 대해 설명해 주었다.

"그런데 나는 이해를 못 하겠네요."

모이라가 어리둥절해 하며 말했다.

"정말 누구의 시체였어요? 그 여자의 오빠인가요, 아니면 앨런 카스테어스인가요?"

"그게 참 석연치 않은 점이죠."

보비가 설명했다.

"그리고 보비를 음독 살해하려는 시도가 있었어요."

프랭키가 말을 이었다.

"0.5그램의 모르핀이었죠."

기억을 떠올리면서 보비가 말했다.

"그 이야기는 시작하지 마. 너는 그 이야기를 몇 시간이라도 계속할 수 있을 테지만 그게 듣는 사람에게는 여간 지겨운 노릇이 아니거든. 내가 설명할게."

그러고는 프랭키는 길게 숨을 들이쉬었다.

"그러니까 검시 배심 뒤에 그들 케이먼 부부가 보비를 만나러 와서 그 여자의 오빠(그 여자가 주장한 것이지만)가 죽기 전에 한 말이 있었는지 물었고, 보비는 없다고 대답했어요. 그렇지만 보비는 그 후 죽은 사람이 에번스라는 사람에 관한 말을 했다는 것이 기억나자 그 사실을 편지로 알렸어요. 그러자 보비는 며칠 뒤 페루인가 어딘가로부터 일자리 제의를 받았는데, 그것을 거절하고 나니까 이번에는 누가 다량의 모르핀을……."

"0.5그램이라니까."

보비가 끼어들었다.

"그의 맥주에 집어넣었죠. 아주 별난 내장 덕분인지 모르지만 그는 살아났어요. 그래서 우리는 당장 프리처드나 아니면 당신이 아는 카스테어스가 벼랑에서 밀려 떨어졌음에 틀림없다는 것을 알았죠."

"그렇지만 왜요?"

모이라가 물었다.

"모르겠어요? 이런, 우리에게는 아주 분명한데. 내가 제대로 이야기를 하지 못한 모양이죠. 아무튼 우리는 그가 살해되었고 어쩌면 로저 배싱턴프렌치가 그랬을지도 모른다고 단정했어요."

"로저 배싱턴프렌치라고요?"

모이라는 아주 재미있다는 말투로 말했다.

"우리는 그런 식으로 결론을 내렸어요. 알다시피 당시에 그가 현장에 있었는데 당신의 사진이 사라졌으니까, 그럴 수 있었던 사람이라고는 그밖에 없는 것 같았거든요."

"알겠어요."

생각에 잠긴 채 모이라가 말했다.

프랭키가 말을 이었다.

"그리고 나는 바로 여기서 사고가 났고요. 놀랄 정도로 우연의 일치잖아요?"

그녀는 주의를 주는 눈빛으로 보비를 바라보았다.

"그래서 나는 보비에게 전화를 걸어 내 운전사로 가장해 이곳에 와서 함께 조사해 보자고 했던 거예요."

"자, 이제 사정이 이해되시나요?"

프랭키가 진실에서부터 교묘하게 한 걸음 물러나는 것을 받아들이면서 보비가 말했다.

"마지막 클라이맥스는 어젯밤 그레인지의 마당에 들어갔다가 그 수수께끼 사진의 인물인 당신을 만나게 된 일이에요."

"나를 아주 빨리 알아차렸네요."

희미한 미소를 지으면서 모이라가 말했다.

"그래요, 나는 그 사진의 인물을 어디서라도 알아차렸을 거예요."

보비의 말에 모이라는 특별한 까닭도 없이 얼굴을 붉혔다. 그리고 어떤 생각이 났는지 날카롭게 두 사람의 얼굴을 차례로 살펴보 았다.

"내게 사실을 말해 주세요. 당신들이 우연히 이곳에 오게 된 게 정말로 사실이에요? 아니면……."

그녀의 목소리는 자기도 모르게 떨렸다.

"내 남편을 의심했기 때문인가요?"

보비와 프랭키는 서로를 쳐다보았다. 보비가 대답했다.

"여기에 내려오기 전까지는 당신 남편의 이름을 들어 보지 못했다는 것은 내 명예를 걸고 말할 수 있어요."

"알겠어요."

그녀는 프랭키 쪽으로 얼굴을 돌렸다.

"미안해요, 레이디 프랜시스. 하지만 우리가 함께 저녁 식사를 했던 그날 저녁을 나는 기억해요. 재스퍼가 당신에게 사고에 대해 계속 캐물었죠. 나는 영문을 알 수 없었어요. 그러나 이제는 그가 사고의 진위를 의심하고 있다는 생각이 들어요."

"글쎄, 정말 알고 싶다면 말할게요. 그 사고는 가짜였어요. 아유, 이제 마음이 편하네요. 매우 세심하게 조작한 거죠. 그렇지만 당신 남편과는 아무 관계가 없어요. 모든 것은 로저 배싱턴프렌치에 대해 조사하기 위해서였지요."

"로저?"

모이라는 얼굴을 찌푸리더니 묘하게 미소를 지었다.

"그건 터무니없는 것 같아요."

솔직하게 그녀가 말했다.

"그렇지만 사실은 사실이죠."

보비가 말했다.

"로저라니…… 아녜요."

그녀는 고개를 저었다.

"그는 약하거나 사나울지 몰라요. 빚을 지거나 스캔들에 휩싸일 수도 있겠죠. 하지만 사람을 벼랑에서 밀다니, 나로서는 도저히 상상할 수 없어요."

"글쎄, 나도 그것을 상상할 수 없다는 것을 알아주세요."

프랭키가 말했다.

"그렇지만 그가 그 사진을 집어낸 게 틀림없어요."

보비가 고집스럽게 말했다.

"들어 보세요, 니콜슨 부인, 내가 사실을 이야기할게요."

그는 천천히 조심스럽게 설명했고, 그가 이야기를 끝내자, 그녀는 알아듣겠다는 듯이 고개를 끄덕였다.

"무슨 뜻인지 알겠어요. 매우 이상하게 여겨지네요."

그녀가 잠시 말을 멈추더니 불쑥 말했다.

"로저에게 직접 물어 보면 어때요?"

두 사람의 회의

잠시 그 질문의 과감한 단순성이 두 사람을 압도했다. 프랭키와 보비는 동시에 말을 하기 시작했다.

"불가능해요."

"그렇게는 할 수 없죠."

그런 다음에는 그 가능성을 생각하느라고 둘 다 입을 다물었다. 모이라가 진지하게 말했다.

"봐요, 두 분이 무슨 뜻으로 말하는지는 알겠어요. 로저가 틀림없이 그 사진을 집어낸 것처럼 보이지만, 그래도 나는 그가 앨런을 밀어 죽였다고는 믿지 못하겠어요. 왜 그랬겠어요? 알지도 못하는 사람인데. 그들은 여기서 점심식사를 할 때 한 번밖에 만나지 않았어요. 이제껏 서로 마주친 적이 결코 없었을 거예요. 그러니 동기가 없어요."

"그럼 누가 그를 밀었을까?"

프랭키가 퉁명스럽게 물었다.

모이라의 얼굴에 그림자가 스쳤다.

"나는 몰라요."

부자연스럽게 그녀가 말했다.

"이봐요, 당신이 내게 한 말을 프랭키에게 해도 될까요? 당신이 두려워하는 것에 대해서 말예요."

모이라는 고개를 돌려 먼 곳을 바라보았다.

"그러세요. 하지만 너무 통속적인 데다 히스테리가 섞인 것 같아요. 나 스스로도 이제는 믿지 못하겠는걸요."

과연 고요한 영국 전원의 대기 속에서 아무 감정 없이 덤덤하게 이야기되니 이상하게 정말로 사실성이 없는 것 같았다.

모이라는 불쑥 몸을 일으키더니 입술을 떨며 말했다.

"정말 아주 실없는 짓을 한 듯한 느낌이 들어요. 내가 했던 말에 너무 신경 쓰지 마세요, 존스 씨. 그냥 신경과민이었으니까요. 이제 가야겠어요. 안녕히."

그녀는 재빨리 멀어졌다. 보비가 그녀를 뒤따라가려고 벌떡 몸을 일으켰지만, 프랭키가 그를 도로 밀었다.

"그대로 있어, 바보 같으니. 이 일은 내게 맡겨."

그녀는 재빨리 모이라의 뒤를 쫓아갔다. 그리고 몇 분 지나 돌아왔다.

"어떻게 됐어?"

보비가 초조하게 물었다.

"잘됐어. 그 여자를 진정시켰지. 제3자 앞에서 자기의 은밀한 두려움이 그대로 노출되니까 괴로웠던 거야. 우리 세 사람이 곧 다시 만날 때 나오겠다는 다짐을 저 여자한테서 받아냈어. 이제 저 여자가 옆에서 방해하지 않을 테니 모두 말해 봐."

프랭키는 주의를 기울여 듣고 나서 말했다.

"그 이야기는 두 가지 사실과 일치해. 우선 하나는 내가 런던에서 돌아왔을 때 니콜슨이 실비아 배싱턴프렌치의 양손을 붙잡고 있는 것을 본 사실이야. 그는 나를 노려보았어. 아마 바라보기만 해도 사람을 죽일 수 있다면, 그가 바로 그때 그 자리에서 나를 송장으로 만들었을걸."

"두 번째는 뭐야?"

보비가 물었다.

"그냥 하나의 사건이야. 실비아에게서 들은 건데, 집에 찾아온 어떤 낯선 사람이 모이라의 사진에 깊은 관심을 보였대. 조금 전의 이야기로 미루어 보면 그 사람이 카스테어스였어. 그 사람이 사진을 알아차렸고, 배싱턴프렌치 부인이 그것은 니콜슨 부인의 사진이라고 설명했다면, 그가 그녀의 행방을 알게 되는 것이 설명돼. 그렇지만 보비, 니콜슨이 이 사건의 어느 부분에서 연관되었는지를 모르겠어. 왜 그가 앨런 카스테어스를 제거하려고 했을까?"

"너는 범인이 배싱턴프렌치가 아니라 니콜슨이라고 생각하는 거야? 그와 배싱턴프렌치 두 사람이 같은 날 마치볼트에 있었다면 공교로운 우연의 일치 아냐?"

"글쎄, 우연의 일치가 생기는 경우도 있겠지. 그렇지만 그게 니콜슨이라면 아직 그 동기를 모르겠어. 약물 범죄단의 우두머리인 니콜슨의 뒤를 카스테어스가 쫓고 있었을까? 아니면 네 새로운 여자 친구가 살해 동기였을까?"

"둘 다일는지도 몰라. 카스테어스와 자기 부인이 만난 것을 알고, 자기 부인이 자기를 밀고했다고 생각했을 가능성도 있어."

"그래, 그럴 수도 있겠네. 그러나 먼저 할 일은 로저 배싱턴프렌치에 대해 확실히 해 두는 거야. 우리가 그를 의심하는 것은 사진 때문이지. 만약 그가 그 문제를 만족스럽게 해명하면……."

"그 문제를 로저와 이야기하려는 거야? 프랭키, 그게 현명할까? 우리가 틀림없다고 단정했듯이 만약 그가 문제의 범인일 경우 그에게 우리의 계획을 노출시키는 셈이거든."

"아냐. 내가 하려는 방식대로 하면 그렇지 않을 거야. 다른 모든 경우에 그 사람은 아주 솔직했고 아무런 의심을 사지 않았어. 우리는 그것을 그가 아주 교활한 때문으로 간주했지만, 어쩌면 아무 죄가 없기 때문이라고 생각할 수 있지 않을까? 만약 그가 사진에 대해 설명할 수 있고(나는 그가 설명할 때 그를 지켜볼 거야.) 내가 지켜보는데도 죄의식으로 인한 망설임이 조금이라도 없으면, 그럼 그는 매우 소중한 우군이 될지도 몰라."

"우군으로 만들어서 어쩌겠다는 거야, 프랭키?"

"이봐, 네 새 여자 친구가 과장을 잘하는 정서불안자일지도 모르지만, 그렇지 않고 그 여자가 말한 것이 모두 사실이며, 그 남편이 그 여자를 제거하고 실비아와 결혼하려는 것이 사실이라고 생각해 봐. 그 경우 헨리 배싱턴프렌치도 위험한 상황에 처해 있다는 것을 모르겠어? 우리는 어떤 일이 있더라도 그를 그레인지로 보내지 못하게 막아야 돼. 그런데 현재 문제는 로저 배싱턴프렌치가 니콜슨 편에 있는 거야."

"무슨 말인지 알겠어, 프랭키. 네 계획대로 해."

보비가 조용히 말했다.

프랭키는 몸을 일으켜 나가려다 말고 잠시 멈추었다.

"그런데 이상하지 않아? 왠지 우리가 책의 앞뒤 표지 사이에 들어 있는 것 같아. 다른 사람이 쓴 이야기 한가운데에 끼어 있는 거지. 매우 기묘한 느낌이야."

"무슨 뜻인지 알겠어. 약간 섬뜩한 느낌도 있어. 오히려 나는 책이라기보다 연극이라고 말하겠어. 우리는 마치 제2막의 중간에 무대로 나온 것 같고, 그 연극에서 맡은 역이 전혀 없으면서도 그런 체하지 않아야 하는 거야. 게다가 더욱 힘든 것은 제1막에서 어떤 일이 벌어졌는지 전혀 모른다는 점이지."

프랭키는 고개를 끄덕였다.

"나는 제2막인지조차도 확실치 않아. 어쩌면 제3막에 더 가깝다고 생각해. 보비, 우리는 틀림없이 먼 길을 돌아가야 할 거야……. 그렇지만 서둘러야 해. 연극의 끝이 아주 가까워진 것 같으니까."

"시체가 곳곳에 흩어져 있는 사이로 우리를 이 연극에 들어오게 한 것은 바로 현재로서는 아무 의미도 없는 다섯 마디의 신호였어."

"그래, '그들은 왜 에번스를 부르지 않았지?' 말이지. 보비, 우리가 많은 것을 발견하고 점점 더 많은 인물들이 등장했는데도 불구하고 그 수수께끼의 에번스에게는 전혀 가까워지지 못한 것이 이상하지 않아?"

"나는 에번스에 대해 다른 생각이 들어. 에번스가 실은 전혀 문제가 되지 않는다는 느낌, 그 사람이 비록 출발점이 되기는 했지만 그 자신은 어쩌면 별로 중요하지 않으리라는 느낌 말이야. 이것은 어느 왕자가 사랑하는 사람의 무덤 곁에 웅장한 궁전이나 사원을 짓는 웰스의 소설과 같은 거야. 그것이 완성되자 그 옆에는 작고 거슬리는 게 하나 있었지. 그래서 그는 '저것을 치워라.' 하고 명령해. 그렇지만 그것이 실제로는 무덤 그 자체였지."

"가끔 나는 에번스가 존재하는지조차 의심스러워져."

그 말을 하면서 프랭키는 보비에게 고개를 끄덕이고, 저택을 향해 걸음을 옮겼다.

로저, 질문에 대답하다

행운이 그녀 편이었는지, 저택에서 멀지 않은 곳에서 로저와 마주쳤다.

"어서 와요, 런던에서 일찍 돌아왔군요."

"런던에 머물러 있을 기분이 아니었어요."

"저택에 벌써 들어갔었나요?"

로저가 물었다. 그의 표정에는 점점 수심이 깊어지고 있었다.

"니콜슨 박사님이 형수님에게 형에 대한 사실을 이야기한 모양이에요. 불쌍한 형수님은 그 사실에 충격을 받았고요. 그녀는 그동안 전혀 의심을 하지 않았던 것 같아요."

"나도 알아요. 내가 들어왔을 때 두 사람이 함께 서재에 있었어요. 실비아는 매우 당황하더군요."

"이봐요, 프랭키. 형은 꼭 치료를 받아야 해요. 형이 약물에 심하게 중독된 것 같지는 않아요. 약물을 오래전부터 접한 것도 아니죠. 그리고 형에게는 치료를 받아야 할 요인이 많아요. 형수님, 토미, 형의 가정만 하더라도 그래요. 형은 자기의 처지를 분명히 파악해야 돼요. 니콜슨 박사님이야말로 바로 그렇게 하도록 도와줄 수 있는 사람이죠. 며칠 전에 내게 말하더군요. 여러 해 동안 그 사악한 약물의 노예가 된 사람들에 대해서도 놀라운 성공을 거두었대요. 만약에 형이 그레인지에 가겠다고 동의만 하면……"

프랭키가 그 말을 중단시켰다.

"여쭤 볼 게 있어요. 질문 하나만 할게요. 내가 너무 무례하다고 생각하지 않았으면 좋겠어요."

"뭔데요?"

주의를 집중하면서 그가 물었다.

"그 사람, 마치볼트의 벼랑에서 떨어진 사람의 호주머니에서 사진을 꺼냈는지 말해 줄 수 있어요?"

그녀는 그의 표정을 하나하나 뜯어보듯 자세히 살폈다. 그리고 관찰 결과에 만족했다.

약간의 분노와 당황의 흔적은 있었지만 죄의식이나 두려워하는 기색은 없었다.

"대관절 어떻게 그것을 짐작하게 되었죠? 모이라가 당신에게 말한 거예요? 아니, 그 여자도 모를 텐데……"

"그렇다면 사실이란 말이군요?"

"그랬다고 인정할 수밖에 없군요."

"왜 그랬어요?"

로저는 다시 당황하는 것 같았다.

"자, 내 입장에서 그 상황을 재현해 보기로 해요. 낯선 사람의 시체 곁에 서 있는데, 그 사람의 호주머니에서 무엇인가 슬그머니 흘러 나와 있어요. 내가 그것을 쳐다봐요. 놀랍게도 그것은 내가 아는 어느 여자, 결혼을 했고 결혼 생활이 그다지 행복하다고 생각되지 않는 어느 여자의 사진이에요. 그 뒤 무슨 일이 일어나겠어요? 검시 배심이 있고 세상에 소문이 퍼지는 거요. 모든 신문들에 그 불행한 여자의 이름이 나겠죠. 그래서 나는 충동적으로 행동했어요. 그 사진을 집어 찢어 버렸어요. 잘못된 행동이겠지만, 나는 모이라 니콜슨을 난처한 지경에 빠지지 않게 하려 했던 겁니다."

프랭키는 숨을 깊이 들이쉬었다.

"그랬군요. 만약 당신이 알기만 했더라면……."

"알다니, 뭘 말이죠?"

로저가 의아해 하는 표정으로 물었다.

"지금으로서는 말하지 못하겠어요. 나중에 이야기할게요. 너무 복잡하니까. 당신이 사진을 없앤 이유는 알겠지만, 죽은 사람이 누군지 알아차린 이야기는 왜 하지 않아요? 경찰에게 그가 누군지를 이야기해 주었어야 하는 거 아녜요?"

"그 사람을 알아보다니? ……내가 그 사람을 어떻게 알아봐요? 나는 그 사람을 몰랐어요."

로저는 어이가 없다는 표정이었다.

"당신은 여기서 그 사람을 만났어요. 불과 1주일 전이었죠."

"이봐요, 무슨 소리를 하는 거예요?"

"앨런 카스테어스…… 앨런 카스테어스라는 사람을 만났죠?"

"아, 그래요! 리빙턴 부부와 함께 내려온 남자 말이군요. 그렇지만 죽은 사람은 앨런 카스테어스가 아니었어요."

"그 사람이었다니까요!"

두 사람은 서로를 물끄러미 쳐다보았다. 프랭키는 의심이 되살아났다.

"틀림없이 그 사람을 알아볼 수 있었을 거예요."

"나는 그 사람의 얼굴을 보지 않았어요."

"뭐라고요?"

"얼굴을 보지 않았다니까요. 얼굴은 손수건으로 덮여 있었거든요."

프랭키는 그를 응시했다. 보비가 그 비극에 대해 처음 이야기하면서 손수건으로 죽은 사람의 얼굴을 덮었다고 한 사실이 갑자기 떠올랐다.

"쳐다볼 생각도 없었나요?"

프랭키가 다시 물었다.

"그래요. 봐야 할 까닭이 없잖습니까?"

프랭키는 생각했다.

'만약 내가 죽은 사람의 호주머니에서 아는 사람의 사진을 발견했다면 나는 그 사람의 얼굴을 보지 않을 수 없었을 거야. 남자들은 어찌 이다지도 호기심이 없을까!'

그녀가 말했다.

"불쌍한 사람, 정말 안됐어."

"누구 말이죠? 모이라 니콜슨? 왜 불쌍하다고 생각하는 거죠?"

"겁에 질려 있기 때문이에요."

프랭키가 천천히 말했다.

"그 여자는 항상 겁에 질려 있는 모습이죠. 도대체 무엇을 겁내는 것일까요?"

"그 남편이에요."

"나로서는 재스퍼 니콜슨 선생님에 대해 반감을 가져야 할 이유가 없어요."

로저가 말했다.

"그 여자는 남편이 자기를 죽이려 든다는 거예요."

프랭키가 불쑥 말했다.

"오, 이런!"

로저는 프랭키를 믿을 수 없다는 듯 바라보았다.

프랭키가 말을 계속했다.

"앉아요. 내가 많은 이야기를 할 테니까. 니콜슨 박사가 위험한 범죄자라는 것을 당신에게 입증해야겠어요."

"범죄자라니?"

로저는 전혀 믿을 수 없다는 투로 반문했다.

"이야기를 전부 들을 때까지 기다려요."

그녀는 보비와 토머스 박사가 시체를 발견한 이후 일어난 모든 일을 분명하고 세심하게 그에게 들려주었다. 메러웨이 코트에 머물고 있는 것은 수수께끼를 파헤치기 위해서라는 사실도 밝혔다. 자기가 일으킨 사고가 조작된 것이라는 사실만 제외하곤 모두 밝힌 셈이다.

그녀는 이야기를 듣는 사람이 관심을 나타내지 않는다고 불평할 수 없었다. 오히려 로저는 그 이야기에 매우 빠져 있는 듯했다.

"이게 모두 사실이에요? 존스라는 사람이 독살될 뻔했던 이야기 등이 모두 말입니까?"

"전혀 꾸밈 없는 사실이죠."

"믿지 못해서 미안해요. 사실을 받아들이는 데는 시간이 걸릴 것 같군요."

그는 잠시 입을 다물더니 얼굴을 찌푸렸다. 그러고는 마침내 입을 열었다.

"글쎄, 모든 것이 놀랍지만, 당신의 처음 추론은 옳다고 생각해요. 알렉스 프리처드 또는 앨런 카스테어스라는 사람이 살해된 것은 틀림없어요. 그렇지 않다면 존스를 공격할 필요가 없으니까요. 그 상황을 해명할 수 있는 말이 '그들은 왜 에번스를 부르지 않았지?'일지 아닐지는 그다지 중요하지 않은 것 같아요. 에번스가 누구인지, 또는 무슨 일로 부른다는 것인지 아무런 단서가 없으니까 말이죠. 살인자, 혹은 살인자들은 존스 자신이 그걸 알든 모르든 그가 자기들에게 위험한 무엇인가를 알고 있다고 생각하는 것으로 봐야겠지요. 따라서 그들은 그를 없애려고 했고, 그를 추적한다면 아마 다시 그 시도를 할 거예요. 거기까지는 타당한 것 같지만, 어떻게 해서 니콜슨을 범죄자라고 단정하게 되었는지는 모르겠군요."

"그는 매우 음흉한 사람이에요. 그리고 짙은 푸른색 탈벗을 가지고 있으며, 보비가 독살될 뻔했던 날에 이곳을 떠나 있었어요."

"그것들 모두 증거로서는 약해요."

"니콜슨 부인이 보비에게 했던 이야기도 있어요."

그녀는 그것을 반복했다. 그러나 평화로운 영국의 풍경을 배경으로 그 이야기가 되풀이되자 다시 멜로드라마처럼 공허하게 들렸다.

로저는 어깨를 으쓱했다.

"그 여자는 남편이 형에게 약물을 공급한다고 생각해요. 하지만 순전히 짐작일 뿐 증거는 없잖아요. 그리고 남편이 형을 그레인지에 환자로 끌어들이려 한다고 생각해요. 글쎄, 그것은 의사로서는 매우 자연스러운 일이겠죠. 의사는 가능한 많은 환자를 원하는 법이니까요. 그리고 남편이 형수님과 사랑에 빠져 있다고 생각해요. 물론 그 점에 대해서는 나는 할 말이 없어요."

"그녀가 그렇게 생각한다면 그게 맞을 거예요."

프랭키가 말을 중단시키며 말했다.

"여자는 자기 남편에 대해서는 잘 알 테니까요."

"글쎄, 그렇다고 하더라도 반드시 그 남편이 위험한 범죄자라는 것을 의미하지는 않아요. 그리고 존경받는 시민이라도 남의 아내를 사랑하게 되는 경우가 많아요."

"그녀는 또 남편이 자기를 살해하려 한다고 생각해요."

"그것을 진지하게 받아들였어요?"

로저는 그녀를 미심쩍게 바라보았다.

"아무튼 그 여자는 그렇게 믿고 있어요."

로저는 고개를 끄덕이고, 담배에 불을 붙였다.

"문제는 모이라의 믿음에 대해 얼마나 주의를 기울이느냐 하는 것이로군요. 그레인지는 이상한 사람들로 가득 찬, 소름 끼치는 곳이에요. 거기에 살다 보면, 특히 소심하고 신경과민인 여자의 경우에는 판단력이 흐려질 수 있겠죠."

"그럼 그것을 사실이라고 생각하지 않아요?"

"그런 말은 아네요. 그 여자는 진정으로 남편이 자기를 죽이려 한다고 믿겠죠. 그러나 사실 그 믿음에 근거가 있어요? 그럴 것 같지 않군요."

프랭키는 모이라가 "그냥 신경과민이었으니까요." 하고 스스로에 대해 아주 분명하게 말한 것을 기억했다. 그녀가 그 말을 했다는 사실 자체가 프랭키에게는 그녀가 신경과민이 아니라는 사실을 가리키는 것 같았지만, 프랭키는 자기의 관점을 로저에게 설명하기가 어려웠다.

한편 로저는 말을 계속했다.

"이것 봐요, 벼랑에서 떨어져 죽는 비극이 일어난 날에 니콜슨이 마치볼트에 있었던 것을 밝히거나, 그와 카스테어스를 관련시키는 어떤 명확한 동기를 발견할 수 있으면 좋겠지만, 그것은 매우 어려울 테죠. 그런데 당신이 진짜 용의자를 무시하고 있는 것처럼 보이는데요."

"진짜 용의자라뇨?"

"그…… 뭐라 그랬죠? 헤이먼 부부?"

"케이먼."

"그래요. 자, 그들은 의심의 여지없이 거기에 관련되어 있어요. 우선 그 시체의 신원을 엉터리로 확인했죠. 그리고 그 사람이 죽기 전에 무슨 말을 했는지 알아내려고 했어요. 그리고 당신도 그랬다시피, 부에노스아이레스로부터의 채용 제안도 그들로부터 나왔거나 그들이 주선했으리라고 가정하는 것이 논리적이라고 생각해요."

"당신이 무엇인가를 알기 때문에, 그러나 당신 자신은 당신이 알고 있는 것이 무엇인지 모르는데도, 당신을 제거하려고 사람들이 온갖 수고를 한다고 상상해 봐요. 얼마나 짜증스러운 일이에요. 몇 마디 말 때문에 그 야단이죠."

"그래요, 그것이 그들이 저지른 실수였어요. 그것을 만회하고자 그들은 온갖 노력을 다 할 거예요."

로저가 엄격한 말투로 말했다.

"어머!"

프랭키가 소리쳤다.

"방금 생각이 하나 떠올랐어요. 이제까지 나는 모이라 니콜슨의 사진 대신에 케이먼 부인의 사진이 들어가 있었다고 생각했어요."

"나는 케이먼 부인의 사진 같은 것을 내 심장 가까이에 간직한 적이 없다고 맹세할 수 있어요. 그 여자는 아주 혐오스러울 것 같군요."

로저가 엄숙하게 말했다.

"글쎄, 그 여자도 어떤 면으로는 훌륭해요. 거침이 없고 야비하고 사악한 측면에서 말예요. 아무튼 요점은 이거예요. 카스테어스가 니콜슨 부인의 사진과 함께 그 여자의 사진도 가지고 있었음에 틀림없어요."

로저는 고개를 끄덕였다.

"그러니까 당신 생각으로는……."

그는 말을 하려다가 입을 다물었다.

"하나는 사랑하는 이의 사진이고, 하나는 업무용이었어! 카스테어스는 어떤 이유에선지 케이먼의 사진을 가지고 다녔어요. 어쩌면 누군가의 확인을 받을 필요가 있었는지도 모르죠. 자, 들어 보세요. 무슨 일이 일어났을까요? 남편 케이먼이었는지도 모르지만 누군가 그의 뒤를 좇고 있다가 기회를 틈타 안개 속에서 그의 뒤로 다가가 그를 밀었어요. 카스테어스는 비명을 지르면서 벼랑 아래로 떨어졌어요. 남편 케이먼은 서둘러 도망쳤지요. 주위에 누가 있을지 모르니까요. 그는 앨런 카스테어스가 사진을 가지고 다닌 것을 모르고 있었을 거예요. 그 다음에 무슨 일이 일어났죠? 그 사진이 신문에 났어요……."

"케이먼 부부로서는 깜짝 놀랄 일이었겠네요."

로저가 거들었다.

"맞아요. 어떻게 할까요? 과감하게 나설 수밖에요. 그 시체가 카스테어스인지 누가 알겠어요? 이 나라에서는 거의 아무도 없을 거예요. 그래서 케이먼 부인이 나타나 악어의 눈물을 흘리면서 죽은 사람이 자기 오빠라고 한 거예요. 그들은 도보 여행 이야기를 꾸미기 위해 소포를 부치는 등 몇 가지 속임수까지 썼죠."

"정말, 프랭키, 아주 그럴듯해요."

로저는 감탄하는 듯했다.

"나 자신도 아주 훌륭하다는 생각이 들어요. 그리고 당신 말이 맞아요. 우리는 부지런히 케이먼 부부를 추적해야겠어요. 왜 이제껏 그렇게 하지 않았는지 모르겠네."

이 말은 사실이 아니었다. 프랭키는 그 이유를 잘 알고 있었다. 즉 그들은 바로 로저를 추적하고 있었던 것이다. 그렇지만 그녀는 이 단계에서 사실을 밝히는 것이 현명하지 못하다고 생각했다.

"니콜슨 부인에 대해서는 어떻게 하죠?"

그녀가 불쑥 물었다.

"그 여자에 대해 어떻게 하다뇨?"

"가련하게도 공포에 질려 있으니까요. 로저, 당신은 그 여자에 대해서는 냉담한 것 같아요."

"정말 그런 것은 아니지만, 나는 자기 앞가림을 하지 못하는 사람이 항상 짜증스러워요."

"어머나! 그래도 상냥하게 대해 주세요. 그 여자가 뭘 하겠어요? 돈도 없고 갈 곳도 없어요."

로저가 갑자기 말했다.

"만약 당신이 그 여자 같은 처지라면, 프랭키, 당신은 어떻게 할지를 찾아낼 거예요.”

“어머!”

프랭키는 그 말에 깜짝 놀랐다.

“맞아, 당신은 그럴 거예요. 누가 당신을 죽이려 한다고 생각한다
면, 당신은 잠자코 기다리지 않겠죠. 도망을 쳐서 어떻게든 생계를
꾸려 나가거나, 아니면 상대방을 먼저 죽이려 할 거야. 아무튼 무엇
인가를 할 거예요.”

프랭키는 자기라면 무엇을 할 것인지 생각해 보았다.

“분명히 무엇인가를 할 거예요…….”

생각에 잠기면서 그녀가 말했다.

“사실을 말하면 당신에게는 용기가 있고 그 여자에게는 그것이
없어요.”

로저가 단정하듯 말했다.

프랭키는 칭찬을 듣는 것처럼 느꼈다. 모이라 니콜슨은 사실 그
녀의 마음에 드는 유형의 여자가 아니었으며, 보비가 그녀에게 빠
져 있는 것에 대해 약간 화도 났다. 그녀는 가만히 생각해 보았다.

‘보비는 도움을 필요로 하는 여자를 좋아하는 거야.’

그리고 그녀는 그가 사건 시작 때부터 그 사진에 대해 호기심 어
린 관심을 품고 있었음을 기억해 냈다.

‘그런데 로저는 달라.’

로저는 도움을 필요로 하는 여자를 좋아하지 않는 것이 분명했
다. 반면에 모이라도 분명히 로저에 대해 별로 좋은 평가를 하지 않

았다. 그녀는 그를 약하다고 했으며, 다른 사람을 죽일 만한 용기가 있을 가능성이 전혀 없다고 일축했다. 그는 어쩌면 약할지 모른다. 그렇지만 그가 매력을 지닌 것은 부인할 수 없는 일이었다. 그녀는 메러웨이 코트에 도착한 첫 순간부터 그것을 느꼈다.

로저가 조용히 말했다.

"당신이 원한다면, 프랭키, 당신 스스로 뭔가를 해낼 뿐 아니라 남자가 당신을 위해 당신이 원하는 것은 무엇이든 하도록 만들 수 있을거요……."

프랭키는 갑자기 약간의 전율을 느꼈으며, 또한 동시에 아주 당황스러워졌다. 그녀는 서둘러 화제를 바꾸었다.

"형님 문제에 대해서는 여전히 그레인지에 가셔야 한다고 생각하나요?"

"아뇨. 그를 치료할 수 있는 곳은 그 밖에도 많이 있을 테니까요. 중요한 것은 형의 동의를 얻는 일이에요."

"어려울까요?"

프랭키가 물었다.

"그럴지도 모르겠어요. 며칠 전 밤에 형이 말하는 것을 당신도 들었죠. 반면에 형이 뉘우치는 기색이 있을 때를 포착한다면 사정이 달라요. 어서 와요. 형수님이 오네요."

배싱턴프렌치 부인이 저택에서 나와 주위를 훑어보다가, 로저와 프랭키를 발견하고는 풀밭을 지나 그들 쪽으로 걸어왔다.

그들은 그녀가 수심에 차고 긴장돼 있음을 알 수 있었다.

"도련님, 당신을 찾아 모든 곳을 돌아다녔어요."

그녀가 말했다. 그리고 프랭키가 그들을 남겨 놓고 가려는 것을 보고 말을 이었다.

"아녜요, 가지 말아요. 감춘들 무슨 소용이 있겠어요? 당신도 알아야 할 것은 다 알았으면 좋겠어요. 이 일을 알고 있었죠?"

프랭키는 고개를 끄덕였다.

실비아는 쓸쓸해 하면서 말했다.

"내가 아무것도 모르고 있는 동안, 두 사람은 내가 의심조차 하지 않은 것을 알고 있었네요. 나는 왜 헨리가 그처럼 달라졌는지 궁금해 하기만 했어요. 그 때문에 내가 매우 불행하다는 느낌이 들었지만, 이유를 알 수가 없었어요."

그녀는 말을 멈추더니 약간 말투를 바꾸어 다시 말을 이었다.

"니콜슨 박사님이 진실을 말해 준 뒤 나는 곧장 헨리에게로 갔어요. 지금 그를 남겨 놓고 나오는 길이에요."

그녀는 말을 멈추고 울음을 삼켰다.

"도련님, 다 잘될 거예요. 그이는 동의했어요. 내일 그레인지에 가서 니콜슨 박사님에게 치료를 맡기겠어요."

"아니……."

그 말은 로저와 프랭키 두 사람으로부터 동시에 튀어나왔다. 실비아는 놀란 표정으로 두 사람을 쳐다보았다.

로저가 어색하게 말했다.

"아니 형수님, 나도 그 문제를 생각해 보았는데요, 그레인지는 좋은 곳이 아닌 것 같아요."

"그이가 혼자서 극복해 낼 수 있다고 생각해요?"

실비아가 의심스럽다는 듯 물었다.

"아니요, 그렇지만 여기서 좀 떨어진 곳에 치료받을 만한 곳이 있어요. 나는 이 지역에 머무는 것이 실수라고 확신해요."

"나도 그렇게 확신해요."

프랭키도 거들었다.

"어머나, 나는 생각이 달라요. 그이는 다른 곳에서는 견뎌낼 수 없을 거예요. 니콜슨 박사님은 그처럼 친절하고 이해심이 많은걸요. 나는 헨리가 그의 치료를 받으면 기쁘겠어요."

"니콜슨 박사님을 좋아하지 않는 줄 알았는데요, 형수님."

로저가 말했다.

"마음을 바꾸었어요. 그만큼 훌륭하고 친절한 사람은 없어요. 오늘 오후, 그에 대한 내 어리석은 편견은 말끔히 사라졌어요."

그녀가 간단하게 대답했다.

잠시 침묵이 흘렀다. 분위기가 어색했다. 로저나 실비아 모두 다음에 무슨 말을 해야 할지 몰랐다.

실비아가 먼저 입을 열었다.

"불쌍한 헨리. 그이는 얼이 빠져 버렸어요. 내가 안다고 하자 당황해 어쩔 줄 모르더군요. 그이는 나하고 토미를 위해서라도 약물 중독을 이겨내겠다고 다짐했지만, 그게 무엇을 의미하는지는 내가 모를 거라고 했어요. 사실 나는 잘 모르겠어요. 니콜슨 박사가 아주 자세히 설명해 주긴 했지만 말예요. 일종의 편집증이 되고, 스스로의 행위에 책임을 지지 못하게 된다고 그분은 말하더군요. 아, 도련님, 정말 무시무시할 것 같아요. 그렇지만 니콜슨 박사님은 정말 친절했어요. 나는 그분을 믿어요."

"그래도 내 생각으로는 이게 더……."

로저가 입을 열었다.

실비아가 그를 쳐다보았다.

"도런님, 도런님을 이해하지 못하겠어요. 왜 마음을 바꾸었죠? 30분 전만 하더라도 헨리가 그레인지로 가는 데 찬성이었잖아요?"

"글쎄, 그 뒤로 그 문제를 생각하다 보니……."

다시 실비아가 말을 중단시켰다.

"아무튼 나는 결심했어요. 헨리는 그레인지 이외에는 다른 곳에 가지 않을 거예요."

그들은 잠자코 그녀를 마주하고 있었다.

로저가 입을 열었다.

"내가 니콜슨 선생님에게 전화를 하겠어요. 지금쯤 집으로 돌아갔을 거예요. 그와 여러 가지 문제를 의논해 보고 싶어요."

그는 대답도 기다리지 않고 재빨리 집 안으로 들어갔다. 두 여자는 그의 뒷모습을 쳐다보며 서 있었다.

"도런님을 이해할 수 없어요."

실비아가 초조해 하면서 말했다.

"15분 전쯤에는 내게 헨리를 그레인지로 데려가라고 했거든요."

그녀의 목소리에는 분노의 기색이 역력했다.

프랭키가 말했다.

"아무튼 나는 로저하고 생각이 같아요. 어디에선가 사람은 집에서 멀리 떨어진 곳으로 치료를 받으러 가야 한다는 것을 읽은 적이 있어요."

"아닐 거예요. 말도 안 돼요."

실비아가 말했다.

프랭키는 난처한 지경에 빠졌다는 느낌이 들었다. 예상치 못한 실비아의 고집이 문제를 어렵게 만들고 있었으며, 또한 그녀는 이전에 니콜슨에 대하여 반감을 느꼈던 것만큼 이제는 갑자기 친근감을 갖게 된 것 같았다. 어떤 말이 도움이 될지 알기 매우 어려운 상황이었다. 프랭키는 모든 이야기를 실비아에게 털어놓는 것을 생각해 보았지만, 과연 실비아가 그것을 믿을 것인지? 로저조차도 니콜슨 박사의 유죄 가설에는 별다른 호응을 보여 주지 않았다. 그 의사에 관해 새로운 동지 의식을 갖고 있는 실비아는 더욱 그럴지도 모른다. 그리고 심지어는 그것을 모조리 니콜슨에게 알려 줄 가능성도 있었다. 정말 어려운 일이었다.

점점 어둑어둑해지는 하늘 위에 비행기가 한 대 낮게 지나가면서 커다란 엔진 소리를 냈다. 실비아와 프랭키는 무슨 말을 해야 할지 몰랐기 때문에 잠깐의 휴식을 취하면서 그것을 올려다보았다. 그것은 프랭키에게는 생각을 정리할 시간을 주었고, 실비아에게는 갑작스러운 분노로부터 회복될 시간을 주었다.

비행기가 나무 위로 사라지고 그 소음도 잦아들자, 실비아는 불쑥 프랭키 쪽을 쳐다보며 마음이 상한 듯 말했다.

"정말 괴로웠는데, 당신들은 모두 헨리를 내게서 멀리 보내려고
하는 것 같고……."

"아녜요, 그런 게 아녜요."

프랭키는 잠시 주위를 돌아보았다.

"나는 단지 그분이 가장 좋은 치료를 받아야 한다고 생각했던 거
예요. 그리고 니콜슨 박사가 뭐랄까…… 돌팔이처럼 생각되거든요."

"그 말은 믿기지 않는군요. 그는 매우 똑똑하며, 바로 헨리가 필
요로 하는 사람이라고 생각해요."

실비아는 마치 도전하듯 프랭키를 바라보았다. 프랭키는 니콜슨
박사가 그토록 짧은 시간에 그녀를 사로잡은 데 놀라지 않을 수 없
었다. 얼마 전까지 그 사내에 대해 갖고 있던 그녀의 불신은 완전히
사라진 듯했다.

할 말도 찾지 못하고 무엇을 해야 할지도 모른 채 프랭키는 다시
침묵에 빠졌다. 이때 로저가 다시 집 밖으로 나왔다. 그는 약간 숨이
찬 것처럼 보였다.

"니콜슨 박사님은 아직 들어오지 않았더군요. 그래서 말을 전해
달라고만 했어요."

"왜 그렇게 급히 니콜슨 선생님을 만나려는지 모르겠네요. 당신
이 이 계획을 제안했고, 모든 계획이 마무리된 데다 헨리까지 동의
했는데 말예요."

실비아가 말했다.

"그 문제에 대해 몇 가지 더 할 이야기가 있어서요, 형수님. 어쨌

든 나의 형에 관한 문제잖아요."

"이 계획을 제안한 것은 도련님이었어요."

실비아가 고집스럽게 말했다.

"그래요. 그런데 그 뒤로 니콜슨 박사님에 대해 몇 가지 이야기를 들었거든요."

"어떤 이야기 말인가요? 오, 이젠 도련님을 믿지 못하겠어요."

그녀는 입술을 깨물더니 몸을 돌려 집 안으로 들어갔다.

로저는 프랭키를 쳐다보았다.

"이거 정말 난처하군."

"그래요, 매우 난처한 상황이에요."

"실비아는 일단 결심하면 고집이 대단해요."

"어떡하죠?"

그들은 다시 정원의 의자에 앉아 그 문제를 다시 의논했다. 모든 이야기를 실비아에게 털어놓아서는 안 된다는 데는 로저도 프랭키와 생각이 같았다. 그의 의견에 의하면 가장 좋은 계획은 그 의사와 직접 부딪치는 것이었다.

"그렇지만 도대체 뭐라고 말할 작정이에요?"

"말은 많이 하지 않을 거예요. 그렇지만 눈치는 많이 줘야죠. 아무튼 한 가지 사실에 대해서는 나도 당신과 생각이 같아요. 어떤 일이 있더라도 형이 그레인지로 가서는 안 된다는 것 말이에요. 모든 것을 털어놓는 경우가 생기더라도 그것만은 막아야 해요."

"그렇게 되면 만사가 틀어져요."

프랭키가 그에게 주의를 환기시켰다.

"알아요. 그래서 다른 모든 수단을 시도해야죠. 형수님을 왜 하필 이 시점에 고집불통이 돼 버렸지?"

"니콜슨이 가진 힘을 보여 주는 거예요."

프랭키가 말했다.

"맞아요. 그래서 증거가 있든 없든 그 사람에 대한 당신 생각이 맞을지도 모른다고……. 아니 이게 무슨 소리죠?"

두 사람은 벌떡 일어섰다.

"총소리 같은데요. 집 안에서 났어요."

프랭키가 말했다. 그들은 서로를 쳐다보고는 집 안으로 달려갔다. 그들은 응접실의 프랑스 식 창으로 들어가 그곳을 통해 홀로 들어섰다. 실비아 배싱턴프렌치는 얼굴이 백지장처럼 하얗게 질린 채 그곳에 서 있었다.

"들었어요? 헨리의 서재에서 총소리가 났어요."

실비아가 몸을 휘청거리자 로저가 팔로 그녀를 감싸 안정시켰다. 프랭키는 서재의 문으로 다가가 손잡이를 돌렸다.

"잠겼어요."

그는 반쯤 기절한 상태인 실비아를 긴 의자 위에 앉혀 놓고, 다시 응접실을 통해 밖으로 나갔다. 프랭키도 그 뒤를 따랐다. 그들은 저택을 돌아 서재의 창문에 다다랐다. 그것은 잠겨 있었지만, 그들은 창 가까이에 얼굴을 갖다 대고 안을 들여다보았다. 해가 지고 있었으므로 빛이 거의 없는데도 불구하고 그들은 분명히 볼 수 있었다.

헨리 배싱턴프렌치는 책상을 가로질러 몸을 쭉 펴고 누워 있었다. 이마에는 총알의 흔적이 분명했으며, 그의 팔에서 떨어진 권총이 바닥에 놓여 있었다.

"자살했군요. 끔찍해……."

프랭키가 말했다.

"조금 물러서요. 창문을 부수어야겠어요."

로저는 코트로 손을 감싸고는 그것으로 유리창을 쳐서 산산조각을 냈다. 그리고 조각을 조심스럽게 떼어낸 뒤 두 사람은 서재 안으로 들어섰다. 그러는 사이에 배싱턴프렌치 부인과 니콜슨 박사가 테라스를 따라 달려왔다.

실비아가 말했다.

"니콜슨 박사님이 왔어요. 방금 들어왔어요. 헨리에게 무슨 일이 있나요?"

그러고는 몸을 쭉 펴고 누워 있는 헨리의 모습을 보더니 비명을 질렀다.

로저는 재빨리 창문을 통해 다시 밖으로 나왔고, 니콜슨 박사가 두 팔로 실비아를 감쌌다.

"형수님을 데려가 보살펴 주세요. 브랜디를 마시게 하고 어서 데려가는 게 좋겠어요."

로저는 창문으로 들어와 프랭키 곁에 섰다. 그러고는 천천히 고개를 저었다.

"이건 비극이에요. 불쌍한 사람 같으니. 정면으로 맞서 이겨낼 수 없다고 생각한 거야. 이럴 수가, 이럴 수가……."

그는 시체 곁으로 몸을 기울였다가 다시 몸을 일으켰다.

"아무것도 할 게 없어요. 즉사한 게 틀림없어. 형이 뭘 써 놓았는지 모르겠네요. 보통 그러잖아요."

프랭키는 그들에게로 다가가다가 멈춰 섰다. 글이 적힌 종이 한 장이 배싱턴프렌치의 팔꿈치 곁에 놓여 있었다.

이것이 최선의 방법이라고 생각한다. 이 나쁜 습관이 너무 깊이 침투하여 더 이상 이겨낼 수 없을 것 같다. 실비아를 위해, 실비아와 토미를 위해 최선을 다하고 싶다. 하느님께서 두 사람을 축복하시기를. 나를 용서해 주기를…….

프랭키는 목이 메는 느낌이 들었다.

"아무것도 손대서는 안 돼요. 물론 검시 배심이 있게 되겠죠. 경찰에 전화를 해야겠어요."

니콜슨 박사가 말했다.

그의 몸짓에 프랭키는 문 쪽으로 향하다가 멈추었다.

"자물쇠에 열쇠가 없네요."

"없어요? 이 사람의 호주머니에 있겠군."

그는 무릎을 꿇고 앉아 조심스럽게 주머니를 뒤적거렸다. 그리고 죽은 사람의 코트 주머니에서 열쇠를 하나 끄집어내더니 그것을 자물쇠에 꽂았다. 맞는 열쇠였다. 그들은 함께 방을 나오고 니콜슨 박사는 바로 전화 쪽으로 다가갔다.

프랭키는 무릎이 덜덜 떨렸고 갑자기 속도 거북해졌다.

사라진 모이라

프랭키는 1시간쯤 뒤에 보비에게 전화했다.

"호킨스예요? 안녕, 보비, 무슨 일이 일어났는지 소식 들었어? 들었구나. 한시바삐 만나야겠어. 내일 이른 아침이 가장 좋을 것 같아. 아침식사를 하기 전에 산책하러 나갈게. 오늘 만났던 곳에서 8시에 만나기로 해."

호기심을 느끼는 제3자의 귀를 의식하여 보비가 "예, 영애님." 하고 경칭을 말하는 사이에 그녀는 전화를 끊었다.

보비가 약속 장소에 먼저 도착했으며, 오래 기다리지 않아 프랭키도 왔다. 그녀는 창백하고, 당황한 것처럼 보였다.

"안녕, 보비, 너무 끔찍스러운 일 아냐? 나는 어젯밤 한숨도 못 잤어."

"나는 자세한 내용을 몰라. 배싱턴프렌치 씨가 총으로 자살했다는 이야기뿐이야. 그건 맞지?"

"그래. 실비아가 그에게 치료를 받으라고 이야기하고 그도 그러
겠다고 했대. 그런데 그 후에 그가 용기를 잃었나 봐. 서재로 들어가
문을 잠근 뒤 종이 위에 몇 마디를 적고는 총을 쏜 거야. 보비, 너무
끔찍해. 소름이 끼쳐."

"알겠어."

보비가 조용히 말했다.

그들은 잠시 입을 다물었다.

"오늘 여기를 떠나야겠어."

프랭키가 침묵을 깨뜨렸다.

"그래, 그럴 거라고 생각했어. 그 여자…… 배싱턴프렌치 부인은
어때?"

"혼이 나갔지 뭐. 우리가 시체를 발견한 뒤로는 그 여자를 보지
못했어. 충격이 대단했을걸."

보비는 고개를 끄덕였다.

"11시쯤에 차를 가지고 오는 것이 좋겠어."

프랭키의 말에 보비는 대답하지 않았다. 프랭키는 참지 못하고
그를 쳐다보았다.

"왜 그래, 보비? 딴생각을 하고 있는 것처럼 보여."

"미안해. 실은……."

"응?"

"글쎄, 잠깐 생각해 보았는데…… 내 생각으로는……. 글쎄, 됐어."

"무슨 말이야? 됐다니?"

"내 말은…… 그가 자살한 것이 분명해?"

"아, 그랬구나."

프랭키는 잠시 생각하다가 대답했다.

"그래, 그것은 분명히 자살이었어."

"분명해? 프랭키, 너도 들었잖아. 모이라는 니콜슨이 두 사람을 제거하려 한다고 했어. 그런데 이제 한 사람이 떠나 버렸거든."

프랭키는 다시 생각했지만, 이번에도 고개를 저었다.

"그것은 자살임에 틀림없어. 총소리를 들었을 때 나는 로저와 함께 정원에 있었거든. 우리는 응접실을 통해 홀로 달려갔어. 서재의 문은 안쪽에서 잠겨 있었지. 그래서 우리는 돌아서 창문으로 갔어. 그것도 잠겨 있었기 때문에 로저가 깨뜨렸지. 그때까지 니콜슨은 현장에 나타나지 않았어."

보비는 이 정보에 대해 생각해 보았다.

"아무 문제가 없는 것 같군."

그도 동의했다.

"그렇지만 니콜슨이 그 현장에 너무 갑자기 출현한 것 같아……."

"그는 오후에 다녀갈 때 지팡이를 두고 간 바람에 그걸 가지러 왔대."

보비는 생각에 잠겨 얼굴을 찌푸렸다.

"이봐, 프랭키. 실제로는 니콜슨이 배싱턴프렌치를 쐈다면……."

"유서를 쓰게 한 뒤에?"

"가짜를 만들기란 아주 쉬운 일이라고 생각해. 글씨가 약간 바뀐 것 정도는 마음의 동요쯤으로 여겨질 테니까."

"그건 그래. 네 가설을 계속해 봐."

"니콜슨이 배싱턴프렌치를 쏘고 유서를 남긴 뒤 문을 잠그면서 빠져나온다. 그리고 몇 분 지나 방금 도착한 것처럼 다시 나타난다는 거야."

프랭키는 안타까운 듯 고개를 흔들었다.

"좋은 생각이지만, 그러나 아니야. 우선 열쇠가 헨리 배싱턴프렌치의 호주머니에 있었거든."

"거기에 있는 걸 누가 발견했지?"

"바로 니콜슨이었어."

"거봐. 거기서 발견한 체하기란 쉬운 일이었을걸."

"나는 그 사람을 지켜보고 있었어. 기억해. 열쇠가 호주머니에 있었던 것은 확실하다니까."

"마술사를 쳐다볼 때 다들 그렇게 말하지. 토끼가 모자 속에 들어가는 걸 본다고 해. 만약 니콜슨이 뛰어난 범죄자라면 그 정도의 교묘한 손장난은 어린애 놀이 정도에 불과할 거야."

"그래, 그 점에 대해서는 네가 옳다고 하더라도, 정직하게 말해 불가능해. 총소리가 났을 때 사실 실비아 배싱턴프렌치가 집 안에 있었거든. 그 여자는 소리가 나자마자 홀로 나왔어. 만약 니콜슨이 총을 쏘고 서재의 문으로 나왔다면, 그 여자가 그를 보게 되어 있어. 게다가 그가 실제로 현관으로 들어왔다고 그 여자가 말했어. 그 여자는 우리가 집 뒤로 돌아가는 동안 니콜슨이 들어오는 것을 보고,

그를 맞이하여 서재의 창문 쪽으로 데려왔지. 아냐, 보비, 나도 그
말을 하기 싫지만, 그 남자에게는 알리바이가 있어."

"나는 원칙적으로 알리바이가 있는 사람을 믿지 않아."

"나도 그래. 그렇지만 이 경우에는 어쩔 도리가 없을 거야."

"그래. 실비아 배싱턴프렌치의 말이 맞을 테니까."

"그래, 정말이야."

"자, 그럼 그것을 자살로 쳐야겠군. 다음 차례는 뭐지, 프랭키?"

보비가 한숨을 쉬며 말했다.

"케이먼 부부야. 왜 우리가 이제까지 그들을 살피는 데 태만했는
지 모르겠어. 케이먼이 편지를 보낸 주소를 가지고 있지?"

"그래. 검시 배심 때 그들이 말했던 그대로야. 패딩턴, 레너즈가든
스 17번지."

"우리가 그쪽 방면의 조사를 게을리했다는 건 동의하지?"

"물론이지. 그리고 이봐, 프랭키, 나는 그들이 달아나 버렸을 것
같아. 케이먼 부부는 결코 풋내기가 아니라고 생각되거든."

"그들이 비록 사라져 버렸다고 하더라도 나는 그들에 대한 것을
알아낼 거야."

"나? 우리가 아니고?"

"왜냐하면 이번에도 네가 나타나는 것이 좋지 않다고 생각하기
때문이야. 로저가 악한이라고 생각하면서 여기에 내려올 때와 같지.
너는 그들에게 알려져 있고, 나는 알려져 있지 않거든."

"그래, 그들에게는 어떻게 접근할 생각이야?"

보비가 물었다.

"정치적으로 접근하려고 해. 보수당의 선거 운동을 하는 거지. 전단을 갖고 방문할 거야."

프랭키가 대답했다.

"좋은 방법이군. 그렇지만 앞서 말했다시피 그들은 달아나 버렸을 거야. 자, 그리고 생각해야 할 문제가 또 있어. 모이라 말이야."

"어머…… 그 여자의 일은 완전히 잊어버리고 있었네."

"그런 것 같았어."

차가움이 느껴지는 태도로 보비가 말했다.

"네 말이 맞아. 그 여자에 대해 무엇인가를 하지 않으면 안 돼."

프랭키가 생각에 잠기면서 말했다.

보비는 고개를 끄덕였다. 낯설면서도 마음에서 떠나지 않는 얼굴이 그의 눈앞에 나타났다. 거기에는 무엇인가 비극적인 것이 있었다. 그는 앨런 카스테어스로부터 그 사진을 집어든 최초의 순간부터 계속 그렇게 느꼈다.

"내가 처음 그레인지에 갔던 그날 밤에 네가 그 여자를 보았다면! 그 여자는 공포에 휩싸여 있었어. 나는 그 여자의 말이 옳다는 걸 말해 주고 싶어. 그것은 신경과민이나 상상 같은 그런 것이 아니야. 만약 니콜슨이 실비아 배싱턴프렌치와 결혼하기를 원한다면 두 가지 장애물이 제거되어야 해. 하나는 사라졌지. 나는 모이라의 생명이 바람 앞에 등불 같은 신세이며, 조금이라도 늦추면 위태해지리라는 느낌이 들어."

프랭키는 그의 말이 지니는 진지함 때문에 정신이 맑아졌다.

"그래, 네 말이 맞아. 우리는 빨리 행동을 취해야 돼. 무엇을 해야 하지?"

"당장 그레인지를 떠나라고 설득해야 돼."

프랭키는 고개를 끄덕였다.

"보비, 그 여자는 웨일스에 있는 성으로 내려가는 것이 좋겠어. 그래, 거기라면 안전할 거야."

"네가 그렇게 처리할 수 있으면 그보다 더 좋을 게 없지."

"그건 간단한 일이야. 아버지께서는 누가 오고가는지 알아차리시는 법이 없으니까. 그리고 모이라를 좋아하실 거야. 거의 모든 남자가 그럴 테지. 워낙 여자다우니까. 무력한 여자를 남자가 좋아한다는 건 정말 놀라워."

"나는 모이라가 특별히 무력하다고는 생각하지 않아."

보비가 말했다.

"아냐. 그 여자는 가만히 앉아 아무것도 하지 않고 뱀에게 잡아먹히기를 기다리는 작은 새와 다름없어."

"그 여자가 무엇을 할 수 있겠어?"

"많지……."

프랭키가 활기 있게 말했다.

"글쎄, 나는 모르겠어. 그 여자에게는 돈도 없고 친구도 없고……."

"이봐, 여성우애조합(도시로 일하러 나온 시골 여성들이 서로 돕도록

1875년 런던에 설립된 단체 ─ 옮긴이)의 사례 발표인 양 굴지는 마."

"미안해."

보비는 사과했다.

기분이 상한 듯 잠시 침묵이 흘렀다.

이윽고 평정을 되찾은 프랭키가 말했다.

"자, 너도 말했다시피 이 문제는 가능한 한 빨리 처리하는 게 좋겠어."

"나도 그렇게 생각해. 그리고 프랭키, 넌 정말 친절해……."

"됐어."

그의 말을 중단시키며 프랭키가 말했다.

"마치 그 여자에게는 손발이나 혀나 머리가 없는 것처럼, 그 여자에 대해 네가 바보 같은 소리를 하지 않는다면, 나도 얼마든지 그 여자를 도울 수 있어."

"무슨 말인지 모르겠는걸."

"글쎄, 그 이야기는 더 이상 할 필요가 없겠지. 자, 뭘 하든, 우리는 그걸 빨리 해야 해. 이게 어디에서 나오는 인용구던가?"

"약간 바꾼 말이로군. 계속해, 맥베스 부인."

"글쎄, 난 말이야, 항상 생각해 왔거든……."

프랭키는 갑자기 문제와 전혀 상관없는 이야기를 꺼냈다.

"맥베스 부인이 맥베스에게 온갖 살인을 저지르게 한 것은 인생이, 그리고 부수적으로 남편과의 사이가 매우 따분해졌기 때문이라고 말이야. 그는 자기 부인을 따분하게 하는 유순하고 얌전한 남자였음이 분명해. 그렇지만 난생 처음으로 살인을 저지르고 나자, 그는 아주 훌륭한 사람이 된 기분을 느끼면서, 이전의 열등감에 대한 보상을 하기 위해 자기중심적인 기질을 발전시키기 시작하는 거지."

"그 주제로 책을 하나 써야겠군, 프랭키."

"글을 쓸 줄 알아야지 뭐. 자, 우리가 무슨 이야기를 했더라? 아, 그래, 모이라 구출 문제였어. 너는 차를 10시 30분까지 가지고 오도록 해. 그러면 나는 그레인지로 가서 모이라를 만나겠어. 모이라와 만날 때 니콜슨이 있더라도, 그 여자가 내게 와서 함께 지내기로 했던 약속을 상기시키면서 바로 그 자리에서 그 여자를 데리고 나올 테야."

"멋져, 프랭키. 시간 낭비가 없는 점이 마음에 들어. 또 다른 사건이 일어날까 봐 겁이 나거든."

"그럼 10시 30분이야……."

프랭키가 메러웨이 코트로 돌아가자 9시 30분이었다. 아침식사가 막 차려졌고, 로저는 커피를 따르고 있었다. 그는 피로에 지친 듯한 기색이었다.

"잘 잤어요? 나는 잠을 설쳤어요. 결국 7시쯤에 일어나 산책을 했죠."

프랭키가 말했다.

"이런 일을 겪게 해서 정말 미안해요."

로저가 말했다.

"실비아는 어때요?"

"어젯밤에 진정제를 준 모양이에요. 아직도 자고 있을 거예요. 불쌍한 사람 같으니. 참으로 안됐어요. 우리 형에게 그렇게 헌신적이었는데……."

"나도 알아요."

프랭키는 잠시 말을 멈추었다가 자기가 떠날 계획임을 설명했다.

"떠나야겠죠."

마치 화를 내듯 로저가 말했다.

"검시 배심은 금요일에 열려요. 당신이 필요하게 되면 연락할게요. 모든 것은 검시관에게 달려 있어요."

그는 커피를 마시고 토스트 한 조각을 삼킨 다음 여러 가지 일을 처리하러 나갔다. 프랭키는 그가 안됐다는 생각이 들었다. 가족 가운데 자살한 사람이 생겼을 때 접하게 되는 온갖 험담이나 호기심은 상상하고도 남음이 있었다. 토미가 들어오자 그녀는 그 아이를 즐겁게 해 주려고 애썼다.

보비는 10시 30분에 차를 가지고 들어왔다. 프랭키의 짐이 아래로 내려졌다. 그녀는 토미에게 작별 인사를 했고, 실비아에게는 쪽지를 남겼다. 두 명이 탄 벤틀리는 집을 나섰다.

그들은 아주 빠른 시간 안에 그레인지에 이르렀다. 프랭키로서는 처음 온 곳이었으나, 커다란 철제 정문과 아무렇게 자란 관목이 그녀의 마음을 울적하게 했다.

'소름 끼치는 곳이야. 모이라가 무서워하는 것도 결코 무리가 아니겠어.'

주위를 관찰하면서 그녀가 생각했다.

그들은 현관에 이르렀다. 보비가 차에서 내려 벨을 눌렀다. 몇 분 동안 아무도 나오지 않았다. 이윽고 간호사 차림의 여자가 문을 열었다.

"니콜슨 부인 계신가요?"

보비의 말에 그 여자는 잠시 머뭇거리더니, 뒤로 물러서서 문을 활짝 열었다. 프랭키는 차에서 내려 집 안으로 들어갔다. 문이 그녀 뒤에서 닫히며 귀에 거슬리는 소리를 냈다. 프랭키는 그 문에 묵직한 볼트가 달려 있고 가로막대까지 붙어 있는 것을 알아차렸다. 까닭 없이 그녀는 마치 이 사악한 집에 갇힌 듯한 두려움을 느꼈다.

'말도 안 돼. 보비가 밖에서 차를 탄 채 기다리고 있어. 나는 여기 떳떳하게 온 거야. 내게 무슨 일이 일어날 수는 없어.'

그녀는 혼자 중얼거렸다. 그리고 이상한 느낌을 떨쳐 버리면서 간호사의 뒤를 따라 계단을 오르고 복도를 따라 걸었다. 이윽고 간호사는 또 하나의 문을 열어 프랭키를 자그마한 응접실로 안내했다. 밝은 색 직물로 우아하게 장식되었고, 꽃병에는 꽃이 꽂혀 있었다. 기분이 조금은 나아졌다. 간호사는 알아듣지 못할 소리를 중얼거리더니 물러갔다.

5분쯤 지나 문이 열리면서 니콜슨 박사가 들어섰다.

프랭키는 초조한 기색을 감추기 어려웠지만, 내색을 하지 않고 미소 지으면서 악수를 교환했다.

"안녕하세요."

"안녕하십니까, 레이디 프랜시스. 배싱턴프렌치 부인에 대한 나쁜 소식을 가지고 오신 것은 아니겠죠?"

"내가 떠날 때 아직 주무시고 계셨어요."

"안타까운 노릇입니다. 물론 의사가 그분을 보살피고 있겠지요."

"그럼요……."

그녀는 입을 다물었다가 다시 말을 이었다.

"바쁘실 텐데 시간을 빼앗고 싶지 않아요, 니콜슨 박사님. 나는 사실 부인을 만나러 왔어요."

"모이라를 만나러 오셨다고요? 매우 친절하시군요."

착각일 뿐인지도 모르지만, 굵은 안경 뒤쪽의 엷은 푸른색 눈이 약간 단단해지는 것처럼 보였다. 그는 다시 한 번 되풀이했다.

"그래요……. 정말 친절하십니다."

"아직 일어나지 않았으면, 여기 앉은 채 기다릴게요."

상냥하게 미소를 띠면서 프랭키가 말했다.

"아니, 일어났습니다."

니콜슨 박사가 말했다.

"잘됐네요. 나는 부인을 우리 성에 초대하고 싶어요. 부인도 방문해 주기로 약속했죠."

그녀는 다시 미소를 지었다.

"예, 정말 친절하신 말씀입니다, 레이디 프랜시스. 정말 친절하십니다. 모이라도 대단히 좋아했을 거예요."

"좋아했을 거라뇨?"

프랭키는 날카롭게 물었다.

니콜슨 박사는 하얀 이를 드러내면서 미소를 지었다.

"안타깝게도 우리 집사람은 오늘 아침 어디로 떠났습니다."

"떠나다뇨? 어디로요?"

프랭키는 멍하니 말했다.

"오, 그냥 기분 전환을 위해서입니다. 여자들이 어떤지 아시잖습니까, 레이디 프랜시스. 이곳은 젊은 여자에게는 좀 울적한 곳이죠. 때때로 모이라는 즐거움을 위해 훌쩍 떠난답니다."

"부인이 어디로 갔는지 모르시나요?"

프랭키가 물었다.

"런던이겠죠. 상점과 극장이 있는 곳 말입니다. 어떤 곳인지 아실 거예요."

프랭키는 그의 미소야말로 이제까지 마주친 것 가운데 가장 보기 흉한 것이라고 느꼈다.

"나도 오늘 런던에 올라가요. 부인의 주소를 가르쳐 주시겠어요?"

그녀는 부드럽게 말했다.

"아내는 보통 사보이에 묵습니다. 하루쯤 지나면 연락이 오겠죠. 아내는 연락을 꼬박꼬박 하는 편은 아니고, 저도 남편과 부인 사이의 완전한 자유를 신봉하니까 말입니다. 아무튼 사보이가 우리 아내를 발견할 가능성이 가장 높은 곳이라고 말씀드릴 수 있습니다."

그는 문을 열었으며, 프랭키는 그와 악수를 나누고 현관문까지 안내를 받았다. 간호사가 그곳에 서서 그녀를 안내했다. 프랭키가 마지막 들었던 것은 부드러우면서도 어쩌면 약간 빈정대는 듯한 니콜슨 박사의 목소리였다.

"내 아내를 묵게 해 주실 생각을 하셨다니 정말 친절하십니다, 레이디 프랜시스."

케이먼 부부를 추적하다

프랭키가 혼자 밖으로 나오는 동안 보비는 운전사로서 가만히 기다리는 태도를 유지하느라 안절부절못하고 있었다.

"스테이벌리로 돌아가요, 호킨스."

그녀는 간호사를 의식하여 그렇게 말했다.

자동차는 현관을 돌아 정문을 통과했다. 그리고 텅 빈 도로로 나왔을 때 보비는 의문이 담긴 시선으로 동행자를 쳐다보았다.

"어떻게 됐어?"

그가 물었다.

다소 힘 빠진 모습으로 프랭키가 대답했다.

"보비, 마음에 안 들어. 그 여자가 떠나 버렸거든."

"떠나? 오늘 아침에?"

"어젯밤이거나⋯⋯."

"우리에게 아무 말도 없이⋯⋯?"

"보비, 나는 전혀 믿지 못하겠어. 남편이 거짓말하고 있는 거야. 틀림없어."

보비는 아주 창백해져서 중얼거렸다.

"너무 늦었어! 우리가 어리석었어! 어제 그녀를 돌아가게 하는 것이 아니었는데."

"그 여자가 죽었다고 생각하는 것은 아니지?"

프랭키가 떨리는 목소리로 속삭이듯 말했다.

"그래⋯⋯."

보비는 스스로에게 다짐하듯 격한 목소리로 말했다.

그들은 잠시 침묵에 빠졌다. 잠시 후 보비는 훨씬 평온해진 목소리로 말했다.

"시체를 치우는 문제 등을 생각하면 그 여자는 틀림없이 아직 살아 있어. 그 여자의 죽음은 자연스럽고 사고처럼 보여야 하거든. 아냐, 그녀는 자기의 뜻에 상관없이 어딘가에 끌려가 있을 거야. 그리고 이건 내 생각인데, 그 여자는 아직 거기에 있을 것 같아."

"그레인지에?"

"그레인지에."

"그럼 이제 어떻게 하지?"

프랭키가 물었다.

보비는 잠시 생각에 잠겼다가 마침내 입을 열었다.

"너는 이제 아무것도 할 수 없을 거야. 런던으로 돌아가는 게 좋겠어. 케이먼 부부를 추적하겠다고 했으니 그 일을 맡아."

"오, 보비!"

"글쎄, 너는 이곳에서는 아무 소용이 없다니까. 이제 너무 많이
알려졌어. 그리고 떠난다고 발표했잖아. 무엇을 할 수 있겠어? 메러
웨이에도 이제 묵을 수 없어. 그렇다고 앵글러스 암스에 와서 묵을
수도 없지. 네 소문이 너무 퍼져 있거든. 니콜슨도 의심할지 몰라.
네가 뭔가 알고 있을 거라고는 전혀 생각하지 못할 테지만, 아무튼
너는 런던에 돌아가. 내가 여기에 있을 테니까."

"앵글러스 암스에 말이야?"

"아니, 이제 네 운전사는 사라질 거야. 나는 15킬로미터 정도 떨
어진 앰블데버에 본부를 마련하겠어. 그리고 모이라가 아직 그 사
악한 집 안에 있다면 찾아낼 테야."

프랭키는 약간의 이의를 제기했다.

"보비, 정말 위험한 일이야."

"나는 뱀처럼 교활할 거야."

프랭키는 마음이 무거웠지만 굴복했다. 보비의 말은 분명히 일리
가 있는 것이었다. 자신이 이곳에서 할 수 있는 것이라고는 이제 없
었다. 보비는 그녀를 런던에 데려다 주었고, 브룩 거리의 집에 들어
간 프랭키는 갑자기 버림받은 기분이 들었다.

그러나 그녀는 결코 얌전히 있을 사람이 아니었다. 그날 오후 3시,
유행에 따르면서도 화려하지 않은 옷차림을 한 젊은 여인이 나타났
다. 그 여인은 코안경을 걸치고 진지하게 찌푸린 표정을 한 채 손에

는 한 다발의 전단과 서류를 들고 세인트레너즈가든스로 다가가고 있었다.

패딩턴의 세인트레너즈가든스는 대부분의 집이 헐린 상태인 매우 황량한 동네였다. 그곳은 '좋았던 시절'이 이미 오래전에 지나간 분위기를 풍겼다.

번지수를 살피면서 걸음을 옮기던 프랭키는 속상한 듯 갑자기 얼굴을 찌푸리며 멈춰 섰다.

17번지에는 매매 또는 가구 없이 임대한다는 팻말이 서 있었다. 프랭키는 당장 코안경을 떼내고, 진지한 표정도 얼굴에서 지워 버렸다. 이곳엔 선거운동원이 전혀 필요할 것 같지 않았다.

몇 군데 중개업소의 이름이 적혀 있었다. 프랭키는 두 군데를 골라 메모했다. 그리고 행동 계획을 세운 다음 실행에 옮겼다.

처음 찾아간 중개업소는 프레이드 거리에 있는 고든 앤드 포터였다.

"안녕하세요? 케이먼 씨의 주소를 가르쳐 주실 수 있는지 모르겠네요? 얼마 전까지만 하더라도 세인트레너즈가든스 17번지에 살았거든요."

"맞아요. 그렇지만 오래 살지 않았어요. 아시다시피 저희는 소유주를 대행하고 있죠. 케이먼 씨는 어느 때라도 해외에 나갈지 모른다면서 3개월 기한의 임대를 했어요. 저는 거기까지 알고 있습니다."

프랭키가 말을 건 젊은 남자가 대꾸했다.

"그럼 그 사람의 주소가 없나요?"

"그렇습니다. 우리하고 관계되는 문제를 모두 처리했거든요."

"하지만 그 사람이 그 집을 임대할 당시에 이전의 주소가 있었을 텐데요."

"호텔이었어요. 패딩턴 역에 있는 G. W. R.였죠."

"보증인은 있었겠지요."

"그럴 필요가 없었던 것이, 3개월 임대료를 선납하고 전기 및 가스 요금까지 예치했거든요." ·

"저런."

프랭키는 절망감을 느꼈다. 그러고는 그 젊은이가 잔뜩 호기심을 느끼며 자기를 쳐다보고 있는 것을 알아차렸다. 중개업소의 중개인들은 고객의 '신분'을 알아내는 데 날카롭다. 그는 프랭키가 케이먼에게 관심 갖는 것을 의아하게 생각하는 것이 분명했다.

"그 사람은 내게 빚이 많아요."

프랭키는 거짓말을 했다.

미녀가 절망하는 데 동정심을 느낀 젊은이는 편지철을 뒤적거리는 등 할 수 있는 수고를 아끼지 않았지만, 케이먼 씨의 현재 및 과거의 거처를 가르쳐 줄 만한 흔적은 발견되지 않았다.

프랭키는 고맙다는 인사를 하고 밖으로 나왔다. 그리고 택시를 타고 다음 중개업소로 향했다. 그녀는 똑같은 과정을 반복하면서 시간을 낭비하지 않았다. 첫 중개업소는 케이먼에게 그 집을 임대했던 곳이었다. 그러나 이들은 소유주를 대신하여 그 집을 임대하는 데만 관심이 있을 것이다. 그래서 프랭키는 그 집을 보여 달라고 했다.

직원의 놀라는 기색을 알아차린 그녀는 여성 전용 호스텔을 열기 위해 싸구려 주택을 찾고 있다고 설명했다. 놀라는 표정은 사라졌으며, 프랭키는 레너즈가든스 17번지의 열쇠뿐 아니라 볼 생각이 없는 다른 두 집의 열쇠와 함께 네 번째 집도 보여 주겠다는 다짐을 받으면서 그곳을 나왔다.

직원이 동행하겠다고 나서지 않아 다행이라고 프랭키는 생각했지만, 어쩌면 그렇게 하는 것은 가구 딸린 집을 임대할 경우에만 해당될는지도 모를 일이었다.

프랭키가 17번지에 있는 집의 현관문을 열고 들어서자, 오랫동안 잠겨 있던 집 안의 케케묵은 냄새가 코를 찔렀다.

값싸게 장식된, 전혀 구미가 당기지 않는 집이었다. 페인트는 엉겨붙어 지저분했다. 프랭키는 다락방에서부터 지하실까지 차례로 살펴 나갔다. 그 집을 떠날 때 청소를 하지 않은 것이 분명했다. 여러 가지 끈과 헌 신문지, 못과 연장 등이 널브러져 있었다. 그러나 찢어진 편지 조각 같은 특정 개인의 물품은 찾아볼 수가 없었다.

그녀에게 의미가 있을지도 모른다고 생각된 것이라고는 창틀 위에 펼쳐져 있던 ABC 철도 안내 책자였다. 펼쳐진 페이지의 이름들에 특별한 의미가 있음을 가리키는 것은 전혀 없었지만, 프랭키는 작은 수첩에 그 부분을 옮겨 적었다. 자기가 찾으려고 했던 것을 조금이라도 벌충한다는 의미에서……. 케이먼 부부의 흔적을 찾는 일은 아무런 성과가 없었다.

프랭키는 이런 결과는 당연히 예상되었던 것이라고 스스로를 위로했다. 케이먼 부부가 법에 저촉되는 일에 관련되었다면, 그들은 아무도 추적하지 못하게끔 특별한 주의를 기울였을 것이다. 그러니까 이것은 가망 없는 일에 대한 재확인이 되는 셈이었다.

열쇠를 중개업소에 돌려주고 며칠 안으로 연락을 하겠노라고 거짓말을 하면서 그럼에도 여전히 프랭키는 실망감을 느꼈다.

그녀는 적이 우울한 기분으로 공원 쪽으로 걸어 내려왔다. 이제 무엇을 해야 하나. 이 생각은 갑자기 쏟아지는 굵은 빗방울 때문에 끊어졌다. 택시가 눈에 띄지 않았으므로, 프랭키는 가까이 있는 지하철역으로 들어가 비를 피했다. 그리고 피카딜리 광장으로 가는 표를 끊고, 매점에서 신문 두 부를 구입했다.

전동차 안으로 들어갔을 때(거의 비어 있는 시간이었다.) 그녀는 그 짜증나는 문제에 대한 생각을 쫓아냈으며, 신문을 펼쳐 들고 그 내용에 주의를 집중하려고 했다.

그녀는 여기저기에 있는 기사들을 눈에 띄는 대로 읽었다.

다수의 노상 사망. 어느 여학생의 수수께끼 같은 행방불명. 클래리지스에서 개최된 레이디 피터햄턴의 파티. 백만장자 존 새비지 씨의 소유였던 유명한 요트 아스트라도라 호의 사고 이후 회복 중인 새로운 소유주 존 밀킹턴 경. 그 요트는 재수가 나쁜 것일까? 그 요트를 설계했던 사람은 비극적인 죽음을 맞이했고 새비지 씨는 자살했으며 존 밀킹턴 경은 기적적으로 죽음을 모면했던 것이다.

프랭키는 신문을 내려놓고 기억을 더듬으려고 애쓰면서 얼굴을 찌푸렸다.

이전에 두 번이나 존 새비지 씨의 이름이 언급되었던 것이다. 한 번은 실비아 배싱턴프렌치가 앨런 카스테어스에 대해 이야기할 때였으며, 또 한번은 보비가 리빙턴 부인과 나누었던 이야기를 되풀이할 때였다.

앨런 카스테어스는 존 새비지의 친구였다. 리빙턴 부인은 카스테어스가 영국에 온 것이 새비지의 죽음과 관계가 있을지 모른다는 생각을 갖고 있었다. 새비지는 자기가 암에 걸렸다고 생각했기 때문에 자살해 버렸다고 했다.

앨런 카스테어스가 그의 친구의 죽음에 납득하지 못했다고 생각해 보자. 그가 모든 것을 조사하기 위해 왔다면? 새비지의 죽음을 둘러싼 바로 이 상황 속에 그녀와 보비가 출연하고 있는 드라마의 제1막이 있다면?

'가능한 일이야. 그래, 가능한 일이라니까.'

프랭키는 어떻게 하면 이 새로운 가설을 가장 훌륭하게 설명해 나갈 수 있을지 궁리하면서 깊은 생각에 빠졌다. 그러나 누가 존 새비지의 친구나 친지였는지에 대해서조차 전혀 짐작이 가지 않았다.

그때 한 가지 생각이 떠올랐다. 바로 그의 유언이었다. 만약 그의 죽음에 의심스러운 점이 있었다면, 그의 유언이 그 의심이 실마리를 제공해 줄 가능성이 있었다.

런던 어딘가를 찾아가 1실링을 내면 유언장을 열람할 수 있다는 것을 프랭키는 알고 있었다. 그러나 그곳이 어딘지 기억나지 않았다.

전동차는 역에 들어서고 있었다. 대영박물관역이었다. 갈아타려고 생각했던 옥스퍼드 광장역을 두 역이나 지나쳐 온 것이다. 그녀는 벌떡 일어나 전동차에서 나왔다. 거리로 나서면서 한 가지 생각을 떠올린 그녀는 5분 정도 걸어 스프래지, 스프래지, 젠킨슨 앤드 스프래지 법률 사무소로 들어갔다. 프랭키는 정중한 응접을 받았고, 곧바로 그 법률 사무소의 고위 변호사인 스프래지 씨의 방으로 안내되었다.

스프래지 씨는 매우 상냥했다. 그는 부드럽고 설득력 있는 목소리를 지니고 있었으며, 그 목소리는 골치 아픈 문제로부터 벗어나기 위해 그를 찾아오는 귀족 고객들에게 많은 위로가 되었다. 소문에 의하면 스프래지 씨는 런던에 있는 어느 누구보다도 귀족 가문들에 대한 부끄러운 비밀을 많이 알고 있다고 했다.

"이렇게 찾아주시니 기쁘군요, 레이디 프랜시스. 앉으세요. 의자가 편안하신가요? 예, 그래요. 지금 날씨가 아주 좋지 않습니까? 늦가을인데도 화창한 봄 같지요. 그리고 마칭턴 경께서는 무고하시고요?"

스프래지 씨가 말했다.

프랭키는 모든 질문에 적절하게 대답했다.

그러자 스프래지 씨는 코안경을 벗어던지고 법률적인 안내자 내지는 조언자로 바뀌었다.

"자 그럼, 레이디 프랜시스, 오늘 오후에 이처럼 누추한 곳에서 뵙게 되는 기쁨을 누리게 해주신 것이 무엇인지요?"

'공갈? 무례한 편지? 원하지 않는 젊은 남자에 얽힌 문제? 의상점으로부터의 고소?'

그의 찌푸린 눈살은 그런 의문을 나타내고 있었다. 하지만 이들 의문은 그 같은 경륜이나 소득 수준에 이른 변호사답게 조심스럽게 표현되었다.

"유언장을 하나 보고 싶어요. 그런데 어디 가서 어떻게 해야 할지 모르겠어요. 1실링만 내면 되는 곳이 있을 텐데요?"

"서머싯 하우스에 가면 되지요. 그렇지만 무슨 유언장인가요? 가족의 것이라면 제가 말씀드릴 수 있을 듯합니다만. 저희 사무소에서는 영예스럽게도 과거 여러 해 동안 더웬트 가의 유언장을 작성해 드렸거든요."

"우리 집안의 유언이 아녜요."

"아니라고요?"

스프래지 씨가 놀라는 표정을 지었다.

"새비지, 존 새비지 씨의 유언장을 보고 싶어요."

고객의 신뢰를 끌어내는 거의 최면술에 가까운 그의 힘 때문에, 프랭키는 그럴 생각이 아니었는데도 그만 말해 버리고 말았다.

"뭐라고요?"

스프래지 씨의 목소리에는 아주 놀라는 흔적이 역력했다. 그는 이런 경우를 전혀 예상하지 않았던 것이다.

"아주 특이한 경우로군요. 정말 특이한 경우입니다."

그의 목소리에 심상치 않은 점이 있었기 때문에 프랭키는 깜짝 놀라 그를 쳐다보았다.

"정말이지 저는 어찌할 바를 모르겠군요. 레이디 프랜시스, 그 유언장을 보고 싶으신 까닭이라도 말씀해 주지 않으시겠습니까?"

"안 돼요. 그럴 수 없어요."

그녀에게는 어떤 이유에서인지 모르겠지만 스프래지 씨가 상냥하고 박식한 평소의 태도와 달리 행동한다는 느낌이 들었다. 그는 실제로 걱정스러운 듯한 표정을 지었다.

"저는 삼가 주의를 드려야겠다고 생각합니다."

"주의를 주신다고요?"

"그렇습니다. 아직 제대로 알 수 없지만, 분명히 무슨 일이 진행되고 있습니다. 저로서는 어떤 의문스러운 일에 관여하도록 두고 볼 수 없습니다."

프랭키는 그가 단호하게 반대하는 그 일에 자기가 이미 깊이 관여하고 있다고 말하고 싶었다. 그러나 의문을 품은 표정으로 그를 물끄러미 쳐다보기만 했다.

스프래지 씨가 말을 계속했다.

"모든 일이 특별한 우연의 일치 같습니다. 분명히 어떤 일이 일어나고 있어요. 그것은 분명합니다. 그렇지만 그것이 무엇인지는 현재 저로서는 말씀드릴 수 없습니다."

프랭키는 계속 의문을 품은 표정을 짓고 있었다.

"한 가지는 알 것 같군요……."

스프래지 씨의 가슴은 분노로 부풀어 올랐다. 그는 말을 계속했다.

"누가 제 흉내를 냈어요, 레이디 프랜시스. 의도적으로 제 역할을 했다니까요. 그것에 대해 뭐라고 말씀하시겠습니까?"

깜짝 놀란 프랭키는 잠시 아무 말도 할 수 없었다.

스프래지 씨가 이야기하다

이윽고 그녀가 더듬거리며 물었다.

"어떻게…… 아셨어요?"

그것은 결코 그녀가 의도한 말이 아니었다. 사실 그녀는 곧 자기의 어리석음에 혀를 깨물었지만 어쩔 수 없는 노릇이었다. 그 말에 시인의 뜻이 내포되어 있음을 알아차리지 못했다면 스프래지 씨는 변호사가 아니었을 것이다.

"그러니까 이 일에 대해 무엇인가를 알고 계신 거로군요, 레이디 프랜시스?"

"그래요……."

프랭키는 잠시 말을 멈추었다가 숨을 크게 들이쉬고 말을 이었다.

"사실은 모든 것이 제가 한 일이에요, 스프래지 씨."

"놀랍군요."

스프래지 씨의 목소리에는 아버지 같은 가족 변호사로서 크게 화를 내지 못하는 갈등이 배어 있었다.

"이게 어떻게 된 노릇입니까?"

"그냥 장난이었어요. 우리는 무엇인가를 하려고 했거든요."

프랭키가 힘없이 말했다.

"그리고 누가 제 역할을 했지요?"

스프래지 씨가 물었다. 프랭키는 그를 쳐다보았으며, 다시 한 번 재치를 발휘하여 재빨리 대답을 결정했다.

"그것은 저 젊은 공작……."

그녀는 말을 멈추었다가 덧붙였다.

"아, 이름을 밝혀서는 안 되겠어요. 온당하지 못해요."

그러나 그녀는 분위기가 자기에게 유리해졌음을 간파했다. 스프래지 씨가 그처럼 당돌한 짓을 한 하찮은 교구 목사 아들을 과연 용서할 수 있었을지는 의심스러웠지만, 귀족의 이름에는 확실히 태도가 너그러워지는 것처럼 보였다. 그는 다시 상냥한 태도로 돌아왔다.

"원, 당돌한 젊은이들…… 당돌한 젊은이들……."

그는 집게손가락을 흔들면서 중얼거렸다.

"자기들이 어떤 문제를 일으키는지 알고나 있는지……. 일시적인 충동으로 시작한 악의 없는 장난이 말입니다, 레이디 프랜시스, 이게 법적으로 얼마나 복잡한 문제를 일으킬 수 있는지 모르실 겁니다. 기분은 유쾌할지 모르지만, 때때로 해결을 위해 법정에까지 와야 하는 경우도 생깁니다."

"스프래지 씨는 대단하신 분이라고 생각해요. 정말이에요. 그 문제를 그렇게 관대하게 받아들일 분은 천 명 가운데 하나도 없을 거예요. 제 자신이 정말 부끄러워요."

프랭키가 진지하게 말했다.

"아닙니다, 레이디 프랜시스."

아버지처럼 스프래지 씨가 말했다.

"그렇지만 어쨌든 매우 부끄러운 일이에요. 아무튼 리빙턴 부인이 연락을 한 모양인데, 정확히 그분이 뭐라고 하던가요?"

"그 편지가 여기 있을 겁니다. 불과 30분 전에 제가 뜯었거든요."

프랭키가 손을 내밀자, 스프래지 씨는 '자, 얼마나 어리석은 짓을 했는지 네가 직접 봐.' 하고 말하듯 편지를 내밀었다.

친애하는 스프래지 씨

귀하께서 저희 집을 방문하셨을 때 말씀드렸으면 도움이 되었을 사실이 정말 어리석게도 이제야 생각났습니다. 바로 앨런 카스테어스가 치핑서머턴이라는 곳에 갈 예정이라고 언급했다는 사실입니다. 이것이 귀하께 도움이 될지 모르겠네요.

몰트래버스 사건에 대한 귀하의 의견은 정말 흥미로웠어요.

이디스 리빙턴

"문제가 매우 심각해졌음을 아실 수 있을 것입니다."

스프래지 씨가 엄격하게 말했다.(그러나 그 엄격성은 부드럽게 완화되어 있었다.)

"저는 매우 의심스러운 일이 진행되고 있는 것으로 받아들였습니다. 몰트래버스 사건이나 아니면 저희 고객인 카스테어스 씨와 관련된 것이 아닌지……."

프랭키가 그의 말을 중단시켰다.

"앨런 카스테어스가 이곳의 고객이었나요?"

그녀는 흥분한 상태로 물었다.

"그랬죠. 한 달 전에 영국에 있었을 때도 저와 상담을 한 적이 있습니다. 카스테어스 씨를 아십니까, 레이디 프랜시스?"

"그렇다고 할 수 있죠."

"아주 매력적인 인물이었습니다. 저희 사무실에 탁 트인 대지의 숨결을 가져다주었지요."

"새비지 씨의 유언에 대해 논의하러 왔죠?"

"아! 그러니까 그 사람에게 저를 찾아가라고 소개한 분이 레이디 프랜시스였군요? 그 사람은 누구였는지 기억하지 못했어요. 그 사람을 위해 더 많이 조언해 드리지 못해 죄송합니다."

"그 사람에게 조언해 드린 게 뭐였어요? 제게 말씀해 주시는 것이 규정에 어긋나기라도 하나요?"

프랭키가 물었다.

"이 경우는 그렇지 않습니다."

스프래지 씨가 미소를 지으며 말을 계속했다.

"카스테어스 씨에게 새비지 씨의 유언에 대해 드린 제 의견은 전혀 아무것도 할 수 없다는 것이었습니다. 그러니까 물론 새비지 씨의 친척들이 많은 돈을 들여서라도 법정 투쟁을 하겠다고 나서지 않는 한 그렇다는 이야기입니다. 그런데 제가 보기에 그들은 그럴 준비도 되어 있지 않았고, 그럴 입장도 아니었습니다. 저는 전적으로 성공 가능성이 없으면 문제를 법정으로 가지고 가자고 절대로 권고하지 않습니다. 법이란 말이죠, 레이디 프랜시스, 불확실한 동물과 같습니다. 법에 무지한 사람들을 놀라게 하는 변형과 왜곡이 많거든요. 법정 밖에서 문제를 해결하라는 것이 제 좌우명입니다."

"그 일에 대해 부쩍 호기심이 생기네요."

생각에 잠기면서 프랭키가 말했다.

그녀는 압정이 잔뜩 놓인 바닥 위를 맨발로 걷는 듯한 느낌이 들었다. 어느 순간이라도 잘못하여 그것을 밟게 되면 계획은 수포로 돌아갈 것이다.

"그런 경우는 생각하시는 것보다 드물지 않습니다."

스프래지 씨가 말했다.

"자살 말인가요?"

프랭키가 물었다.

"아뇨, 제 말은 부당한 위압의 사례를 가리킨 것이었습니다. 새비지 씨는 빈틈없는 사업가였지만, 여자의 수중에서는 헤어나지 못한 것이 분명합니다. 저는 그 여자가 자기의 사업에 대해서는 정통했다고 믿습니다."

"제게 모든 이야기를 올바로 해주셨으면 좋겠군요. 카스테어스 씨는 제가 문제를 제대로 파악하지 못하는 것 같다면서 짜증을 냈어요."

프랭키가 용기를 내어 말했다.

"이야기는 아주 간단합니다. 실제의 사실을 요약해 드리도록 하죠. 누구라도 알 수 있는 것이므로 제가 그렇게 해드리더라도 아무 문제가 되지 않습니다."

"그럼 말씀해 주세요."

"새비지 씨는 지난해 11월 미국 여행을 마치고 영국으로 돌아오고 있었습니다. 그는 아시다시피 엄청난 부자였지만 가까운 친척이 없었지요. 이 항해 도중 그는 어떤 여자, 그러니까 템플턴 부인을 알게 되었습니다. 템플턴 부인에 대해서는 아주 매력적인 여성이며, 아주 편리하게 어딘가에 남편을 두고 있다는 사실밖에 제대로 알려져 있지 않습니다."

'케이먼 부부로구나.'

프랭키는 생각했다.

"대양 항해는 매우 위험한 법이죠."

스프래지 씨가 미소를 짓더니 고개를 저으면서 말을 계속했다.

"새비지 씨는 마음이 끌렸던 게 분명합니다. 그는 치핑서머턴에 있는 자신의 작은 별장에 와서 묵으라는 그 여자의 초청을 수락했습니다. 정확히 얼마나 자주 그가 그곳으로 내려갔는지는 분명하지 않지만, 그가 점차 템플턴 부인의 수작에 놀아나게 되었던 것은 의심의 여지가 없습니다. 그러다가 비극이 일어났습니다. 새비지 씨는 얼마 전부터 자기의 건강 상태에 대해 불안감을 느끼고 있었습니다. 그는 자기가 어떤 병에 걸린 게 아닌가 두려워했죠."

"암이었죠?"

프랭키가 물었다.

"예, 사실을 말하면 암이었습니다. 그 병은 그에게 강박관념이 되었습니다. 당시 그는 템플턴 부부와 함께 머물고 있었죠. 그들은 런던에 올라가서 전문가의 진단을 받아 보자고 그를 설득했습니다. 그는 그렇게 했죠. 자, 저는 여기서 진실이 어느 쪽이라고 말씀드리지 못합니다. 그 전문가는(여러 해 동안 자기 분야의 정상에 있었던 특출한 분이었습니다.) 검시 배심 때 새비지 씨는 암으로 고통받고 있지 않았으며, 자기가 그에게 그렇다는 말을 했지만, 새비지 씨는 그자신의 믿음에 사로잡혀 있었기 때문에 그 진실을 받아들일 수 없었다고 증언했습니다. 자, 레이디 프랜시스, 말하자면 편견을 갖지 않고 엄격하게, 의료라는 직업에 대해 잘 알고 있는 저로서는 일이 조금 달리 진행될 수도 있었으리라 생각합니다.

만약 새비지 씨의 증상에 대해 의사가 의문을 느꼈다면, 그는 심각한 말을 하고 침통한 얼굴을 지으면서 값비싼 치료 같은 이야기를 했을 것이며, 암에 대해 그를 안심시키면서도 무엇인가 아주 잘못되었다는 인상을 전달했을 것입니다. 의사들이 환자가 앓고 있는 병을 환자에게 숨긴다는 것을 알고 있는 새비지 씨는 이것을 자기 나름대로 해석했을 것입니다. 의사의 말은 사실이 아니다. 나는 그

동안 생각하고 있던 그 병에 걸려 있는 것이 틀림없다고 말입니다.

아무튼 새비지 씨는 정신적으로 커다란 고통을 겪는 상태에서 치핑서머턴으로 돌아왔습니다. 그는 오랫동안 앓다가 죽어야 할 자기의 미래를 내다보았습니다. 그는 자기의 가족 가운데 여러 사람이 암으로 죽었기 때문에, 자기는 그들이 겪은 고통을 되풀이하지 않겠다고 결심했겠지요. 유명한 법률 사무소의 명성 높은 그는 변호사를 불러 그 자리에서 유언장을 작성했으며, 새비지 씨는 거기에 서명한 뒤 변호사에게 안전하게 보관해 줄 것을 의뢰했습니다. 그날 저녁 새비지 씨는 목숨을 질질 끌면서 고통스럽게 살기보다 빠르고 고통 없는 죽음을 선택하겠다는 유서를 남기고 다량의 클로랄을 복용했습니다.

그리고 새비지 씨는 유언을 통해 상속세를 제외한 70만 파운드의 금액을 템플턴 부인에게, 그 나머지를 여러 자선단체에 남겼습니다."

스프래지 씨는 의자에 몸을 기댔다. 이제 그는 자기가 하는 이야기에 스스로 도취되어 있었다.

"배심원들은 온전하지 못한 정신 상태에서의 자살이라는 보통의 동정적인 평결을 내렸습니다만, 그렇다고 해서 그가 유언장을 작성할 때 반드시 온전한 정신이 아니었다고 주장할 수 있다고는 생각하지 않습니다. 어느 배심이라도 그 주장을 받아들이지 않을 것입니다. 유언장은 변호사의 입회 아래 작성되었으며, 그 변호사의 의견에 의하면 망자가 정신이 온전했으며 분별심도 갖추었다고 했던 것입니다. 부당한 위압도 입증할 수 있으리라고 생각하지 않습니다.

새비지 씨가 가까운 사람의 상속권을 박탈한 것도 아니기 때문입니다. 그의 가까운 친척이래야 거의 만난 적이 없는 6촌이나 8촌 형제들이며, 그들은 오스트레일리아에 살고 있을 것입니다."

스프래지 씨는 말을 멈추었다가 다시 계속했다.

"카스테어스 씨의 생각은 그 유언이 전혀 새비지 씨답지 않다는 것이었습니다. 새비지 씨는 조직적인 자선단체를 좋아하지 않았으며, 돈은 혈연관계에 따라 전해져야 한다는 견해가 강했다고 했습니다. 그러나 카스테어스 씨에게는 이들 주장을 입증할 만한 문서가 없었습니다. 그리고 제가 그분에게 지적했다시피 사람이란 견해를 바꾸기도 하는 법이거든요. 그 같은 유언에 이의를 제기할 경우에는 템플턴 부인뿐 아니라 자선단체들의 반발까지도 염두에 두어야 합니다. 그리고 그 유언장은 법원의 검인까지도 받았습니다."

"당시에 아무런 소란이 없었나요?"

프랭키가 물었다.

"말씀드린 바와 같이 새비지 씨의 친척들이 이 나라에 살지 않고, 그리고 그 문제에 관해 거의 알지 못했습니다. 문제를 제기한 것은 카스테어스 씨였죠. 그는 아프리카 내륙에서 그 일의 상세한 내용을 차츰 알게 되자, 그 문제에 대하여 할 수 있는 것이 없는지 알기 위해 우리나라로 왔던 것입니다. 저로서는 아무것도 할 수 없다는 것이 제 의견이라고 말씀드릴 수밖에 없었습니다. 손에 쥐고 있는 사람이 임자와 다름없는데, 템플턴 부인이 이미 손에 쥐었지요. 게다가 그 여자는 이 나라를 떠나, 제가 알기로는 남부 프랑스에 살러

갔을 것입니다. 그 여자는 그 문제에 관해서는 어떤 논의도 거부했습니다. 저는 카스테어스 씨에게 변호사의 의견을 구하라고 했지만, 그는 그것이 필요 없다고 단정했으며, 아무것도 할 수 없다, 달리 말하면 그 당시에도 무엇을 할 수 있었을지 의심스럽지만 지금은 더욱 때가 늦었다는 제 의견을 받아들였습니다."

"알겠어요. 그리고 이 템플턴 부인에 대해 무엇인가 아는 사람은 아무도 없나요?"

스프래지 씨는 고개를 흔들고 입술을 오므렸다.

"새비지 씨처럼 인생 경험이 많은 사람은 쉽게 속아 넘어가지 않았을 터인데도……."

스프래지 씨는 평소엔 현명하다가도 자기를 찾아와 법정 밖에서 문제를 해결해 달라고 부탁했던 수많은 고객들의 모습이 자기 머릿속에 떠오르자 고개를 저었다.

프랭키는 일어섰다.

"남자들은 특이한 동물이니까요."

그녀는 손을 내밀었다.

"안녕히 계세요, 스프래지 씨. 정말 감사드립니다. 저는 부끄러울 따름이에요."

"당돌한 젊은이들은 좀 더 주의를 해야 돼요."

스프래지 씨가 그녀를 향해 고개를 저으며 말했다.

"정말 잘해 주셨어요."

프랭키는 그의 손을 꼭 잡은 뒤 그곳을 나섰다.

스프래지 씨는 다시 탁자 앞에 앉았다.

'젊은 공작이라…….'

그 설명에 어울리는 공작은 두 사람이 있었다.

어느 쪽이지?

그는 『귀족 인명록』을 집어들었다.

야밤의 모험

모이라가 아무 말도 없이 떠나 버린 것은 보비에게 여간 걱정거리가 아니었다. 어떤 결론을 내리기에는 아직 시기상조라고 스스로를 타일렀다. 모이라가 많은 목격자들이 있는 집에서 끌려갔으리라고 상상하는 것은 터무니없으며, 최악의 상황이라고 해 봐야 그레인지에 갇혀 있을 뿐이라고 생각했다.

그녀가 스스로의 의지로 스테이벌리를 떠났다고는 한순간도 믿지 않았다. 자기에게 아무 설명도 하지 않고 그녀가 그렇게 떠났을 리가 절대 없다고 확신했다. 게다가 그녀는 갈 곳이 없다고 여러 차례 강조하지 않았던가.

아냐, 저 사악한 니콜슨 박사가 관련돼 있어. 어떤 식으로든 그가 모이라의 행동을 알게 되었음이 틀림없고, 그래서 이렇게 반격한 거야. 모이라는 외부 세계와의 접촉이 끊긴 채 그레인지의 담장 안 어딘가에 갇혀 있겠지.

그러나 오래지 않아 구해낼 것이다. 보비는 모이라가 한 말은 무엇이나 절대적으로 믿었다. 그녀의 공포는 생생한 상상이나 신경과민의 결과가 아니었다. 그것들은 있는 그대로의 단순한 사실이었다.

니콜슨은 자신의 아내를 없앨 작정이었다. 몇 차례 시도된 그의 계획은 실패로 돌아갔다. 그녀가 그 공포를 다른 사람들에게 이야기했기 때문에 그로서는 이제 행동에 나서지 않을 수 없게 되었다. 빨리 행동을 취하지 않으면 기회가 영영 없을지도 모를 일이었다. 그에게 그럴 배짱이 있을까?

보비는 그렇다고 믿었다. 니콜슨은 이들 낯선 사람들이 자기 아내의 공포에 대한 이야기를 듣더라도 아무런 증거가 없다는 것도 알고 있음에 틀림없었다. 그리고 프랭키만 해결하면 된다고 생각했을 것이다. 그는 처음부터 그녀를 의심했을지도 모른다. 그녀의 '사고'에 관한 그의 질문이 그 의심을 말해 주는 것 같았다. 하지만 보비 자신은 레이디 프랜시스의 운전사 이상으로 의심받지는 않으리라 생각했다.

그래, 니콜슨은 행동을 개시할 것이다. 어쩌면 모이라의 시체가 스테이벌리로부터 멀리 떨어진 곳에서 발견될지도 모른다. 어쩌면 익사체로 발견될지도 모르고, 또는 벼랑 밑에서 발견될 수도 있을 것이다. 그것은 '사고'처럼 보일 것이라고 보비는 거의 확신할 수 있다. 니콜슨은 사고의 전문가이니까.

그렇지만 그런 사고를 계획하고 실행에 옮기는 데는 시간이 필요할 것이다. 그다지 많은 시간은 아니더라도. 니콜슨은 타의에 의해 일을 앞당겼으므로 자신이 예상했던 것보다 더 빨리 행동할 것이다. 그가 어떤 계획을 실행에 옮기려면 적어도 24시간 정도는 필요하리라고 생각하는 것이 타당할 것 같았다.

만약 모이라가 그레인지에 있다면, 보비는 그 시간이 경과하기 전에 그녀를 찾아낼 심산이었다.

프랭키를 브룩 거리에 내려 준 뒤 그는 계획을 실행에 옮기기 시작했다. 그는 정비 공장 가까이에 가지 않는 것이 현명하다고 판단했다. 거기에는 감시의 눈이 있을지 모르기 때문이었다. 운전사 호킨스로서는 아직 의심을 받지 않는다고 생각했지만 이제 호킨스도 사라질 참이었다.

그날 저녁 짙은 푸른색의 싸구려 양복 차림에 콧수염을 기른 젊은 사내 하나가 부산한 작은 마을, 앰블데버에 도착했다. 그 사내는 역 가까이에 있는 호텔에 들어가 조지 파커라는 이름으로 숙박계를 썼다.

한편 그날 밤 10시, 모자와 고글을 쓴 사람이 오토바이를 몰고 스테이벌리를 통과하여, 그레인지에서 그다지 멀지 않은 곳의 황량한 도로 위에 멈추었다. 서둘러 오토바이를 적당한 관목 뒤에 숨긴 보비는 도로의 위아래를 살폈다. 오가는 것은 아무것도 없었다.

이제 그는 작은 쪽문이 나타날 때까지 담장을 따라 걸어갔다. 이전과 마찬가지로 잠겨 있지 않았다. 보고 있는 사람이 없는지 도로의 위아래를 다시 한 번 살펴본 뒤 그는 살그머니 안으로 들어갔다.

코트 호주머니에 손을 집어넣어 보았다. 거기에는 그가 군대에서 가져 나온 권총이 들어 있었다. 그 촉감을 느끼자 적이 안심이 되었다.

그레인지의 마당 안쪽은 쥐죽은 듯 고요했다.

보비는 침입자를 경계하기 위해 어떤 악한이 치타나 다른 무시무시한 동물을 기른다는 오싹한 이야기를 떠올리면서 혼자 웃음을 흘렸다.

니콜슨 박사는 볼트와 가로막대 정도로 만족하는 것 같았으며, 게다가 그것조차 허술했다. 저 작은 쪽문도 열려 있지 않은가. 니콜슨 박사는 전혀 조심성이 없는 것 같았다.

'비단뱀도 없고, 치타도 없고, 고압 전깃줄도 없어. 이 사람은 아주 시대에 뒤떨어지는 사람이야.'

보비는 이런 생각을 하면서 스스로의 기분을 북돋웠다. 모이라를 생각할 때마다 이상하게도 심장이 죄어드는 것 같았다.

그녀의 얼굴이 그의 앞에 떠올랐다. 입술이 떨리고, 두 눈은 크게 벌어지고 공포에 질린 듯한 얼굴. 그녀를 처음으로 가까이에서 보았던 것은 바로 이 부근이었다. 그녀를 진정시키기 위해 어떻게 팔로 그녀를 감쌌는지를 기억하자 약간의 떨림이 있었다…….

모이라, 그녀는 지금 어디에 있을까? 그 사악한 의사가 그녀에게 무슨 짓을 했을까? 그녀가 아직 살아 있기만 하다면…….

'틀림없이 살아 있어. 다른 것은 생각하지 않을 거야.'

보비는 입술을 깨물면서 단단히 중얼거리곤 그 집 주위를 조심스럽게 살폈다. 위층의 창문 몇 군데는 불이 켜져 있었고, 아래층에도 한 군데 불이 켜진 창문이 있었다.

보비는 불 켜진 창문 쪽으로 엉금엉금 다가갔다. 창문에는 커튼이 쳐져 있었지만, 그 사이에 틈이 있었다. 보비는 창턱 위에 무릎을 걸치고 소리 없이 그 위로 올라섰다. 그리고 틈새로 들여다보았다.

한 남자의 팔과 어깨가 글을 쓰기라도 하듯 움직이고 있는 것을 볼 수 있었다. 이때 그 사내가 자세를 바꾸었기 때문에 옆모습이 눈에 띄었다. 그는 니콜슨 박사였다.

그의 자세는 기묘했다. 누가 보고 있는 것을 전혀 의식하지 못하는 듯 열심히 쓰기를 계속했다. 이상한 감흥이 보비를 엄습했다. 둘 사이는 매우 가까웠기 때문에, 중간에 유리창이 없었더라면 손을 뻗어 만질 수도 있을 정도였다.

보비는 그 사내를 처음 본다는 것을 새삼 알아차리며 관찰했다. 크고 두드러진 코, 튀어나온 턱, 시원시원하고 말끔하게 면도가 된 아래턱 등 강인한 모습이었다. 귀는 작고 납작했으며, 귓불이 뺨에 그대로 이어져 있는 것을 보비는 주목했다. 이런 모양의 귀는 어떤 특별한 의미를 지닌다고들 하던 것이 생각났다.

의사는 글쓰기를 계속했다. 평온하고 서두르지 않았다. 잠시 마땅한 말을 찾기라도 하듯 멈추었다가는 다시 쓰기를 계속했다. 펜은 꼼꼼하게 골고루 종이 위를 움직였다. 한 차례 그는 코안경을 벗더니 깨끗하게 닦은 후 다시 썼다.

이윽고 보비는 한숨을 쉬고는 소리 없이 바닥에 내려섰다. 그 모습으로 미루어 니콜슨은 한동안 쓰기를 계속할 것 같았다. 그렇다면 지금이 집 안으로 들어갈 기회였다.

만약 의사가 서재에서 글을 쓰고 있는 동안 보비가 위층의 창문을 통하여 안으로 들어갈 수 있다면, 밤늦게 그 안을 느긋하게 돌아볼 수 있을 것이다.

그는 다시 집 주위를 한 바퀴 돌아 2층 창문 하나를 골랐다. 위쪽의 섀시는 열려 있었지만 불은 켜져 있지 않은 것으로 미루어 현재 아무도 없을 것 같았다. 게다가 가까이에 나무 한 그루가 있어 접근하기가 쉬울 것 같았다.

보비는 지체하지 않고 그 나무를 타고 올라갔다. 창턱을 붙잡으려고 하기까지는 모든 것이 순조로웠다. 그러나 바로 그 순간에, 그가 올라선 가지가 우지끈 소리가 나면서 부러졌고, 보비는 그 아래에 있는 수국 덤불 속으로 곤두박질쳤다. 다행히 수국 덤불이 그의 몸을 받쳐 주었다.

니콜슨의 서재 창문은 그 창문과 같은 쪽에 있었다. 놀라는 의사의 목소리가 들렸고 창문이 활짝 열렸다. 보비는 추락의 충격에서 회복하자, 벌떡 몸을 일으켜 수국 덤불에서 나와, 어두운 그늘을 통해 작은 쪽문으로 이어지는 오솔길로 접어들었다. 그리고 그 길을 따라 조금 걷다가 관목 덤불 속으로 들어갔다.

그는 사람들의 목소리를 들었으며, 짓밟히고 부러진 수국 주위로 움직이는 빛을 보았다. 보비는 꼼짝하지 않고 숨소리를 죽였다. 사람들이 이 길로 올지도 모른다. 만약 그렇다면, 문이 열려 있는 것을 보고는 누군가 이미 도망쳤다고 결론을 내리고, 더 이상 수색을 하지 않을 것이다.

그러나 몇 분이 지나도 아무도 오지 않았다. 니콜슨의 목소리가 높은 억양으로 무엇인가를 묻는 것이 들렸다. 그 말은 알아들을 수 없었지만, 거칠고 다소 무식한 투의 대답 소리는 알아들을 수 있었다.

"아무 일도 없습니다. 제가 모두 살펴보았다니까요."

웅성거리는 소리는 차츰 잦아들었고, 빛도 사라졌다. 모두들 집 안으로 돌아간 것 같았다.

보비는 아주 조심스럽게 숨어 있던 곳에서 나와 오솔길로 접어들면서 다시 귀를 기울였다. 조용했다. 그는 집 쪽을 향해 한두 걸음 옮겼다.

바로 그때 어둠 속에서 무엇인가 그의 목 뒷덜미를 내리쳤다. 보비는 어둠 속으로 쓰러졌다……

"형은 살해되었소."

금요일 아침, 녹색 벤틀리 한 대가 앰블데버의 역전 호텔 앞에 멈추었다.

프랭키는 서로 약속된 조지 파커라는 이름으로 보비에게 전보를 쳐, 자기가 헨리 배싱턴프렌치의 검시 배심에 증언해 달라는 요청을 받았으며, 런던에서 내려가는 도중에 앰블데버로 찾아가겠다고 알렸다.

그녀는 만날 약속을 알리는 전보를 기대했지만, 아무 소식이 없었으므로 직접 호텔로 찾아온 것이다.

"파커 씨라고요, 아가씨?"

호텔의 직원이 말했다.

"그런 이름의 신사 분이 여기에 계신 것 같지 않지만, 일단 알아보겠습니다."

그는 몇 분 뒤 돌아왔다.

"수요일 저녁에 여기에 왔었군요, 아가씨. 가방을 두고 떠나면서 늦게까지 들어오지 않을 거라고 했대요. 가방은 아직 있는데, 그것을 가지러 돌아오지 않았다는군요."

프랭키는 갑자기 메스꺼운 느낌이 들어 탁자를 잡고 몸의 균형을 유지했다. 사내는 동정심을 느끼며 그녀를 쳐다보고 있었다.

"몸이 거북한가 봐요, 아가씨?"

프랭키는 고개를 저었다.

"괜찮아요."

그녀는 간신히 말하고 다시 물었다.

"그 사람이 남긴 말은 없었나요?"

그 사내는 다시 사라졌다가 돌아오면서 머리를 가로저었다.

"그 사람 앞으로 전보 하나가 와 있을 뿐이에요."

그는 호기심을 느끼며 그녀를 쳐다보았다.

"더 도와 드릴 일은 없나요, 아가씨?"

프랭키는 고개를 저었다. 그녀는 한시바삐 그곳을 떠나고 싶었다. 어떻게 해야 할지 생각할 시간이 필요했던 것이다.

"됐어요."

그렇게 말한 그녀는 벤틀리에 올라타고 출발했다.

그 사내는 그녀의 뒤를 쳐다보면서 알 만하다는 투로 고개를 끄덕였다.

'남자가 도망을 친 게야. 여자를 실망시키고 따돌렸어. 여자는 제

법 그럴듯한데, 남자는 어떻게 생겼을까?'

그런 생각을 하면서 그는 접수계의 젊은 아가씨에게 물었지만, 그 아가씨는 기억하지 못했다.

"돈 많은 젊은 남녀가 몰래 결혼하려다가 남자 쪽이 도망친 거로구먼."

그가 알 만하다는 투로 말했다.

한편 프랭키는 스테이벌리로 향해 가면서, 여러 가지 생각으로 마음이 산란했다.

왜 보비는 호텔로 돌아오지 않았을까? 그 이유는 두 가지뿐이었다. 하나는 추적을 계속 중이며 그 추적 때문에 멀리까지 가게 되었으리라는 것, 다른 하나는 좋지 않은 일이 생겼다는 것이었다. 벤틀리가 위험스러울 정도로 길에서 벗어나고 있었다. 프랭키는 가까스로 방향을 바로잡았다.

그녀는 바보처럼 온갖 상상을 했다. 물론 보비는 괜찮을 거야. 그는 추적을 계속하고 있을 뿐이라니까.

그렇지만 왜 나에게 아무 연락을 하지 않았지? 다른 목소리는 그렇게 묻고 있었다. 그 까닭은 설명하기 어렵지만 짐작할 수는 있었다. 시간이 없거나 그럴 기회가 없는 등 곤란한 상황 때문일 것이다. 보비는 내가 자기 때문에 걱정하지 않으리라는 것을 잘 알고 있을 것이다. 모두 괜찮을 거야. 그래야지.

검시 배심은 꿈처럼 지나갔다. 로저와 실비아도 참석했다. 실비아는 매우 아름다워 보였다. 상복 차림을 한 그녀의 모습은 매우 인상적이었으며 감동을 자아냈다. 프랭키도 마치 극장에서 공연에 대해 경탄하는 것처럼 그녀에게 찬사를 보냈다.

모든 절차는 매우 조심스럽게 진행되었다. 배싱턴프렌치 가문은 그 지방의 명문이었으므로, 만사는 망자의 미망인이나 동생의 감정을 감안하여 처리되었다.

프랭키와 로저, 니콜슨 박사 모두 각각 증언을 했고, 죽은 사람의 유언장도 제시되었다. 그 일은 마무리된 것 같았으며, '정신적으로 온전하지 못한 상태에서의 자살'이라는 평결이 내려졌다.

스프래지 씨가 말했던 대로 '동정적인' 평결이었다.

두 사건은 프랭키의 마음속에서 서로 연결되었다.

온전하지 못한 상태에서의 자살이라는 두 사건……. 그들 두 사건 사이에 관련이 있을까?

이번 사건은 그녀가 그 현장에 있었기 때문에 자살이 분명하다는 것을 알고 있었다. 타살일지도 모른다는 보비의 가설은 이치에 닿지 않기 때문에 무시할 수밖에 없었다. 니콜슨의 알리바이는 확실했으며, 미망인 자신에 의해 입증되었던 것이다.

프랭키와 니콜슨 박사는 다른 사람들이 떠나는 동안 뒤에 머물렀다. 검시관은 실비아와 악수를 나누며 몇 마디 위로의 말을 건넸다.

"당신에게 온 편지가 몇 통 있을 거예요, 프랭키."

실비아가 말했다.

"괜찮다면 나는 이제 가서 좀 누워야겠어요. 모든 일이 힘들었거든요."

그녀는 몸을 부르르 떨면서 그곳을 나섰다. 니콜슨이 진정제 운운하면서 그녀 뒤를 따라갔다.

프랭키가 로저를 향해 말했다.

"로저, 보비가 사라졌어요."

"사라져요?"

"그렇다니까요."

"어디서 어떻게요?"

프랭키는 몇 마디 말로 간략하게 설명했다.

"그리고 그 뒤로 보지 못했다는 거예요?"

"그래요. 어떻게 생각해요?"

"이렇게 생각하고 싶지 않지만……."

로저가 천천히 말했다.

프랭키는 가슴이 철렁했다.

"혹시……?"

"오, 그건 괜찮겠지만……. 쉿, 니콜슨 박사님이 오는군요."

그 의사는 발자국 소리도 없이 안으로 들어왔다. 그는 양손을 서로 비비면서 미소를 지었다.

"모든 게 훌륭하게 마무리되었어요. 정말 아주 훌륭해요. 데이비드슨 선생님이 아주 세심하고 사려 깊었어요. 그 사람이 우리 지방의 검시관인 것을 다행스러워해야죠."

"나도 그렇게 생각해요."

프랭키는 기계적으로 대꾸했다.

"그 사실에 따라 차이가 많아집니다, 레이디 프랜시스. 검시 배심은 완전히 검시관의 재량에 의해 진행되거든요. 그는 폭넓은 권한을 가지고 있죠. 그래서 그의 뜻에 따라 만사를 쉽게 또는 어렵게 만들 수 있어요. 이번 경우는 아주 순조로웠습니다."

"실제로 훌륭한 무대 공연이었어요."

프랭키가 딱딱한 목소리로 말했다.

니콜슨은 놀란 표정으로 그녀를 쳐다보았다.

"레이디 프랜시스가 어떤 생각으로 얘기하는지 알아요. 나도 같은 느낌이거든요. 내 형은 살해되었어요, 니콜슨 박사님."

로저가 말했다.

그는 의사의 뒤에 서 있었기 때문에, 프랭키와 달리 의사의 눈에 나타나는 놀라는 표정을 보지 못했다.

"내 말 그대로예요……."

뭐라고 말하려는 니콜슨의 입을 막으면서 로저가 덧붙였다.

"법은 그렇게 간주하지 않지만, 살인은 살인이죠. 내 형에게 약물을 권한 범죄자들도 형을 공격한 것과 마찬가지로 분명히 살인을 한 거예요."

로저가 조금 움직였으므로, 분노로 이글거리는 두 눈은 이제 의사의 눈을 똑바로 쳐다보았다.

"그리고 그들에게 반드시 복수하겠어요."

그 말은 마치 위협처럼 들렸다.

니콜슨 박사의 엷은 푸른색 눈은 로저의 눈앞에서 힘없이 아래로 떨어졌다. 그는 슬픈 표정을 지으며 고개를 저었다.

"나도 당신의 생각에 반대한다고 말할 수는 없어요. 약물 복용에 대해서는 당신보다 더 많이 알고 있죠, 배싱턴프렌치 씨. 사람에게 약물을 권하는 것은 매우 중대한 범죄입니다."

여러 가지 생각이 머릿속에서 소용돌이쳤으며, 프랭키는 특히 그 가운데 어느 한 생각에 몰두했다.

'그럴 리는 없을 거야. 그것은 너무 끔찍해. 그렇지만 그의 알리바이는 그녀의 말에 달려 있어. 그렇지만 이 경우에는……'

그녀가 생각에서 깨어나자 니콜슨이 말을 걸고 있는 것을 알아차렸다.

"승용차로 내려오셨나요, 레이디 프랜시스? 이번에는 사고가 없었죠?"

프랭키는 저 미소가 그냥 싫다고 느꼈다.

"아뇨. 너무 많은 사고를 일으키는 것은 불행한 일이라고 생각되지 않나요?"

그녀는 그의 눈꺼풀이 정말로 잠깐 깜박거렸는지 아니면 그것이 단지 자기의 상상이었는지 의문스러웠다.

"이번에는 운전사가 차를 몰았나 보군요."

"내 운전사는 사라져 버렸어요."

프랭키는 니콜슨을 똑바로 바라보았다.

"정말인가요?"

"그레인지로 가는 것을 본 게 마지막이었어요."

니콜슨은 눈살을 찌푸렸다.

"정말요? 농담을 하시는 건가요?"

그의 목소리에는 장난스러움이 배어 있었다.

"믿어지지가 않는군요."

"아무튼 그를 마지막 본 곳이 거기예요."

"말씀이 매우 극적으로 들립니다. 어쩌면 이 지방의 뜬소문에 너무 귀를 기울이시는지 모르겠군요. 뜬소문이란 전혀 믿을 게 못 됩니다. 나도 매우 기이한 이야기를 듣고 있지요."

그는 말을 멈추었다. 그리고 어조를 조금 바꾸어 말을 이었다.

"나는 내 아내와 그 운전사가 강가에서 이야기를 하고 있더라는 이야기도 들었습니다."

그리고 다시 멈추었다.

"그 사람은 매우 뛰어난 사람이라고 생각됩니다, 레이디 프랜시스."

프랭키는 생각했다.

'아니, 그는 자기 부인이 내 운전사와 도망쳤다고 생각하려는 것일까? 아니면 그것이 그의 술책일까?'

그녀가 말했다.

"호킨스는 평균 이상의 운전사예요."

"그런 것 같군요."

니콜슨은 그렇게 대답하더니 로저에게로 방향을 돌렸다.

"이제 가야겠습니다. 아무튼 당신과 배싱턴프렌치 부인에 대한 내 마음은 변함이 없으리라는 것만 알아줘요."

로저는 그와 함께 밖으로 나갔다. 프랭키도 뒤따랐다. 홀의 탁자 위에 그녀에게 온 두 장의 편지가 있었다. 하나는 청구서였다. 다른 하나는…….

그녀의 맥박이 빨라졌다.

다른 하나는 보비의 필체로 적힌 것이었다.

니콜슨과 로저는 현관의 계단 위에 서 있었다.

그녀는 편지를 뜯었다.

친애하는 프랭키

나는 추적을 계속하고 있어. 가능한 대로 빨리 내 뒤를 따라 치핑 서머턴으로 와 줬으면 해. 자동차가 아니라 열차로 오는 것이 좋겠어. 벤틀리는 너무 눈에 띄기 쉽거든. 열차는 썩 좋지 못하지만, 그래도 오는 데는 아무 문제가 없을 거야. 네가 찾아올 곳은 튜더 별장이라는 집이야. 그곳을 찾아오는 방법을 자세히 설명해 줄게. 사람들에게 길을 묻지 마.(이 부분에 이어 자세한 방향 설명이 덧붙여져 있었다.) 잘 알겠어? 아무에게도 이야기하지 마.(이 말의 밑에는 굵게 밑줄이 그어져 있었다.) 어느 누구에게도 말이야.

보비

프랭키는 흥분하여 그 편지를 손바닥 안에 움켜쥐었다.

그러니까 아무 문제가 없는 거야.

보비에게 나쁜 일이 생긴 것은 아니었어.

그는 추적을 계속하고 있었고, 우연히도 그것은 그녀 자신의 추적과 같은 궤도였다. 그녀는 존 새비지의 유언장을 보기 위해 서머싯 하우스를 방문했다. 로즈 에밀리 템플턴은 치핑서머턴에 있는 튜더 별장에 사는 에드거 템플턴의 부인이라고 되어 있었다. 그리고 그것은 다시 세인트레너즈가든스의 주택에 펼쳐져 있던 ABC 철도 안내 책자와도 일치했다. 치핑서머턴은 그 펼쳐진 페이지에 있던 역 가운데 하나였던 것이다. 케이먼 부부도 치핑서머턴으로 간 듯했다.

모든 것이 앞뒤가 척척 맞아떨어졌다. 그들은 추적의 끝에 가까워지고 있었다.

로저 배싱턴프렌치가 몸을 돌려 그녀 쪽으로 다가왔다.

"편지에 흥미로운 것이라도……?"

그가 무심코 물었다. 프랭키는 잠시 망설였다. 보비가 아무에게도 말하지 말라고 했을 때 로저를 의미한 것은 분명히 아니었을 테지?

그러다가 굵게 밑줄이 그어진 부분과 최근에 그녀 자신에게 떠오른 끔찍한 생각을 기억했다. 만약 그것이 사실이라면 로저는 순진한 그들 두 사람을 배반하는 셈이 될 것이다. 그녀는 자신이 의심하는 내용을 함부로 그에게 암시할 수 없었다…….

그녀는 그렇게 결정하고 말했다.

"아뇨, 전혀 없어요."

그러나 그녀는 24시간이 채 지나기 전에 자신의 결정을 절실히 후회하게 되었다.

그 다음 몇 시간 동안 그녀는 차를 사용하지 말라는 보비의 지시에 여러 차례 불평했다. 치핑서머턴은 그다지 멀리 떨어진 곳은 아니었지만, 세 번이나 갈아타야 하는 데다 그때마다 시골역에서 지겨울 정도로 오래 기다려야 했기 때문에, 인내심이 부족한 프랭키로서는 이 느릿느릿한 절차가 견디기 어려웠던 것이다.

그렇지만 그녀는 보비의 지적에도 일리가 있다고 생각하지 않을 수 없었다. 벤틀리는 눈에 띄는 차가 분명했기 때문이다.

그것을 메러웨이에 남겨 두면서 그녀가 핑계를 댄 것은 속이 빤히 들여다보이는 것이었지만, 당시에는 서두르다 보니 더 그럴듯한 것을 생각할 수가 없었다.

프랭키가 탄, 아주 침착하고 사려가 깊은 속도의 열차가 오랜 시간 동안 엉금엉금 기어온 치핑서머턴의 작은 역에 도착한 것은 날이 어두워질 무렵이었다. 프랭키에게는 마치 자정이 가까운 듯했다. 게다가 비까지 내리기 시작하여 더욱 을씨년스러웠다.

프랭키는 코트의 단추를 목에까지 채웠고, 열차의 등불 아래에서 보비의 편지를 다시 한 번 펼쳐, 방향을 머릿속에 분명하게 그린 다음 역을 나섰다.

그 지시를 따르기는 아주 쉬웠다. 프랭키는 앞쪽에 마을의 불빛이 보이자, 왼쪽으로 방향을 돌려 가파른 언덕길로 접어들었다. 그리고 그 길의 꼭대기에 나오는 갈림길에서 오른쪽으로 꺾으니, 마을을 이루고 있는 작은 다발의 주택들과 줄지은 소나무들이 발 아래쪽에 보였다. 이윽고 그녀는 아담한 목제 대문에 이르렀으며, 성냥을 켜 그 위에 튜더 별장이라고 쓰여진 것을 확인했다.

주위에는 아무도 없었다. 프랭키는 빗장을 풀고 안으로 들어갔다. 줄지은 소나무 뒤에 있는 그 집의 윤곽을 볼 수 있었다. 그녀는 소나무들 사이에서 그 집이 잘 보이는 곳에 자리 잡았다. 그러고는 맥박이 약간 빨리 뛰고 있는 가운데 올빼미가 우는 소리를 흉내 냈다. 몇 분이 지나도 아무 일도 일어나지 않았다. 그녀는 다시 신호를 되풀이했다.

별장의 문이 열리더니 운전사 복장의 사람이 조심스럽게 밖을 내다보는 것이 눈에 띄었다. 보비……! 그는 손짓을 한 다음, 문을 열어 놓은 채 안으로 들어갔다.

프랭키는 나무들 사이에서 나와 문 쪽으로 다가갔다. 어느 창문에도 불빛이 전혀 없었다. 모든 것이 칠흑같이 깜깜했고 고요했다.

프랭키는 조심스럽게 문턱을 넘어 홀 안으로 들어섰다. 그리고 멈추어 서서 주위를 살폈다.

"보비?"

나지막하게 보비를 불렀다.

그때 위험을 알려 온 것은 그녀의 코였다. 이전에 저 냄새…… 강렬하고 달콤한 저 냄새를 알 수 있었던 곳이 어디였더라?

그녀의 뇌에서 '클로로포름'이라는 대답이 나온 바로 그때, 힘센 두 팔이 그녀를 뒤에서 움켜잡았다. 그녀가 입을 벌려 비명을 지르자, 축축한 천이 그 위를 덮었다. 지겨울 정도로 달콤한 냄새가 그녀의 콧구멍을 가득 채웠다.

그녀는 온몸을 뒤틀고 내젓고 발로 차면서 완강하게 저항했다. 그러나 아무 소용이 없었다. 저항에도 불구하고 그녀는 힘이 빠지고 있는 것을 느꼈다. 귀에서는 북치는 소리가 들렸고, 숨이 막혀 왔다. 이윽고 아무것도 알 수 없게 되었다…….

마지막 순간에

프랭키가 정신을 차렸을 때 가장 먼저 느낀 것은 침울함이었다. 클로로포름의 후유증에는 낭만적인 것이 전혀 없다. 그녀는 아주 딱딱한 나무 바닥에 누워 있었고, 손발은 묶인 상태였다. 가까스로 몸을 구를 수 있었지만, 까딱 잘못했더라면 낡은 석탄 상자에 머리를 부딪칠 뻔했다. 여러 가지 울적한 일이 잇달아 일어났다.

몇 분 지났을 때 프랭키는 몸을 일으켜 앉지는 못했지만 적어도 주위를 알아차릴 수는 있었다.

가까이에서 희미한 신음 소리가 들렸다. 그녀는 주위를 살폈다. 짐작컨대 그곳은 일종의 다락과 같은 곳이었다. 유일한 빛은 지붕 쪽에 있는 천창으로부터 들어왔는데, 지금은 그것조차 거의 없었다. 몇 분이 지나면 아주 어두워질 참이었다. 벽에는 부서진 그림이 몇 개 걸려 있었고, 그리고 낡은 침대, 부서진 의자 몇 개, 앞서 언급한 석탄 상자 등이 자리 잡고 있었다.

신음 소리는 모퉁이에서 들려오는 것 같았다.

프랭키는 그다지 단단하게 묶여 있지 않았다. 그래서 게처럼 움직이는 것은 가능했다. 그녀는 먼지투성이의 바닥을 가로질러 엉금엉금 기어갔다.

"보비!"

그녀는 깜짝 놀라 소리를 질렀다.

신음 소리를 낸 것은 보비였고, 역시 손발이 묶여 있었다. 게다가 그의 입 주위에는 천 조각이 감겨져 있었다.

그는 그 재갈을 어느 정도 느슨하게 해 놓은 상태였다. 프랭키도 그를 도왔다. 묶여 있기는 했지만 그녀의 두 손은 약간 쓸모가 있었으며, 마지막으로 이빨을 사용하여 힘껏 당기자 마침내 입을 묶은 천 조각이 풀어졌다.

약간 무뚝뚝하기는 했지만 보비도 소리쳤다.

"프랭키!"

"함께 있어서 다행이야. 그렇지만 우리는 꼼짝 못하는 신세가 된 것 같아."

프랭키가 말했다.

보비도 우울하게 말했다.

"완전히 '체포'된 꼴이로군그래."

"너는 어쩌다 이렇게 되었지? 내게 편지를 쓴 다음의 일이야?"

프랭키가 물었다.

"무슨 편지? 나는 편지 쓴 적 없어."

"어머나, 알겠어."

프랭키가 두 눈을 뜨며 말했다.

"내가 바보였어! 아무에게도 말하지 말라는 식의 표현이 이상했는데……."

"이봐, 프랭키. 내게 무슨 일이 일어났는지 이야기해 줄 테니 잘 듣고 나서 너도 네게 일어난 일을 이야기해 줘."

그는 그레인지에서의 모험과 그 속편을 이야기했다.

"이 짐승 토굴 같은 곳에 오자 쟁반 위에 약간의 음식과 마실 것이 놓여 있었어. 나는 매우 시장했기 때문에 그것을 먹었지. 거기에 수면제가 들어 있었음에 틀림없어. 왜냐하면 그것을 먹자마자 곧 잠에 빠져들었거든. 오늘이 무슨 요일이야?"

"금요일."

"나는 수요일 밤에 정신을 잃었어. 그러니까 그 후 계속 무의식 상태로 지낸 셈이야. 자, 이제 네 이야기를 해 봐."

프랭키는 스프래지 씨로부터 들은 이야기로부터 시작해 문 쪽에서 보비 같은 모습을 본 것처럼 생각할 때까지의 모험을 다시 더듬으며 이야기했다.

"그러고는 클로로포름으로 나를 마취시켰어."

그녀는 이야기를 마쳤다.

"아, 보비, 나는 조금 전에 석탄통에다 토해 놓았어."

"프랭키, 참으로 대단하군. 양손이 묶인 상태에서도 그런 거야?

문제는 이제 우리가 앞으로 어떻게 하느냐는 거야. 오랫동안 우리 마음대로 해 왔지만, 이제는 사정이 바뀌었어."

"로저에게 네 편지 이야기를 했더라면 얼마나 좋았을까."

프랭키는 후회하면서 말했다.

"그럴 생각을 하면서 망설이다가, 편지에 쓰여진 대로 아무에게도 말하지 않기로 결정한 거야."

"따라서 우리가 있는 곳을 아무도 모르는군."

보비가 심각한 표정으로 말했다.

"프랭키, 내가 너를 곤경에 빠뜨린 것 같아."

"우리는 지나치게 자신만만했던 거야."

프랭키가 침울하게 말했다.

"내가 알 수 없는 것은 그들이 왜 우리 두 사람의 골통을 박살내지 않았을까 하는 점이야. 니콜슨은 하찮은 것에 구애받으며 시간을 끌 것이라 생각되지 않거든."

보비가 자기의 생각을 말했다.

"계획이 있겠지."

약간 전율을 느끼면서 프랭키가 말했다.

"우리도 계획을 세우는 것이 좋겠어. 여기서 나가야 해, 프랭키. 그러려면 어떻게 해야 할까?"

"소리를 지를 수 있겠지."

"그래. 누가 지나가다 들을지도 모르지. 그렇지만 니콜슨이 네 입을 틀어막지 않은 것으로 미루어 그럴 가능성은 희박하겠어. 네 손이 조금 느슨하게 묶인 것 같으니까, 내가 이빨로 풀 수 있을지 보자."

그 다음 5분 동안 보비는 자신의 치과의사에게 명예가 돌아갈 만큼 고군분투하였다.

"책에서는 이런 일이 식은 죽 먹기더니, 직접 해 보니까 조금도 진척이 없군."

"아냐, 약간 느슨해졌어. 잠깐! 누가 오고 있어."

그녀는 몸을 떼굴떼굴 굴려 그에게서 떨어졌다. 계단을 올라오는 둔중한 발자국 소리가 들렸다. 어스름한 빛이 문 아래로 나타났다. 그리고 자물쇠에 열쇠 들어가는 소리가 났다. 문이 천천히 열렸다.

"자, 내가 잡아놓은 두 마리 새는 어떻게 있나?"

니콜슨 박사의 목소리였다.

그는 한 손에 양초를 들고 있었으며, 비록 눈 위까지 모자를 눌러 쓰고 묵직한 오버코트의 깃을 세우고 있었지만, 그의 목소리는 틀림없었다. 그의 두 눈은 굵은 안경 뒤에서 희미하게 번뜩였다.

그는 장난하듯 두 사람을 향해 고개를 저었다.

"우리 경애하는 레이디께서 그처럼 쉽게 덫에 걸리시다니 어울리지 않는군요."

보비와 프랭키는 아무 말도 하지 않았다. 상황이 분명하게 니콜슨에게 유리한 만큼 할 말을 찾아내기도 어려웠다.

니콜슨은 양초를 의자 위에 내려놓았다.

"아무튼 두 분께서 편안하신지 살펴보도록 하겠소."

그는 보비를 묶은 줄을 살피고는 고개를 끄덕인 다음 프랭키 쪽으로 다가갔다. 그리고 거기서는 고개를 저었다.

"내가 어릴 때 들었던 말처럼, 포크를 사용하기 전에 손가락을 사용하고, 손가락을 사용하기 전에는 이빨을 사용했군. 젊은 친구 분의 이빨이 활발히 움직인 모양이야."

모퉁이에는 등이 부서진 묵직한 오크나무 의자가 서 있었다.

니콜슨은 프랭키를 들어 올려 그 위에 앉히고는 거기에 단단히 묶었다.

"그다지 불편하시지는 않겠죠? 아무튼 오래 걸리지는 않을 거요."

프랭키가 입을 열었다.

"우리를 어쩔 셈이야?"

니콜슨은 문을 향해 걸어가다가 양초를 집어 들었다.

"레이디 프랜시스, 당신은 나를 의심하면서 사고를 일부러 연출했지. 어쩌면 나도 그럴지 몰라. 다시 한 번 사고를 일으킬 작정이거든."

"무슨 뜻이야?"

보비가 물었다.

"말해 주어야 하나? 그래, 그러지 뭐. 운전사를 옆에 앉힌 채 차를 운전하는 레이디 프랜시스 더웬트가 길을 잘못 들어, 채석장으로 이르는 사용되지 않는 길로 가는 거야. 그리고 그 길의 끝에서 추락해. 레이디 프랜시스와 운전사는 황천행이지."

잠깐 말이 중단되었을 때 보비가 말했다.

"그렇게 되지 않을걸. 계획은 때때로 틀어지게 마련이야. 웨일스에서도 한 번 그랬어."

"네가 모르핀을 이겨낸 것은 확실히 놀라웠어. 그리고 우리에게는 유감스러운 일이었지. 그렇지만 이번에는 내 걱정을 해줄 필요가 없어. 너와 레이디 프랜시스가 발견될 때 이미 두 사람은 죽어 있을 테니까."

보비는 자기도 모르게 몸을 떨었다. 니콜슨의 목소리에서는 예술가가 걸작에 대해 설명할 때의 어조 같은 묘한 기색이 느껴졌다.

보비는 생각했다.

'이 남자는 이것을 즐기는구나. 정말 즐기고 있어.'

그는 가능하면 니콜슨에게 즐거움을 주지 않겠다고 다짐했다. 그리고 아무렇지도 않은 듯 입을 열었다.

"그래도 당신은 실수를 하고 있어. 특히 레이디 프랜시스에 관한 부분에서 말이야."

"그래……."

프랭키가 말을 받았다.

"아주 훌륭하게 꾸며낸 그 편지에서 당신은 내게 아무에게도 말하지 말라고 했지. 하지만 예외가 있었어. 로저 배싱턴프렌치에게 말했거든. 그 사람도 당신에 대해 모두 알고 있어. 만약 우리에게 무슨 일이 생기면 그 사람은 그게 누구 때문인지 알 거야. 그러니까 당신은 우리를 풀어 주고 한시바삐 이 나라를 떠나는 게 좋을걸."

니콜슨은 잠시 침묵하더니 입을 열었다.

"엄포치고는 괜찮은걸. 하지만 상관 없어."

그는 문을 향해 돌아섰다.

"네 마누라는 어떻게 했어, 이 돼지 같은 놈! 네 마누라까지도 죽인 거야?"

보비가 외쳤다.

"모이라는 아직 살아 있어. 얼마나 가려는지는 나도 정말 몰라. 그것은 상황에 달려 있지. 오 르부아.(또 봐요.)"

그는 그들을 향해 허리를 숙이는 인사 흉내를 냈다.

"내가 준비를 끝내는 데는 두 시간쯤 걸릴 거야. 그동안 이야기나 나누시지그래. 필요한 경우가 아니면 입은 막지 않을 테니까. 내 말 알아들으시겠어? 소리를 지르거나 하면 돌아와서 적절하게 조치할 거야."

그는 밖으로 나가 문을 닫고는 자물쇠를 채웠다.

"그럴 리가 없어. 그런 일은 일어나지 않을 거야."

보비는 이렇게 말했지만 '그런' 일이 자기와 프랭키에게 일어나리라고 느끼지 않을 수 없었다.

"책을 보면 열한 번째 시각, 즉 마지막 순간에 항상 구출돼."

희망적인 말을 하려고 애쓰면서 프랭키가 말했다. 그러나 그다지 희망적인 느낌이 들지 않았다. 사실은 아주 풀이 죽어 있었다.

"모든 것이 사실같지 않아."

보비가 마치 누구에게 간청하듯 말했다.

"너무 환상적이야. 니콜슨 저자도 전혀 현실적인 것 같지 않거든. 열한 번째 시각의 구출이 이루어지기 바라지만, 도대체 누가 우리를 구출하러 올지 모르겠어."

"내가 로저에게 이야기만 했더라도……."

비탄하듯 프랭키가 중얼거렸다.

"어쩌면 니콜슨은 네가 그랬다고 믿을지도 모르지."

"아니야. 그 말은 아무 소용이 없었는걸. 저 자식은 너무 똑똑해."

"우리가 상대하기는 너무 똑똑했어."

보비가 우울하게 말하고는 덧붙였다.

"그런데 프랭키, 이 문제에서 나를 아주 짜증나게 만드는 게 뭔지 알아?"

"뭔데?"

"저승에 가려고 하는 지금까지도 아직 에번스가 누군지도 모른다는 점이야."

"물어 보기로 해. 마지막 은혜 같은 거지. 거부하지 않고 말해 줄 거야. 호기심을 만족시키지 못하고 죽을 수 없다는 데는 나도 너하고 같은 생각이야."

잠깐 침묵이 있은 뒤 보비가 말했다.

"마지막 수단으로 우리가 살려 달라고 소리쳐야 하는 것은 아닐까? 우리에게 남은 수단은 그뿐이야."

"아직은 아니야. 첫째로 누가 들을 가능성이 없다고 생각해. 저 자식이 그럴 위험성을 남겨 두었을 리가 없으니까. 그리고 둘째로 아무 이야기도 하지 못한 채 죽음만 기다리기는 싫기 때문이야. 그러니까 소리를 지르는 것은 가능성을 엿보면서 마지막 순간까지 미루기로 해. 너하고 이야기라도 할 수 있으니까 얼마나 안심이 되는지 몰라……."

그녀는 마지막 몇 마디를 하면서 머뭇거렸다.

"내가 너를 곤경에 빠뜨렸어, 프랭키."

"오, 보비. 그러지 않을 수 없었을 거야. 나를 여기까지 오게 한 건 나야. 저 자식이 정말 그 짓을 저지를까? 우리를 한꺼번에 처치하려는 것 말이야."

"그렇게 생각하기 싫지만 그럴 거야. 저 자식은 정말 빈틈 없거든."

"보비, 헨리 배싱턴프렌치를 살해한 게 저 자식이라고 이제는 생각해?"

"그게 가능하려면……."

"실비아 배싱턴프렌치까지 가담해 있다면 가능해."

"프랭키!"

"알아. 그 생각이 떠올랐을 때 나도 끔찍했으니까. 그렇지만 맞아떨어져. 왜 실비아가 모르핀에 대해 그처럼 무지했지? 그레인지 대신 다른 곳에 남편을 보내자고 했을 때 왜 그렇게 완강하게 저항했을까? 그리고 그녀는 총소리가 났을 때 집 안에 있었어."

"그 여자가 직접 그 짓을 했을지도 모르지."

"어머나! 그건 아냐."

"아니 그랬을지도 몰라. 그런 다음에 서재의 열쇠를 니콜슨에 주어 헨리의 주머니에 넣게 했을 거야."

"모든 것이 미친 것 같아. 왜곡된 거울을 통해 바라보는 것처럼 말이야. 아주 멀쩡하게 보이는 사람들이 모두 나빠. 일상적으로 만나는 훌륭한 사람들이 다 그래. 범죄를 저지르는 사람들을 구분하는 방법이 있어야 해. 눈썹이나 귀 따위를 살펴보거나 해서……."

프랭키가 낙담한 투로 말했다.

"맙소사!"

보비가 소리쳤다.

"왜 그래?"

"프랭키, 방금 여기에 왔던 자식은 니콜슨이 아니었어."

"미쳤어? 그럼 누구란 말이야?"

"나도 몰라. 그렇지만 니콜슨은 아니야. 뭔가 다르다고 느꼈지만 알아차리지 못했는데, 네가 귀 이야기를 하는 바람에 생각난 거야. 며칠 전 밤에 창문을 통해 니콜슨을 쳐다보면서 그의 귀를 특히 주목했거든. 귓불이 뺨에 그대로 붙어 있었어. 그러나 오늘 이 사내의 귀는 그렇지 않았다니까."

"그럼 그게 무슨 뜻이야?"

프랭키가 희망을 갖지 않고 물었다.

"이 자식은 니콜슨의 흉내를 낸 아주 훌륭한 배우야."

"그렇지만 왜…… 그럼 누구지?"

"배싱턴프렌치, 로저 배싱턴프렌치야! 우리가 처음부터 바로 임자를 찾아냈는데도, 그 뒤의 여러 가지 상황 때문에 바보처럼 방황하고 말았어."

보비가 숨가쁘게 말했다.

"배싱턴프렌치……. 보비, 네 말이 맞아. 그 자식이 틀림없어. 내가 사고들에 대해 니콜슨을 의심할 때 그 자식밖에 없었거든."

프랭키가 소곤거리듯 말했다.

"그렇다면 정말 모든 것이 끝이로군. 나는 그래도 로저 배싱턴프렌치가 우리의 추적에 대해 냄새를 맡을지도 모른다는 일말의 기대를 품고 있었는데, 그 마지막 희망까지 사라졌으니까. 모이라는 갇혀 있고, 너와 나는 이렇게 손발이 묶여 있어. 다른 사람은 우리가 어디에 있는지 전혀 모를 거야. 모든 것이 끝났어, 프랭키."

그가 말을 끝냈을 때 머리 위에서 소리가 났다. 그러더니 뭔가 부서지는 요란한 소리와 함께 묵직한 사람의 몸이 천창을 통해 떨어졌다.

너무 어두워 아무것도 보이지 않았다.

"대관절 뭐가······."

보비가 말을 하려고 했다.

그때 부서진 유리더미로부터 목소리가 들려왔다.

"보보보보비."

"이럴 수가! 배저!"

보비가 소리쳤다.

잠시도 지체할 틈이 없었다. 이미 아래층에서도 소리를 들었을 것이기 때문이다.

"어서, 배저, 이 멍청이!"

보비가 말했다.

"내 구두 한 짝을 벗겨! 잠자코 시키는 대로 해! 벗긴 다음 한가운데 던져 놓고 저 침대 밑으로 들어가! 어서, 빨리!"

계단을 올라오는 발자국 소리. 열쇠가 돌아갔다.

니콜슨, 아니 니콜슨을 가장한 녀석이 손에 양초를 든 채 입구에 섰다.

보비와 프랭키는 조금 전과 다름없었지만, 바닥의 한가운데 부서진 유리더미가 있었고, 그 한가운데는 구두 하나가 놓여 있었다!

니콜슨은 놀란 표정으로 그 구두와 보비를 응시했다. 보비의 왼쪽 발에는 구두가 벗겨져 있었다.

"아주 교활한 젊은이로군. 곡예도 잘하고."

그는 담담하게 말하고 보비에게 다가와 그를 묶어 놓은 끈을 살핀 다음, 다시 두 매듭을 추가로 묶었다.

"어떻게 저 구두를 천창으로 집어던질 수 있었는지 알고 싶군. 거의 믿기 어려울 정도야. 우리 친구에게 후디니(헝가리에서 태어난 탈출 마술의 대가 ─ 옮긴이) 같은 솜씨가 있었군그래."

그는 두 사람과 부서진 천창을 바라본 뒤 어깨를 으쓱하고는 방을 나갔다.

"어서, 배저……."

배저는 침대 밑에서 나왔다. 그리고 호주머니에서 칼을 꺼내, 두 사람을 묶은 줄을 잘랐다.

"훨씬 낫군."

몸을 내뻗어 보면서 보비가 말했다.

"이런, 몸이 뻣뻣해졌어. 자, 프랭키, 우리 친구 니콜슨을 어떻게 생각해?"

"네 말이 맞아. 저놈은 로저 배싱턴프렌치야. 로저라고 생각하고 보니 쉽게 알아차릴 수 있었어. 그렇지만 정말 훌륭한 연기였던 셈이야."

"목소리와 코안경까지 말이지."

"나는 배배배배싱턴프렌치하고 옥스퍼드에 같이 다녔어."

배저가 말했다.

"후후후울륭한 배우였지. 하지만 건달이었어. 아버지의 서명을 모사하여 수표를 발행하기도 하고. 그의 아버지는 소문이 나지 않도록 그 문제를 쉬쉬했어."

보비와 프랭키는 똑같은 생각을 했다. 그것은 바로 신뢰할 수 없는 친구라고 생각했던 배저가 그들에게 매우 값진 정보를 제공할 수도 있다는 사실이었다.

"필체의 모사라……."

프랭키가 생각에 잠겨 말했다.

"네가 보낸 것 같았던 편지 말이야, 보비, 정말 감쪽같았어. 그가 어떻게 네 필체를 알아냈지?"

"그가 케이먼 부부와 관련돼 있다면 에번스에 관련된 내 편지를 봤을 거야."

배저의 목소리가 높아졌다.

"이이이이제 우리는 어떻게 할 거야?"

"이 문 뒤에 숨어야지. 그리고 우리 친구가 돌아오면 달려들어 깜짝 놀라게 하는 거야. 어때, 배저? 할 수 있겠어?"

"아, 무무물론이지."

"그리고 프랭키 너는 발자국 소리가 나면 네 의자에 돌아가 앉는 게 좋겠군. 저놈이 문을 열었을 때 네가 보이면 아무 의심 없이 들어올 테니까."

"알았어. 그리고 너와 배저가 저놈을 쓰러뜨리면, 나도 달려들어 저놈의 발목을 물어뜯든지 할 테야."

"그것 참 여자다운 정신 자세로군."

보비가 찬동하면서 말했다.

"자, 이제 가까이 앉아서 이야기를 들어 보기로 해. 어떻게 기적이 일어나 배저가 천창에서 떨어졌는지 말이야."

"그그글쎄, 그러니까……."

배저가 말하기 시작했다.

"네네네가 떠난 뒤 나는 곤경에 빠졌어."

그는 말을 멈추었다. 점차 그 이야기는 분명해졌다. 채무, 채권자, 집달리라는 전형적인 배저의 파국에 대한 이야기였다. 보비는 아무 주소도 남기지 않은 채 벤틀리를 운전하여 스테이벌리로 간다고만 말했을 뿐이었다. 그래서 배저는 스테이벌리로 왔다.

"어어어쩌면 네게 5파운드쯤 얻을 수 있을 거라고 생각했지."

보비는 양심의 가책을 느꼈다. 배저의 사업을 돕기 위해 런던으로 와 놓고, 프랭키와 탐정놀이를 한답시고 일에는 관심을 두지 않았기 때문이었다. 그런데도 착한 배저는 아직 섭섭하다는 말 한 마디도 없었다.

배저는 보비의 수수께끼 같은 일에 위험을 끼칠 생각은 추호도 없었고, 단지 스테이벌리처럼 작은 곳에서 녹색 벤틀리를 찾기란 어렵지 않으리라고만 생각했다.

사실을 말하자면, 그는 스테이벌리로 오기 전에 그 차와 마주쳤다. 그 차가 어느 주점 앞에 아무도 타지 않은 채 서 있었던 것이다.

"그그그그래서 나는 너를 놀래 주어야겠다고 생각했어. 뒤뒤뒤

뒷자리에 아무도 없고 모피와 여러 가지 물건이 놓여 있잖아. 나는 거기에 들어가서 몸을 감추었다가 너를 놀래 주어야겠다고 생각한 거지."

그러나 녹색 제복 차림의 운전사가 주점에서 나오자, 숨어서 밖을 내다본 배저는 그 운전사가 보비가 아닌 것을 발견하고 깜짝 놀랐다. 그는 운전사의 얼굴이 낯익다는 생각이 들었지만 누구인지는 알 수 없었다. 그 사람은 차에 올라타더니 시동을 걸었다.

배저는 난처한 처지가 되었다. 그는 어떻게 해야 할지 알 수 없었다. 사실의 해명이나 사과도 하기 어려웠으며, 더군다나 시속 100킬로미터로 차를 운전하는 사람에게 무엇인가를 설명하기란 쉬운 일이 아니었다. 배저는 잠자코 숨어 있기로 했고, 차가 멈추었을 때 밖을 내다보았다.

차는 목적지인 튜더 별장에 마침내 도착했다. 운전사는 차를 차고에 넣고 나가면서 차고의 문을 잠갔다. 배저는 갇혀 버린 셈이었다. 차고의 한쪽에 작은 창문이 있었으므로, 그는 그것을 통해 약 30분쯤 뒤에 프랭키가 다가오는 것, 그녀가 휘파람을 부는 것, 그리고 집 안으로 들어가는 것을 모두 지켜보게 되었다.

이 모두가 배저로서는 수수께끼 같은 일이 아닐 수 없었다. 그는 무엇인가 잘못되었다는 의심이 들기 시작했다. 아무튼 그는 무슨 일이 일어나고 있는지 직접 살펴보아야겠다고 결심했다.

차고 속에 있는 몇 가지 연장을 사용하여 차고의 문을 따는 데 성공했고, 이어 검사에 착수했다. 1층의 창문은 모두 셔터가 내려져 있었지만, 지붕 위에 올라가면 위층의 창문으로 안을 들여다볼 수 있을지 모른다는 생각이 들었다. 지붕에 올라가는 데는 아무 어려움이 없었다. 차고 위로 배관이 뻗어 있었고, 차고의 지붕에서 별장의 지붕으로 오르기란 수월했기 때문이다. 배저는 지붕 위를 돌아다니다가 천창과 마주쳤다. 그 다음에 일어난 일은 중력의 법칙과 배저의 몸무게 때문이었다.

배저의 이야기가 끝나자 보비는 깊은 숨을 몰아쉬었다.

"아무튼 너는 기적, 매우 아름다운 기적 같은 존재야! 배저, 네가 아니었더라면 프랭키와 나는 30분 이내에 송장이 되어 있었을 테니까."

보비는 겸손한 태도로 말한 다음 프랭키와의 활동을 간략하게 배저에게 이야기해 주었다. 끝 무렵에 이르러 그는 말을 끊었다.

"누가 오고 있어. 프랭키, 네 자리로 돌아가. 자, 그럼 이제 연극을 좋아하는 배싱턴프렌치가 깜짝 놀랄 차례로군."

프랭키는 부서진 의자에 앉아 우울한 자세를 취했다. 배저와 보비는 문 뒤에 서서 기다렸다.

계단 위로 올라오는 발자국 소리가 들리더니, 문 아래쪽에 양초의 불빛이 비쳤다. 열쇠가 자물쇠 안으로 들어가 돌아가는 소리가 나고 문이 열렸다. 풀이 죽은 채 의자에 앉아 있는 프랭키의 모습이 촛불에 드러났다. 그들의 간수가 문 안으로 들어섰다.

이때 배저와 보비가 달려들었다.

그 과정은 짧고 단호했다. 완전히 기습을 당한 그 사내는 쓰러졌고, 양초는 허공으로 날아갔다. 프랭키가 양초를 주워들었다. 몇 초 뒤에 그들은 이전에 두 사람이 묶여 있던 줄로 사내를 묶어 놓고 흐 뭇한 표정으로 내려다보았다.

"좋은 밤이군요, 배싱턴프렌치 씨. 장례식에 안성맞춤인 밤입니다."

보비가 말했다. 그의 목소리에 배인 기쁨이 약간 세련되지 못했 다고 하더라도 누가 그를 비난하겠는가?

탈출

바닥에 있는 사내가 그들을 응시했다. 그의 코안경은 날아가 버렸고, 모자도 마찬가지였다. 더 이상 가장하려고 시도할 수도 없었다. 눈썹 주위에 화장 자국이 조금 남아 있었지만, 그것을 제외하면 그 얼굴은 쾌활하면서 약간 얼빠진 듯한 로저 배싱턴프렌치의 얼굴이었다.

그는 그 자신도 마음에 드는 테너 목소리로 즐겁게 독백하듯 말했다.

"아주 흥미롭군그래. 너처럼 묶여 있던 놈이 구두를 천창까지 집어던질 수 없다는 것은 잘 알고 있었어. 그렇지만 부서진 유리 사이에 구두가 놓여 있었기 때문에 그걸 보고 불가능한 일이 이루어졌다고 납득하고 말았지. 두뇌의 한계를 보여 주는 흥미로운 사례인 셈이야."

아무도 말을 하지 않자 그는 똑같은 어조로 말을 계속했다.

"그래서 네놈들에게 당하고 말았군. 전혀 예상하지 않았던 만큼 정말 후회막급이야. 너희를 아주 훌륭하게 속였다고 생각했는데 말이지."

"멋지게 속였지. 보비의 편지도 네가 꾸민 거야?"

프랭키가 말했다.

"나는 그 방면에 일가견이 있어."

로저가 겸손하게 대답했다.

"그리고 보비는?"

바닥에 등을 대고 누워 미소를 짓는 로저는 그들에게 사실을 이야기하는 데 기쁨을 느끼는 것 같았다.

"나는 저 친구가 그레인지로 가리라는 것을 알고 있었어. 그래서 그 오솔길 가까운 덤불 속에서 기다렸지. 저 친구가 나무에서 어이없이 굴러 떨어졌다가 다시 나왔을 때 나는 바로 그 뒤에 있었어. 그리고 소란이 가라앉기를 기다렸다가 샌드백으로 목덜미를 후려쳤지. 그런 다음에는 내 차가 있는 곳까지 운반했다가 여기까지 끌고 왔어. 그리고 아침이 되기 전에 집으로 돌아갔고."

"모이라는 어떻게 한 거야? 네놈이 유인해 갔지?"

보비가 물었다.

로저는 껄껄 웃었다. 그 질문을 재미있어 하는 것 같았다.

"문서 위조는 아주 유용한 기술일세, 존스."

"이 돼지 같은 놈."

프랭키가 끼어들어 흥분하는 보비를 말렸다. 그녀는 아직도 궁금한 것이 많았고, 그들의 포로는 기꺼이 대답해 주고 있었던 것이다.

"왜 니콜슨 박사로 변장한 거야?"

그녀가 물었다.

"왜 그랬을까?"

로저는 스스로에게 그 질문을 되풀이하고는 대답했다.

"부분적으로는 너희 둘을 속일 수 있는지 보고 싶었기 때문이야. 너희는 불쌍한 니콜슨이 관련되어 있을 것이라고 확신했거든."

그는 웃었고, 프랭키는 얼굴을 붉혔다.

"그 사람이 거드름을 피우면서 네 사고에 대해 시시콜콜 따지고 들었기 때문에 말이야. 사람을 귀찮게 하면서 세세한 것까지 정확하게 파고드는 그 사람의 괴벽이 문제였지."

"그럼 그 사람은 아무 짓도 저지르지 않은 거야?"

프랭키가 천천히 물었다.

"아직 태어나지 않은 아이처럼 결백하지. 그렇지만 그 사람은 나를 위해 아주 좋은 일을 해주었어. 네 사고에 대해 주의를 기울이게 해주었거든. 그것과 다른 일 하나 때문에 나는 네가 겉보기와 달리 순진한 아가씨가 아닐지 모른다고 생각하게 된 거야. 그리고 네가 어느 날 아침 전화할 때 네 운전사가 '프랭키'라고 부르는 소리를 들었어. 내 귀는 아주 밝거든. 그래서 내가 함께 런던에 가도 되겠느냐고 떠보았지. 너는 동의했지만 내가 마음을 바꾸자 안도하는 기색이 역력했어. 그 후로는……."

그는 말을 멈추더니 묶여 있음에도 불구하고 어깨를 으쓱했다.

"너희가 니콜슨에 대하여 궁리하는 것이 좋은 구경거리가 되었지. 그 사람은 전혀 해롭지 않은 사람이지만, 영화에서 흔히 보는 나쁜 과학자처럼 보이기는 해. 나는 이왕 내친 김에 더 속여 보자고 생각했어. 아무튼 너희는 알지 못할 테니까. 그렇지만 현재의 내 처지가 보여 주듯 가장 훌륭한 계획도 실패하는 거야."

"말해 줘야 할 게 하나 있어. 궁금해 거의 미칠 지경이었거든. 에번스가 누구야?"

프랭키가 물었다.

"오, 너희는 아직 모르고 있군. 재미있는 일이야. 이걸 보면 사람이 얼마나 어리석은지 알 수 있어."

배싱턴프렌치는 웃음을 터뜨렸다.

"내가 그렇다는 거야?"

프랭키가 물었다.

"아니 이 경우에는 내가 그렇다는 거지. 에번스가 누군지 모른다면, 나도 이야기하지 않겠어. 나만의 비밀로 간직할 생각이야."

입장이 좀 묘해졌다. 그들이 상황을 역전시켜 배싱턴프렌치를 붙잡았지만, 그는 그들로 하여금 승리에 도취하게 해주지 않았던 것이다. 묶인 채 바닥에 드러누워 있었지만, 상황을 지배하고 있는 것은 그였다.

"자, 이제 어떻게 할 요량인지 물어 봐도 될까?"

로저가 물었다.

아직 아무도 계획을 생각한 사람이 없었다. 보비가 다소 회의적으로 경찰에 관한 이야기를 중얼거렸다.

로저가 쾌활하게 말했다.

"그게 가장 좋겠군. 경찰에 연락하여 나를 인도해. 죄목은 납치쯤이 될 테지. 그건 부인하기 어려울 거야. 나는 정열 때문이었다고 죄를 인정하겠어."

그는 프랭키를 쳐다보았다. 프랭키는 얼굴이 붉어졌다.

"살인은 어떻게 생각해?"

그녀가 물었다.

"그건 너희에게 증거가 없지. 전혀 없어. 잘 생각해 보면 그렇다는 걸 알 수 있을 거야."

"배저, 여기 있으면서 이 자식을 지켜. 나는 내려가서 경찰에 전화하겠어."

보비가 말했다.

"조심해. 이 집에 여러 사람이 있을지 모르니까."

프랭키가 말했다.

"나밖에 없어. 나는 이 일을 혼자 처리해 왔으니까."

로저가 말했다.

"네놈의 말을 믿지 못하겠는걸."

보비가 퉁명스레 말하면서 몸을 굽혀 줄의 매듭을 살폈다.

"이놈은 됐어. 아주 단단히 묶였거든. 우리는 다 함께 내려가는 게 좋겠어. 문도 잠그지 뭐."

"나를 믿지 못하는군, 친구. 내 호주머니에 권총이 들었으니 필요하면 가져가게. 그게 있으면 네 마음이 든든해질지 모르고, 지금의 내 처지에서는 그게 전혀 쓸모없으니까."

보비는 조롱하는 듯한 로저의 말투를 무시한 채 몸을 숙여 무기를 꺼냈다.

"친절하게도 말해 주는군. 그리고 알고 싶어 한다면 알려 줄게. 이게 있으면 내 마음이 훨씬 든든해."

"잘됐어. 총알은 들어 있네."

보비는 양초를 집어 들었고, 세 사람은 로저를 바닥에 눕혀 놓은 채 다락을 나왔다. 보비는 문의 자물쇠를 채운 뒤 열쇠를 호주머니에 넣고 권총을 손에 든 채 말했다.

"내가 앞장설게. 이제 더 이상 곤경에 빠져서는 안 되니 하나하나 확실하게 처리해야지."

"저저저놈은 기이한 녀석이로군."

다락 쪽을 머리로 가리키면서 배저가 말했다.

"패자치고는 훌륭해."

프랭키가 말했다.

아직까지도 그녀는 로저 배싱턴프렌치라는 '훌륭한' 젊은 남자의 매력에서 완전히 벗어나지 못한 상태였다.

당장이라도 무너질 듯한 계단을 내려오자 층계참이 나왔다. 주위는 조용했다. 보비는 난간을 잡고 내려다보았다. 전화는 아래층의 홀에 있었다.

"먼저 이들 방을 살펴보는 게 좋겠어. 우리를 뒤에서 덮칠지도 모르니까."

보비의 말에 배저가 방문을 하나하나 열었다. 네 개의 침실 가운데 세 개는 비어 있었다. 그러나 네 번째 침실에는 연약한 모습의 사람이 침대에 누워 있었다.

"모이라야!"

프랭키가 소리쳤다.

다른 두 사람이 달려왔다. 모이라는 젖가슴이 위아래로 조금씩 움직이는 것을 제외하고는 죽은 사람처럼 누워 있었다.

"자는 거야?"

보비가 물었다.

"약물에 취한 것 같아."

프랭키가 말하면서 주위를 살폈다. 창문 곁에 놓인 탁자 위의 작은 에나멜 쟁반에 피하주사기가 하나 놓여 있었다. 거기에는 또 자그마한 알코올 램프와 모르핀 주사바늘도 있었다.

"이 여자는 괜찮을 거야. 그렇지만 의사를 불러야겠어."

프랭키가 말했다.

"내려가서 전화를 걸기로 해."

보비가 말했다.

그들은 아래층의 홀로 들어갔다. 프랭키는 전화선이 끊겨져 있을지도 모른다고 생각했지만, 그것은 기우였다. 경찰서로 쉽게 연결되었으나, 문제는 사건을 설명하기가 어렵다는 것이었다. 그 지방의 경찰서에서는 그 호출을 장난이라고 생각하여 출동하려고 하지 않았다.

그러나 마침내 그들을 확신시킨 보비는 한숨을 쉬면서 수화기를 내려놓았다. 그는 의사도 필요하다고 설명했고, 경찰에서는 의사도 함께 보내겠다고 약속했다.

10분 뒤 경위 한 명과 순경 한 명, 그리고 온몸으로 자기 직업을 나타내는 노인 한 사람을 태운 자동차가 도착했다.

보비와 프랭키는 그들을 맞이하여, 다소 피상적으로 사건을 다시 한 번 설명한 뒤 다락방으로 안내했다. 보비는 방문의 자물쇠를 열고 들어가다가 입구에서 어쩔 줄 몰라 하며 멈춰 섰다. 방 한가운데는 잘려진 줄이 한 뭉치 놓여 있을 뿐이었다. 부서진 천창 아래쪽에는 거기까지 끌어낸 침대 위에 의자가 하나 놓여 있었다.

로저 배싱턴프렌치는 흔적도 없이 사라져 버렸다. 보비, 배저, 프랭키는 꼼짝도 하지 않았다.

"후디니라고 하더니, 그 자식이 후디니로군그래. 도대체 이 줄을 어떻게 끊었을까?"

보비가 말했다.

"호주머니에 칼이 있었나 봐."

프랭키가 말했다.

"그렇더라도 그것을 어떻게 꺼낼 수 있었지? 두 손이 등 뒤로 단단히 묶여 있었는데."

경위가 기침을 했다. 출동하기 전에 품었던 경위의 의심이 되살아났다. 현재의 모든 상황이 장난일 뿐이라는 그의 생각은 더욱 굳어졌다.

프랭키와 보비는 장황하게 이야기를 늘어놓았지만, 그럴수록 경위의 의심은 커 가는 것 같았다.

의사가 그들의 구세주였다.

모이라가 누워 있는 방으로 안내된 그는 당장 그녀가 모르핀이나 아편 주사를 맞은 것으로 판명했다. 그녀의 상태는 심각하다고 생각지 않으며, 네댓 시간만 지나면 자연스럽게 깨어날 것이라고 했다. 그리고 그 자리에서 인근에 있는 요양소로 그녀를 데려가겠다고 제의했다.

보비와 프랭키는 다른 방법이 없었으므로 그 말에 동의했다. 그들은 주소와 이름을 경위에게 이야기한 뒤(그는 프랭키의 주소 성명을 전혀 믿지 않는 것처럼 보였다.) 튜더 별장을 떠나도 좋다는 허락을 받았으며, 경위의 도움을 얻어 마을에 있는 세븐 스타스 여관에 들어갈 수 있었다.

여기에 와서까지도 마치 죄수처럼 취급받는다고 느끼면서 그들은 각자의 방으로 돌아갔다. 보비와 배저가 2인실을 썼고, 프랭키는 아주 자그마한 독방을 차지했다.

모두가 돌아가고 몇 분이 지나 보비는 문을 노크하는 소리를 들었다. 프랭키였다.

"생각난 게 있어. 저 멍청한 경위는 우리가 모든 것을 지어냈다고 고집을 부리지만, 아무튼 내가 클로로포름에 의해 의식을 잃은 증거가 있어."

"그래? 어딘데?"

"석탄통 속이야."

프랭키가 단호하게 말했다.

프랭키가 질문을 하다

　온갖 모험에 피로했던 탓인지 프랭키는 다음 날 아침 늦잠을 잤
다. 그녀가 자그마한 커피숍으로 내려와 자기를 기다리고 있는 보
비를 발견한 시각은 10시 30분이었다.

"어서 와, 프랭키."

"너무 그렇게 씩씩하게 굴지 마."

"뭘 먹을래? 훈제 대구, 달걀, 베이컨, 식은 햄 등이 있더군."

"토스트 약간이랑 맑은 차만 있으면 돼."

그를 진정시키며 프랭키가 말했다. 그리고 물었다.

"무슨 문제가 있어?"

"샌드백에 얻어맞은 것 때문일 거야. 뇌에 달린 고리가 부서져 나
갔는지도 모르겠어. 활기, 또렷한 생각, 달려 나가 무엇인가를 해야
겠다는 욕구 같은 것이 넘치는 기분이야."

"그럼 달려 나가지?"

나른해진 프랭키가 말했다.

"달려 나갔지. 그리고 약 30분 동안 해먼드 경위를 만났어. 이번 일을 일단 장난인 것처럼 해 두어야겠어, 프랭키."

"오, 그렇지만 보비⋯⋯."

"내가 일단이라고 말했잖아. 우리는 이번 사건의 핵심에 다가가야 해, 프랭키. 우리는 올바로 추적해 왔어. 이제 해야 할 일은 핵심에 다가가는 것이라니까. 우리는 로저 배싱턴프렌치를 납치 혐의로 잡아들이는 걸 원하지 않아. 살인 혐의로 잡아들여야지."

"그리고 그를 붙잡아야 해."

사기가 북돋워진 듯 프랭키가 말했다.

"그게 훨씬 낫군. 자, 차를 좀 더 마셔."

"모이라는 어때?"

"아주 나빠. 신경과민이 심각한 상태에 이른 듯 모든 것에 질겁을 해. 그 여자는 런던으로 갔어. 퀸스게이트에 있는 요양소에 가려나 봐. 그녀 말로는 그곳이 안전하겠대. 여기서는 공포에 질려 있었거든."

"그 여자는 결코 온전한 정신이 아니었어."

"글쎄, 이웃에 로저 배싱턴프렌치 같은 냉혹하고 기이한 살인자가 살고 있다면 누구나 질겁을 하겠지."

"그놈은 그 여자를 죽이려 한 것이 아냐. 죽이려 한 것은 우리야."

"그놈은 아마 당분간 몸을 숨기느라고 바쁠 거야. 자 프랭키, 우리는 문제의 핵심에 접근해야 돼. 그 시작은 존 새비지의 죽음과 그의 유언이야. 거기에 뭔가 이상한 것이 있어. 그의 유언장이 위조되었거나, 또는 존 새비지가 살해되었거나 등등."

"배싱턴프렌치가 관련되었다면 유언장이 위조되었을 가능성이 높지. 문서 위조가 그놈의 특기 같으니까."

프랭키가 생각에 잠기면서 말했다.

"유언장 위조에 살인까지 저질렀을지도 몰라. 우리가 앞으로 알아내야지."

보비의 말에 프랭키는 고개를 끄덕이며 덧붙였다.

"그 유언장을 읽은 뒤 나는 몇 가지를 적어 놓았어. 증인은 요리사인 로즈 처들리와 정원사인 앨버트 미어였대. 이 사람들은 아주 찾기 쉬울 거야. 그리고 엘퍼드 앤드 리라는 유언장을 작성한 법률 사무소가 있어. 스프래지 씨의 말에 의하면 아주 명성이 높아."

"좋아, 그럼 거기서부터 시작하기로 해. 네가 법률 사무소를 맡아. 나보다 더 많은 것을 알아낼 것 같으니까. 나는 로즈 처들리와 앨버트 미어를 찾아보겠어."

"그런데…… 배저는?"

"배저는 점심시간 전에 일어나는 적이 없어. 그 친구는 걱정할 필요 없다니까."

"언젠가 그의 어려움을 도와 주어야겠어. 우리의 목숨을 구해 주었잖아."

"곧 다시 풀려 나가겠지. 아, 그리고 이건 어떻게 생각해?"

보비는 더러운 마분지 한 장을 그녀 앞에 펼쳤다. 사진이었다.

"케이먼 씨로군. 어디서 구했지?"

그녀가 당장 알아보고 말했다.

"어젯밤이야. 그 별장의 전화기 뒤에 있었어."

"그럼 템플턴 부부가 누구였는지 분명해지는 것 같군. 잠깐 기다려."

웨이트리스가 토스트를 가지고 다가왔다. 프랭키는 사진을 펼치고 그녀에게 물었다.

"이 사람이 누군지 알아요?"

웨이트리스는 고개를 갸우뚱하면서 사진을 바라보았다.

"그래, 이 사람을 본 적이 있어요. 그렇지만 기억이 잘 나지 않아요. 오, 맞아. 튜더 별장에 있던 그 신사 분, 템플턴 씨네요. 그들은 지금 멀리 떠났어요. 외국 어디일 거예요."

"어떤 사람이었죠?"

프랭키가 물었다.

"말하기 어려워요. 여기에 그다지 자주 오지 않았으니까요. 주말에 가끔 오는 정도였죠. 아무도 그를 자주 보지는 못했어요. 그리고 템플턴 부인은 매우 훌륭했지요. 그렇지만 그들은 튜더 별장을 오래 지니고 있지 않았죠. 고작해야 6개월 정도일 거예요. 아주 돈 많은 신사가 죽으면서 템플턴 부인에게 재산을 물려주자, 그들은 해외로 이민을 갔거든요. 그렇지만 튜더 별장을 팔지는 않았어요. 때때로 다른 사람들이 주말에 사용하게끔 빌려 준다고 생각해요. 그처럼 돈이 많아졌으니 그들은 결코 이곳으로 돌아와 살지는 않을 거예요."

"그 집에 로즈 처들리라는 요리사가 있었나요?"

프랭키가 다시 물었다.

그렇지만 그 아가씨는 요리사에 대해서는 아무런 관심이 없는 것 같았다. 돈 많은 남자가 남겨준 재산이 그녀의 상상력을 뒤흔들어 놓았던 것이다. 프랭키의 질문에 그녀는 말할 수 없다고 대답하고는 빈 토스트 랙을 들고 가버렸다.

"사정은 뻔해. 케이먼 부부는 여기 오는 것을 포기했지만, 일당의 편의를 위해 별장을 소유하고 있는 거야."

프랭키가 말했다.

그들은 보비가 제안한 대로 임무를 나누기로 했다. 프랭키는 그곳에서 몇 가지 물품을 구입해 몸을 다듬은 뒤 벤틀리를 타고 나갔으며, 보비는 정원사 앨버트 미어를 찾아 나섰다.

그들은 점심식사 시간에 만났다.

"어때?"

보비가 물었다.

프랭키는 고개를 저었다.

"유언장 위조의 가망성은 없어."

그녀는 풀죽은 투로 말했다.

"오랫동안 엘퍼드 씨와 이야기를 나누고 오는 길이야. 그 사람은 아주 잘 대해 주었어. 어젯밤의 우리 일을 소문으로 들었던지 자세하게 알려고 달려들더라. 이곳은 그처럼 한가로운 모양이야. 아무튼 그 사람을 잘 구슬린 다음, 새비지의 친척들을 만난 척하고 그들이 유언장 위조를 암시하더라고 하면서 그 문제를 논의했어. 그랬더니 딱 잘라 말하는 거야. 전혀 의문의 여지가 없다고 말이지. 문서가 문제 될 수는 없다고 했어. 그 사람은 새비지 씨를 직접 만났는데, 새비지 씨가 그때 그 자리에서 직접 유언장을 작성하자고 했대. 엘퍼드 씨는 그 자리를 벗어나 그것을 적절하게 처리하고 싶었다는 거야. 그런 일 알잖아? 아무것도 아닌 일에 서류만 거창하게……."

"몰라. 나는 유언장을 작성한 적이 없으니까."

"나는 두 번이나 있었어. 두 번째는 바로 오늘 아침이야. 변호사를 만나려는 핑계가 있어야 했거든."

"네 돈은 누구에게 남긴 거야?"

"너."

"그건 경솔한 짓 아냐? 만약 로저 배싱턴프렌치가 너를 죽이는 데 성공하면 내가 그 때문에 교수형을 당할 게 틀림없어!"

"그 생각은 못 했어. 아무튼 말했다시피 새비지 씨는 아주 초조해하면서 엘퍼드 씨에게 당장 그 자리에서 유언장을 작성하게 했고, 하인과 정원사가 와서 증인이 되었으며, 그런 다음 엘퍼드 씨는 그것을 가지고 와서 안전하게 보관했다는 거야."

"그러니까 유언장 위조는 불가능한 것 같군."

보비도 동의했다.

"그래. 당사자가 직접 이름 쓰는 걸 목격했을 때는 문서 위조가 있을 수 없지. 그리고 살인이 아닐까 하는 의문도 이제는 규명하기 어렵겠어. 시체를 확인한 의사도 그 후에 죽어 버렸거든. 어젯밤 우리가 본 의사는 새로운 인물이래. 불과 두 달 전에 여기 왔다는 거야."

"우리는 불행하게도 많은 죽음과 만나는구나."

보비가 말했다.

"왜, 또 누가 죽었는데?"

"앨버트 미어."

"그들 모두가 제거되었다고 생각하는 거야?"

"그냥 많은 것 같아. 그리고 앨버트 미어의 경우에는 의심하지 않아도 될 것 같아. 나이가 일흔둘이나 되는 노인이었거든."

"그럼 그것은 자연사라고 할 만해. 로즈 처들리의 경우에는 뭐 좀 알아낸 게 있어?"

프랭키가 물었다.

"그래. 템플턴 가에서 나온 뒤 그 여자는 잉글랜드의 북쪽에 가서 살다가 이곳으로 돌아와 지난 17년 동안이나 사건 남자와 결혼했다는군. 그런데 유감스럽게도 그녀는 멍청해서 사람이나 사물에 대해 전혀 기억을 하지 못해. 하지만 너라면 그 여자에게서 뭘 알아낼 수 있을지 모르겠어."

"내가 시도해 볼게. 멍청이를 좀 다룰 줄 알거든. 그런데 배저는 어디 있어?"

"이런! 그 친구를 잊어버리고 있었어."

보비가 말하고는 벌떡 일어나 나갔다가 잠시 뒤 돌아왔다.

"아직도 자고 있더군. 이제 일어났어. 객실 종업원이 네 번이나 불렀지만 아무 소용이 없었나 봐."

"그럼, 나가서 그 멍청이를 만나기로 해. 그리고 칫솔, 잠옷, 스펀지 등 문명 생활에 필요한 물품을 좀 구입해야겠어. 어젯밤에는 얼마나 피곤했던지 아무것도 생각하지 못했거든. 겉옷만 벗고 쓰러져 잤어."

"그래, 나도 그랬지."

"자, 로즈 처들리에게 갈까."

이제 프랫 부인이 된 로즈 처들리는 자기로 만든 개와 가구들이 흘러넘칠 것처럼 보이는 작은 오두막에 살고 있었다. 프랫 부인은 소처럼 우람한 몸집에 물고기 같은 눈을 지니고 있었으며, 편도선 비대 증후가 뚜렷했다.

"자, 또 왔습니다."

쾌활하게 보비가 말했다.

프랫 부인은 숨을 크게 들이쉬면서 그들을 덤덤하게 쳐다보았다.

"당신이 템플턴 부인과 함께 지낸 이야기를 듣고 싶어요."

프랭키가 설명했다.

"그래요, 아가씨."

"그분은 지금 해외에 살고 있죠."

그 가족과 친한 사람인 듯한 인상을 주려고 프랭키가 다시 말했다.

"그렇대요."

프랫 부인도 동의했다.

"그분과 오래 같이 지내지 않았어요?"

"제가 뭘 했다고요, 아가씨?"

"템플턴 부인과 오래 지냈다고요."

프랭키가 천천히 또렷하게 말했다.

"그렇지 않아요. 두 달뿐이었어요."

"오! 나는 그보다 더 오래 지낸 줄 알았는데."

"그건 글래디스였어요, 아가씨. 가정부였죠. 그 여자가 거기에 여섯 달 있었어요."

"당신들 두 사람이 집안일을 했군요?"

"그래요. 그 여자는 가정부였고 저는 요리사였어요."

"새비지 씨가 죽었을 때 거기에 있지 않았나요?"

"뭐라고요?"

"새비지 씨가 죽었을 때 거기에 있었어요?"

"템플턴 씨는 죽지 않았어요. 제가 알기로 그분은 해외에 나갔어요."

"템플턴 씨가 아니라 새비지 씨 말예요."

보비가 정정했다.

프랫 부인은 그를 멍하니 쳐다보았다.

"그 여자에게 모든 돈을 남긴 신사 분을 말하는 거예요."

프랭키가 설명했다.

지능의 빛 같은 것이 프랫 부인의 얼굴 위에 스쳐갔다.

"오, 그랬어요, 그 신사 분에 대한 검시 배심이 있었어요."

"맞아요."

프랭키가 기뻐하며 대꾸했다. 그리고 질문을 계속했다.

"그분이 자주 와서 머물렀어요, 맞죠?"

"그것은 말할 수 없어요. 저는 온 지 얼마 되지 않았거든요. 글래디스가 알 거예요."

"그렇지만 당신이 유언장의 증인이 되었잖아요?"

프랫 부인의 표정은 멍해졌다.

"그가 서류에 서명하는 것을 와서 보고, 그런 다음에는 당신도 서명했어요."

다시 지능의 빛이 나타났다.

"그랬어요. 저와 앨버트였지요. 이전에 그런 것을 해 본 적이 없었고, 그것을 좋아하지 않았어요. 저는 글래디스에게 서류에 이름을 적는 게 싫다고 말했어요. 정말예요. 그랬더니 글래디스는 엘퍼드 씨가 와 있고 그분은 매우 훌륭한 분인 데다 변호사이니까 아무 걱정할 필요가 없다고 그랬죠."

"정확하게 무슨 일이 있었던 거죠?"

보비가 물었다.

"뭐라고요?"

"당신을 불러 이름을 쓰라고 한 사람은 누구였어요?"

프랭키가 물었다.

"여주인이었죠. 부인이 주방으로 오더니, 나더러 나가서 앨버트를 데리고 함께 부인이 그 전날 밤 그 신사 분을 위해 비워 놓은 가장 좋은 침실로 오라고 했어요. 거기에 갔더니 그 신사 분이 침대에 앉아 있었어요. 그분은 런던에서 돌아오자마자 바로 침대로 갔고, 안색이 좋지 않았죠. 저는 그분을 본 적이 없었어요. 그분은 좀 무시무시해 보였어요. 그런데 엘퍼드 씨도 거기에 있었으며, 그는 매우 다정하게 말했어요. 겁낼 게 전혀 없다. 그 신사 분이 이름을 쓴 곳에 나도 이름을 쓰면 된다고 했어요. 그래서 그렇게 한 다음 그 뒤에 '요리사'라고 적고 주소까지 적었죠. 앨버트도 똑같이 했어요. 그리고 나는 덜덜 떨면서 글래디스에게 와서 곧 죽을 듯한 사람은 처음 본다고 말했어요. 그랬더니 글래디스는 전날 밤에는 괜찮아 보인 것으로 미루어 틀림없이 런던에서 무슨 일이 있었던 모양이라고 했지요. 그분은 아무도 일어나기 전에 일찍 런던에 다녀왔거든요. 그런 다음 나는 내 이름을 어디에 적는 게 싫다고 말했고, 글래디스는 엘퍼드 씨가 거기 있었으니까 괜찮다고 그랬어요."

"그리고 새비지 씨…… 그 신사 분이 죽었죠? 언제였어요?"

"여느 때와 같은 다음 날 아침이었어요. 그분은 그날 밤 자기 방에서 총으로 스스로 목숨을 끊었어요. 다음 날 아침 글래디스가 그분을 불렀을 때는 이미 죽은 뒤였죠. 곁에는 '검시관에게'라고 쓴 유서가 있었어요. 이어 검시 배심 같은 것이 열렸죠. 두 달쯤 뒤에 템플턴 부인이 외국에 가서 살 예정이라고 말했어요. 그렇지만 내게 보수가 많은 일자리를 북부에서 구해 주고 멋진 선물 같은 것도 주었어요. 템플턴 부인은 정말 훌륭한 분이었답니다."

프랫 부인은 이제 수다를 늘어놓는 즐거움을 느끼고 있었다.

프랭키가 몸을 일으켰다.

"자, 이야기 잘 들었어요."

그리고 지갑에서 지폐를 한 장 꺼냈다.

"나도 성의를 표해야겠어요. 당신의 시간을 많이 빼앗았으니까요."

"정말 고마워요. 안녕히 가세요, 아가씨. 그리고 아가씨의 부군께서도요."

얼굴이 붉어진 프랭키는 서둘러 그곳을 나섰다. 보비는 몇 분 지나 그녀의 뒤를 따라왔다. 무엇인가 골똘히 생각하는 표정이었다.

"자, 저 여자가 알고 있는 것을 모두 알아낸 것 같군."

보비가 말했다.

"그래. 이제 이야기의 앞뒤가 맞아. 그러니까 새비지가 유언장을 작성한 것에는 의심의 여지가 없는 것 같고, 그가 암을 겁낸 것도 사실이라고 생각해. 할리 가의 의사에게 뇌물을 먹일 수는 없었을 거야. 그들은 그가 유언을 쓰고 나자, 그의 마음이 변하기 전에 서둘러 그를 처치했겠지. 그러나 그들이 그를 처치했다는 사실을 어떻게 입증할 수 있을까?"

"알아. 템플턴 부인이 수면제 같은 것을 주었으리라는 의심은 가지만, 입증할 방법이 없지. 배싱턴프렌치가 검시관에게 보내는 편지를 가짜로 만들었을지 모르지만, 그것도 이제는 입증할 수 없어. 그 편지는 검시 배심 때 증거로 사용된 뒤 오래 전에 폐기되었을 테니까."

"따라서 우리는 원론적인 문제로 되돌아오는 거야. 배싱턴프렌치와 그 일당이 우리가 알아낼까 봐 겁내는 것이 도대체 무엇일까 하는 점 말이지."

"특별히 이상하게 생각되는 사실이 없어?"

"아니, 적어도 하나는 있구나. 집 안에 가정부가 있는데도 왜 템플턴 부인이 유언장의 증인으로 정원사를 불렀을까 하는 점이야.
그들은 왜 그 가정부를 부르지 않았을까?"

"네가 그 말을 하니까 묘한데, 프랭키."

그의 목소리가 이상하게 들렸으므로 프랭키는 깜짝 놀라 그를 쳐
다보았다.

"왜?"

"내가 뒤에 남아서 프랫 부인에게 글래디스의 이름과 주소를 물
어 봤거든."

"그런데?"

"그 가정부의 이름이 바로 에번스였어!"

에번스

프랭키는 놀라서 입을 다물지 못했다.

흥분한 보비의 목소리가 높아졌다.

"이봐, 카스테어스가 했던 것과 똑같은 질문을 네가 한 거야. 그들은 왜 그 가정부를 부르지 않았지? 왜 그들은 에번스를 부르지 않았지?"

"오, 보비, 우리가 마침내 알아냈네!"

"카스테어스도 똑같은 생각을 했을 거야. 그도 우리처럼 무엇인가 수상한 것을 뒤쫓아 돌아다니다가, 우리와 마찬가지로 이 같은 상황에서 그 생각이 떠올랐겠지. 그리고 바로 그 때문에 그가 웨일스로 왔다고 생각해. 글래디스 에번스는 웨일스 이름이니까, 에번스는 웨일스 여자일 거야. 그는 그녀를 찾아 마치볼트로 오고 있었어. 그리고 그의 뒤를 또 누가 쫓아왔겠지. 그래서 그는 그녀를 찾아가지 못했어."

"그들은 왜 에번스를 부르지 않았지? 거기에는 틀림없이 이유가 있을 거야. 아무 의미 없는 사소한 것이지만 중요하겠지. 집 안에 하녀가 둘이나 있는데 왜 정원사를 불러오게 했을까?"

"어쩌면 처들리와 앨버트 미어 두 사람이 멍청한 반면 에번스는 똑똑한 여자이기 때문일지도 몰라."

"그것으로는 부족해. 엘퍼드 씨도 거기에 있었는데, 그는 아주 날카로운 사람이거든. 오, 보비, 문제의 핵심이 거기에 있는 게 분명해. 우리가 그 이유만 알 수 있다면……. 에번스. 왜 처들리와 미어를 부르고 에번스는 부르지 않았을까?"

갑자기 그녀는 걸음을 멈추고 양손으로 눈을 가렸다.

"생각이 나려고 해. 일종의 섬광 같은 거야. 곧 생각이 날 거야."

그녀는 잠시 꼼짝도 하지 않고 서 있더니 이윽고 양손을 치우고 보비를 쳐다보았다. 두 눈에는 이상한 광채가 번뜩였다.

"보비, 집에 두 하녀가 있다면 너는 어느 하녀에게 팁을 주겠어?"

"당연히 가정부겠지. 요리사에게 팁을 주는 경우는 없어. 우선 얼굴을 보는 경우도 없는걸."

"그래, 그리고 요리사도 너를 보지 못할 테고. 물론 같이 지내다 보면 모습을 어렴풋하게 보는 경우는 있는지 몰라. 그렇지만 가정부는 저녁 식사 시중도 들고 심부름도 하고 커피를 나르기도 하지."

"무슨 이야기를 하려는 거야, 프랭키?"

"그들은 에번스를 유언장의 증인으로 부를 수가 없었어! 왜냐하면 에번스라면 유언장에 서명하는 사람이 새비지 씨가 아니라는 것을 알아차릴 것이기 때문이야."

"맙소사, 프랭키, 그게 무슨 말이야? 그럼 그게 누구였지?"

"물론 배싱턴프렌치였어. 새비지 흉내를 냈으리라는 것을 짐작 못 하겠니? 그 의사를 찾아가 암이니 뭐니 하고 법석을 떤 것도 배싱턴프렌치임에 틀림없어. 그런 다음에 새비지 씨를 모르지만 그가 유언장에 서명하는 것을 보았다고 증언할 수 있는 낯선 변호사를 불러 유언장을 작성하는 거야. 그리고 새비지 씨를 본 적이 없는 요리사, 눈이 거의 멀어 이 또한 아마도 새비지 씨를 본 적이 없을 노인, 이들 두 사람을 증인으로 부른 거지. 이제 알겠어?"

"그렇지만 진짜 새비지는 그동안 어디에 있었을까?"

"오! 그가 도착하자 그들이 약물로 정신을 잃게 한 다음, 배싱턴프렌치가 그의 흉내를 낼 동안 12시간쯤 다락 같은 데 처박아 두었겠지. 그 후 침대에 도로 눕히고 클로랄을 먹였을 거야. 그러면 다음 날 아침 에번스가 그의 시체를 발견하게 돼."

"그래, 드디어 알아냈구나, 프랭키. 그렇지만 그것을 입증할 수 있겠어?"

"글쎄, 모르겠어. 로즈 처들리, 프랫 부인에게 새비지의 사진을 보이면, 유언장에 서명했던 사람이 아니라고 말해 줄 수 있을까?"

"그럴 것 같지 않아. 그 여자는 너무 멍청한걸."

"그 때문에 선택되었으니까 그럴 테지. 그리고 또 하나가 있어. 전문가가 그 서명이 위조라는 것을 검출해 내야 돼."

"과거에도 그러지 못했어."

"아무도 그것에 대한 의문을 제기하지 않았기 때문이야. 유언장이 날조될 수 있는 순간이 없다고 여겨졌으니까. 그렇지만 이제는 사정이 다르지."

"우리가 해야 할 일이 하나 있어. 에번스를 찾아내는 거야. 우리에게 해 줄 말이 많을지도 몰라. 템플턴 부부와 여섯 달이나 함께 지냈다니까."

보비의 말에 프랭키는 신음 소리를 냈다.

"그 일은 더욱 어려울 거야."

"우체국에 가 보는 것은 어때?"

보비가 생각을 말했다.

그들은 마침 그 앞을 지나가고 있었다. 겉모양으로 볼 때 그곳은 우체국이라기보다 잡화점 같았다.

프랭키는 안으로 들어가 작전을 개시했다. 우체국 안에는 마침 여자 국장을 제외하고는 아무도 없었다. 그녀는 호기심이 많은 듯한 젊은 여자였다.

프랭키는 2실링짜리 우표책을 구입하고 날씨 이야기를 하면서 말했다.

"여기는 항상 내가 살고 있는 곳보다 날씨가 좋겠네요. 나는 웨일스의 마치볼트에 살아요. 그곳에 얼마나 비가 많은지 믿지 못할 거예요."

그 젊은 여자는 이곳에도 비가 많았다면서 지난번 법정 공휴일 때 엄청난 비가 쏟아졌다고 했다.

프랭키가 말했다.

"마치볼트에도 이곳에서 온 사람이 있어요. 그 여자 분을 알는지 모르겠네요. 이름이 에번스, 글래디스 에번스예요."

그 여자는 전혀 의심을 품지 않았다.

"그럼요, 알죠. 여기서 일했죠. 튜더 별장에서요. 그렇지만 이곳 출신이 아니었어요. 웨일스 출신이었고, 그곳으로 돌아가 결혼했어요. 이제 로버츠가 그 여자의 이름이에요."

"맞아요. 그 여자 분의 주소를 가르쳐 줄 수 없을까요? 레인코트를 빌렸는데 돌려주는 것을 잊었거든요. 주소를 알면 부쳐 주고 싶어서요."

"그래요, 주소가 어디 있을 거예요. 그 여자로부터 가끔 엽서가 오거든요. 그 여자는 남편과 함께 일하고 있어요. 잠깐만 여기서 기다리세요."

그녀는 떨어진 곳으로 가더니 한쪽 모퉁이에서 이것저것 뒤적거렸다. 그리고 종이 한 장을 손에 들고 돌아왔다.

"여기 있어요."

그녀는 카운터 위로 그것을 건네면서 말했다.

보비와 프랭키는 그것을 함께 읽었다. 거기에는 전혀 뜻밖의 주소가 적혀 있었다.

웨일스

마치볼트

교구 목사관

로버츠 부인

보비와 프랭키는 어떻게 얌전히 우체국을 나왔는지 도무지 기억할 수 없었다.

밖에 나오자마자 그들은 서로 쳐다보며 웃음을 터뜨렸다.

"그동안 내내 목사관에 있었어!"

보비가 탄성을 질렀다.

"나는 480명의 에번스를 조사했다니까."

프랭키도 감회에 젖었다.

"에번스가 누군지 우리가 전혀 모른다는 것을 알고 배싱턴프렌치가 그처럼 재미있어 했던 까닭을 이제야 알겠어."

"그리고 그들의 관점에서 보면 위험천만이었겠어. 너와 에번스가 실제로 한 지붕 아래에 있었으니까."

"자, 이제 마치볼트로 가야겠구나."

"무지개가 끝나는 곳, 그리운 고향으로 돌아가다……."

"그건 그렇고, 배저에 대해 조치를 해야 해. 돈 좀 있어, 프랭키?"

프랭키는 지갑을 열어 약간의 지폐를 꺼냈다.

"이것을 그에게 주고 빚쟁이를 처리하라고 해. 그리고 아버지께서 정비 공장을 매입하신 뒤 그를 지배인으로 고용하시도록 하겠다는 말도 전하고."

"알았어. 그리고 중요한 것은 우리가 빨리 출발해야 한다는 점이야."

"왜 그렇게 서두르지?"

"모르겠어. 그렇지만 무슨 일이 생길지도 모른다는 느낌이 자꾸만 들거든."

"어떡해. 그럼 빨리 가."

"나는 배저 문제를 처리할 테니 너는 가서 차의 시동을 걸어."

"도대체 칫솔 하나 살 틈이 없다니까."

5분 뒤 그들은 치핑서머턴을 빠져나갔다. 보비는 속도가 느리다고 불평할 경황이 없었다.

그때 갑자기 프랭키가 말했다.

"이봐, 보비, 이래서는 빠르다고 할 수 없어."

보비는 현재 130킬로미터 가리키고 있는 속도계를 힐끗 쳐다보고 무뚝뚝하게 말했다.

"더 이상 방법이 없는걸 뭐."

"항공 택시를 탈 수 있어. 우리는 지금 메더숏 비행장에서 불과 11킬로미터밖에 떨어져 있지 않거든."

"이런 똑똑한 아가씨!"

"그렇게 하면 2시간만에 집에 갈 수 있어."

"좋아, 항공 택시를 타기로 해."

만사가 꿈같이 환상적인 성격을 띠기 시작하고 있었다. 마치 볼트로 가기 위해 왜 이렇게 서두르는 것일까? 보비는 그 이유를 몰랐다. 프랭키조차도 모를 것이라는 생각이 들었다. 그것은 단지 느낌 때문이었다.

메더숏에 이르러 프랭키는 도널드 킹 씨를 찾았고, 그러자 허름한 차림의 젊은이가 나타났다. 그는 그녀의 모습에 은근히 놀라는 듯한 표정을 지었다.

"프랭키로군. 오랜만이야. 무슨 일이지?"

"항공 택시가 필요해. 그런 거 있겠지?"

"물론이지. 어디로 가려는데?"

"집에 빨리 가고 싶어."

도널드 킹 씨는 눈살을 찌푸렸다.

"그뿐이야?"

"그렇지 않지만 그렇게만 해 줘."

"알았어. 곧 출발할 수 있을 거야."

"대금은 수표로 지불할게."

5분 뒤 그들은 출발했다.

"프랭키, 우리가 왜 이렇게 서두르지?"

보비가 물었다.

"나도 몰라. 그렇지만 이래야 된다는 느낌이 들어. 너는 그렇지 않아?"

"이상하게 나도 그래. 그렇지만 이유를 모르겠어. 로버츠 부인이 빗자루를 타고 날아가 버릴 것도 아닐 텐데 말이야."

"그럴지도 몰라. 배싱턴프렌치가 무슨 짓을 할지 알 수 없다는 걸 명심해."

"맞아."

보비는 생각에 잠겼다.

그들이 목적지에 이르렀을 때 날이 어두워지고 있었다. 비행기는 공원 쪽에 착륙했고, 5분 뒤 보비와 프랭키는 마칭턴 경의 크라이슬러를 타고 마치볼트로 들어갔다.

그들은 목사관 문 밖에 차를 세웠다. 목사관 안에는 그처럼 값비싼 차의 방향을 돌릴 만한 공간이 없기 때문이었다.

그들은 차에서 내려 현관 앞까지 달려갔다.

'빨리 정신을 차려야 해. 우리는 지금 무엇을 왜 하고 있는 거지?'

보비는 생각했다.

현관 앞의 계단에 연약한 사람의 모습이 서 있었다. 프랭키와 보비는 동시에 그 여자가 누군지 알아차렸다.

"모이라!"

프랭키가 소리쳤다.

모이라가 고개를 돌렸다. 그녀는 몸을 약간 휘청거렸다.

"어머! 반가워요. 나 혼자서 어쩔 줄 모르고 있었거든요."

"그렇지만 도대체 어떻게 여기 온 거예요?"

"당신들이 온 것과 같은 이유겠죠."

"당신도 에번스가 누군지 알아냈어요?"

보비가 물었다.

모이라는 고개를 끄덕였다.

"그래요, 설명하려면 이야기가 길지만······."

"자, 안으로 들어갑시다."

보비가 말했으나 모이라는 뒷걸음질을 쳤다.

"아니, 아녜요. 다른 곳으로 가서 이야기해요. 집에 들어가기 전에 해야 할 말이 있거든요. 읍내 쪽에 우리가 들어갈 만한 카페 같은 게 없을까요?"

"좋아요. 그렇지만 왜······."

마지못해 문으로부터 발걸음을 돌리며 보비가 말했다.

모이라는 발을 동동 굴렸다.

"내가 말하면 알게 될 거예요. 자, 어서 가요. 더 이상 낭비할 시간이 없어요."

그들은 그녀의 독촉에 굴복했다. 번화가를 반쯤 내려가다 보면 오리엔트 카페가 있었다. 실내 장식과는 관계없는 다소 거창한 이름을 지닌 카페였다. 세 사람은 안으로 들어갔다. 오후 6시 30분이었으므로 안은 한산했다.

그들은 구석에 있는 자그마한 테이블을 둘러싸고 앉았으며, 보비가 커피 석 잔을 주문했다.

"자, 그럼……?"

보비가 입을 열었다.

"커피가 올 때까지 기다려요."

모이라가 말했다.

웨이트리스가 돌아와 그들 앞에 미지근한 커피 석 잔을 내려놓았다.

"자, 이제 말해 봐요."

보비가 재촉했다.

"어디서부터 시작해야 할지 모르겠네요. 런던으로 올라오는 기차 안이었어요. 정말 이상한 우연의 일치였죠. 나는 복도를 걷고 있었는데……"

그녀는 말을 끊었다. 그녀는 몸을 앞으로 내밀어 문 쪽을 물끄러미 쳐다보았다.

"그 사람이 나를 쫓아온 게 틀림없어요."

그녀가 말했다.

"누구요?"

프랭키와 보비가 함께 큰소리로 말했다.

"배싱턴프렌치 말예요."

모이라가 속삭이듯 말했다.

"그 사람을 보았어요?"

"밖에 있어요. 빨간 머리의 여자와 함께 있는 것을 보았어요."

"케이먼 부인이야."

프랭키가 소리쳤다.

프랭키와 보비는 벌떡 일어나 문 쪽으로 뛰어나갔다. 모이라가 만류했으나 두 사람은 그 소리를 듣지 않았다. 그들은 거리의 위 아래를 둘러보았지만, 배싱턴프렌치의 모습은 어디에도 보이지 않 았다.

모이라가 그들에게 다가왔다.

"그가 사라졌어요? 오, 조심해야 돼요. 그는 위험해요. 아주 위험 하다니까요."

"우리가 함께 있으면 아무 짓도 하지 못해요."

보비가 말했다.

"힘을 내요, 모이라. 그렇게 겁낼 필요 없어요."

프랭키도 덧붙였다.

"자, 지금으로서는 아무것도 할 수 없으니까 당신의 이야기를 듣 기로 해요, 모이라."

그들의 자리 쪽으로 걸음을 옮기면서 보비가 말했다.

그는 커피잔을 집어 들었다. 그때 프랭키가 몸의 균형을 잃고 그 에게 쓰러지는 바람에 커피가 탁자 위에 쏟아졌다.

"미안해."

프랭키는 말하면서 옆 테이블로 손을 뻗었다. 식사를 할 사람을 위해 만들어 놓은 그 테이블 위에는 소스와 식초가 담긴 두 개의 병 이 뚜껑이 닫힌 채 놓여 있었다.

프랭키가 이상한 행동을 하기 시작했다. 그녀는 식초병을 들더니 식초를 모조리 빈 그릇에 따르고는 마시지 않은 커피를 거기에 붓기 시작한 것이다.

"아니, 머리가 어떻게 된 거야, 프랭키? 도대체 뭘 하는 거지?"

보비가 물었다.

"이 커피를 조지 아버스닛에게 보내 검사해 볼 거야."

프랭키가 말했다. 그리고 모이라를 향해 입을 열었다.

"자, 모이라, 네 계획은 수포로 돌아갔어. 조금 전 문가에 서 있었을 때 모든 것이 불현듯 내 머리에 떠올랐지. 내가 보비의 팔꿈치를 쳐서 커피를 쏟게 했을 때 네 표정을 지켜보았어. 너는 배싱턴프렌치를 찾으러 우리가 나간 뒤 우리 커피에 무엇을 넣은 거야. 내 말이 맞지, 니콜슨 부인? 또는 템플턴 부인이던가……?"

"템플턴?"

보비가 소리쳤다.

"저 여자의 얼굴을 봐. 저 여자가 그 사실을 부인하면, 목사관으로 데리고 가서 로버츠 부인을 만나게 할 거야. 로버츠 부인은 '템플턴 부인'을 알아볼걸?"

프랭키도 큰소리로 말했다.

보비는 프랭키가 시키는 대로 모이라의 얼굴을 쳐다보았다. 그리고 그 얼굴, 자신의 마음 속에 아직도 애절하게 남아 있는 그 얼굴이 극도의 분노로 이글거리는 것을 지켜보았다. 그 아름다운 입에서는 욕설과 저주가 쏟아져 나왔다. 그녀는 핸드백을 더듬거렸다.

보비는 그때까지 멍한 상태였지만, 그러나 순간적으로 행동을 개시하여 겨눠진 권총의 총구를 쳐올렸다.

총알은 프랭키의 머리 위를 지나 오리엔트 카페의 벽에 박혔다.

웨이트리스 가운데 한 명이 놀라운 속도로 후다닥 뛰어나갔다. 그 카페가 생긴 이래 웨이트리스가 그처럼 잽싸게 움직인 것은 처음 있는 일이었다.

그 웨이트리스는 고래고래 소리를 지르면서 거리로 달려 나갔다.

"사람 살려! 살인이야! 경찰을 불러요!"

남아메리카에서 온 편지

몇 주일 뒤였다.

프랭키는 편지 한 통을 받았다. 겉봉에는 남아메리카의 공화국 가운데 잘 알려지지 않은 나라의 소인이 찍혀 있었다.

그녀는 그것을 읽은 뒤 보비에게 넘겼다.

내용은 다음과 같았다.

친애하는 프랭키

진심으로 축하해. 너와 해군 출신 네 친구가 일생일대의 내 계획을 산산조각으로 깨뜨려 버렸거든. 내가 만사를 그처럼 멋지게 해냈는데도 말이야.

그 일에 대한 전말을 듣고 싶어? 내 여자 친구가 그처럼 철저하게 나를 배반하였으니(여자들은 누구나 그렇게 앙심을 품는 것일지도 모르지!) 이제 내가 모조리 털어놓더라도 더 이상 손해 볼 것도 없는 셈이야. 게다가 나는 다시 새로운 인생을 시작했거든. 로저 배싱턴프렌치는 죽었어.

항상 나는 흔히들 말하는 '나쁜 놈'이었어. 옥스퍼드에 다닐 때조차도 실수한 적이 있었지. 발각이 나게 되어 있었으니까 어리석었다고나 할까. 우리 아버지께서는 나를 저버리지 않으셨지만 식민지로 보내셨지.

나는 모이라와 그녀의 일당과 곧 알게 되었어. 그 여자는 대단한 걸물이었지. 열다섯 살 때부터 공범으로써 범죄에 가담했으니까. 내가 그 여자를 만났을 때는 어려운 처지였어. 미국 경찰이 그 여자를 쫓고 있었거든.

그 여자와 나는 서로 좋아했어. 우리는 결혼하기로 결정했지만, 먼저 실행에 옮겨야 할 몇 가지 계획이 있었지.

우선 그 여자는 니콜슨과 결혼했어. 그렇게 함으로써 그 여자는 다른 세계로 들어가게 되었고, 경찰은 그녀의 자취를 놓쳐 버렸지. 니콜슨은 곧 정신병 환자를 치료하는 요양소를 차리기 위해 영국으로 건너왔어. 그리고 싸게 구입할 수 있는 주택을 물색했고. 모이라는 그를 그레인지로 데려갔지.

그 여자는 여전히 마약 거래를 하는 일당과 함께 일하고 있었는데 그 사실을 모르는 니콜슨은 그 여자에게 많은 도움이 되었지.

나로서는 항상 두 가지 야망을 지니고 있었어. 바로 메러웨이의 소유주가 되려는 것과 많은 재산을 차지하는 것이었지. 배싱턴프렌치의 조상 가운데 한 분은 찰스 2세 때 중요한 역할을 했다고 해. 그 후 가문이 차츰 쇠퇴하여 미미해졌지만, 나는 내가 다시 중요한 역할을 할 수 있으리라고 느꼈지. 그러나 그러기 위해서는 돈이 필요했어.

모이라는 때때로 캐나다로 건너가 일당을 만났지. 니콜슨은 그녀를 사랑했기 때문에 그녀가 말하는 것이면 무엇이나 믿었어. 대부분의 남자들이 그래. 마약 거래의 복잡성 때문에 모이라는 여러 가지 가명으로 여행을 했지. 새비지를 만난 것은 템플턴 부인이라는 이름을 사용할 때였어. 그녀는 새비지와 그의 엄청난 재산에 대해 잘 알고 있었으므로 그를 유혹하려고 온갖 노력을 기울였지. 그는 매력을 느꼈지만, 그렇다고 상식을 잃을 정도는 아니었어.

그래서 우리는 하나의 음모를 꾸몄지. 그 이야기는 너도 잘 알 거야. 네가 케이먼이라고 알고 있던 사내는 무력한 남편 역할을 맡았어. 새비지는 여러 번 튜더 별장을 방문했고, 세 번째 그가 왔을 때 우리는 음모를 실행에 옮겼어. 그 이야기는 할 필요가 없겠군. 네가 잘 알고 있으니까. 만사는 훌륭하게 진행되었어. 모이라는 그 돈을 확보한 뒤 명목상으로는 해외로 나갔지만, 실제로는 스테이벌리의 그레인지로 돌아간 거야.

한편 나도 하나의 계획을 추진하고 있었어. 형과 어린 토미를 제거할 심산이었거든. 토미의 경우에는 운이 나빴지. 두 번이나 잘 꾸며진 사고가 실패로 돌아간 거야. 형의 경우에는 사고를 가장하려고 하지 않았어. 형은 사냥터에서 사고를 당한 뒤 류머티즘으로 고통을 겪은 적이 있지. 그때 나는 형에게 모르핀을 권했어. 형은 망설이지 않고 그것을 복용하기 시작했어. 단순한 형은 곧 중독이 되었지.

우리의 계획은 형을 그레인지로 치료를 받게 보낸 뒤 거기서 자살을 하게 하거나, 아니면 모르핀을 과용하게 하려는 것이었어. 그 일은 모이라의 몫이었지. 나는 어떤 식으로든 관여할 수 없었으니까.

그런데 카스테어스라는 멍청이가 그때 활동하기 시작했어. 새비지는 그에게 편지를 보내면서 템플턴 부인을 언급하고 그녀의 사진까지 동봉했던 모양이야. 카스테어스는 그 직후 사냥 여행을 떠났지. 그리고 여행에서 돌아왔을 때 새비지의 죽음과 유언의 소식을 듣고 그것을 믿을 수가 없었던 것 같아. 그 이야기가 사실처럼 여겨지지 않았겠지. 새비지가 죽음을 겁내지 않았다는 것이 확실했고, 특별히 암을 두려워했다고도 생각되지 않았을 테니까. 게다가 유언장의 내용도 전혀 그답지 않다고 생각한 거야. 새비지는 빈틈없는 사업가였으므로, 비록 예쁜 여자와 관계를 맺더라도 엄청난 돈을 그 여자에게 물려주고 나머지는 자선 단체에 기부할 사람이라고 카스테어스는 결코 생각할 수 없었겠지. 자선 단체를 끼워 넣은 것은 내 생각이었어. 아주 고상한 데다, 또 의심을 덜 받을 것 같았거든.

카스테어스는 그 문제를 조사할 작정을 하고 우리나라로 와서 활동을 개시했어.

때마침 우리에게 재수 나쁜 일이 생겼지. 우리 친구들이 그를 점심때 여기에 데려오는 바람에, 그는 피아노 위에 놓인 모이라의 사진을 보고 그녀가 바로 새비지가 그에게 보낸 사진의 여자라는 것을 알아차린 거야. 그는 치핑서머턴으로 내려가서 그곳을 뒤지기 시작했어.

모이라와 나는 걱정스러워지기 시작했지. 나는 심각히 고민할 필요는 없다고 생각하기도 했지만, 그러기에 카스테어스는 너무나 영리한 친구였어.

나는 그의 뒤를 쫓아 치핑서머턴으로 내려갔지. 그는 요리사 로즈 처들리를 추적하는 데 실패했어. 그 여자는 북쪽으로 갔거든. 그렇지만 그는 에번스를 찾아내고 그녀의 남편 성까지 알아낸 뒤 마치볼트로 출발할 참이었지.

사태가 심각해졌어. 만약 에번스가 템플턴 부인과 니콜슨 부인이 동일 인물이라고 확인하면 문제가 까다로워지기 때문이야. 게다가 그 여자는 그 집에 상당 기간 머물러 있었기 때문에 집 안팎을 속속들이 알 것이기 때문에 불안했어.

나는 카스테어스를 없애야겠다고 결심했지. 그는 우리에게 크나큰 방해물이었으니까. 기회는 내 편이었어. 안개가 자욱해졌을 때 나는 그의 뒤에 바짝 다가가 순식간에 밀어 버렸어.

그렇지만 내게는 아직 처리해야 할 문제가 남아 있었지. 카스테어스의 몸에 단서가 될 만한 것이 있을지도 모르기 때문이야. 그렇지만 해군 출신 네 친구가 내게 기회를 마련해 주었어. 나는 잠깐이지만 혼자 남아 내 용무를 처리하기에 충분한 시간을 얻었거든. 그 사내는 신원 확인을 위해 사진관으로부터 구했는지 모이라의 사진을 가지고 있었어. 나는 그 사진과 서류 등 그의 신원을 확인해 줄 만한 것을 모조리 없앴지. 그런 다음 우리 일당 하나의 사진을 남겨 놓았어.

모든 것이 원만하게 처리되었지. 가짜 여동생과 매부가 거기로 가서 그의 신원을 확인했거든. 만사가 만족스럽게 해결된 것 같았어. 바로 그때 네 친구 보비가 사태를 뒤흔들어 놓은 거야. 카스테어스가 죽기 전에 의식을 회복하여 무슨 이야기를 했다고 했으니까. 그는 에번스를 언급했다는데, 에번스는 바로 목사관에서 일하고 있었거든.

우리는 깜짝 놀라 기절할 지경이었지. 아연실색했어. 모이라는 네 친구를 제거해야 한다고 주장했고, 우리는 계획을 하나 시도했지만, 그 계획은 실패했어. 그러자 모이라가 직접 문제를 해결하겠노라고 나섰지. 그녀는 차를 가지고 마치볼트로 내려갔어. 그리고 네 친구가 잠든 기회를 틈타 맥주에 다량의 모르핀을 넣었지. 그렇지만 그 젊은이는 끄덕도 하지 않았어. 재수가 나빴던 거지.

전에도 말했다시피 네가 겉보기와는 다른 여자일지 모른다고 내가 의심하게 된 것은 니콜슨이 꼬치꼬치 캐물었을 때부터야. 그리고 어느 날 밤에 모이라가 나를 만나기 위해 살금살금 기어 나오다가 보비와 딱 마주쳤을 때 그녀가 얼마나 놀랐을지 상상해 봐! 그날 맥주에 모르핀을 넣을 때 자세히 얼굴을 쳐다보았기에 그녀는 그 친구를 단번에 알아보았지. 아무튼 그녀는 너무 놀라 거의 쓰러질 지경이었어. 그렇지만 그가 의심하는 사람이 자기가 아니라는 것을 깨닫고는 정신을 차리면서 연기를 했지.

그녀는 여관으로 나와 그에게 몇 가지 이야기를 늘어놓았어. 그는 순진하게도 그 이야기를 받아들였지. 그녀는 앨런 카스테어스가 옛 연인인 것처럼 꾸몄고, 자기가 니콜슨을 얼마나 두려워하는지도 이야기했어. 그리고 네가 나를 의심하는 것이 잘못이라고 생각하도록 최선을 다했지. 나도 네게 그녀 이야기를 그렇게 했던 셈이야. 그 여자가 약하고 아무것도 하지 못할 사람이라고 깔보았으니까. 눈썹 하나 까닥하지 않으면서 많은 사람을 없애 버릴 수 있는 여자가 모이라인데도 말이지.

아무튼 상황은 방심할 수 없었어. 우리에게는 많은 돈이 들어와 있었지. 우리 형 문제도 원만히 처리되고 있었어. 토미에 대해서는 서두를 필요가 없었지. 얼마든지 기다릴 수 있었으니까. 니콜슨도 때가 되면 쉽게 제거할 수 있으리라 생각되었어. 그렇지만 너와 보비는 골칫덩어리가 아닐 수 없었지. 너희는 그레인지에 대해 잔뜩 의심을 품고 있었으니까.

형이 자살한 것이 아니라는 사실을 알면 네가 흥미를 느끼는지 모르겠군. 내가 형을 죽인 거야! 나는 너하고 이야기를 하면서 더 이상 시간 낭비를 할 수 없다고 생각했어. 그래서 바로 집 안으로 들어가서 일을 처리했지.

그때 비행기가 날아온 것이 내게는 좋은 기회였어. 나는 서재로 들어가, 무엇인가를 적고 있는 형의 옆에 앉아 나를 돌아보게 하고는 총을 쏘았지. 비행기의 소음이 총소리를 삼켜 버렸어. 그런 다음 멋진 유서를 적고, 총에서 내 지문을 닦아낸 뒤 거기에 형의 손을 눌렀다가 바닥으로 떨어뜨린거야. 그리고 서재 문의 열쇠를 형의 호주머니에 넣고 밖으로 나왔으며, 자물쇠가 똑같은 식당문의 열쇠로 밖에서 그 문을 잠갔어.

굴뚝 속에 미리 폭죽을 넣으면서 4분 뒤에 터지게 해놓은 부분에 대한 자세한 설명은 생략하지.

아무튼 만사는 멋지게 진행되었어. 너와 나는 정원에서 함께 그 '총소리'를 들은 거야. 완벽한 자살이었지! 의심을 받은 유일한 인물은 불쌍한 니콜슨이었지. 그 사내는 지팡인가 뭔가를 두고 갔다면서 되돌아왔거든.

물론 보비의 기사도 정신은 모이라로서는 여간 귀찮은 것이 아니었어. 그래서 그녀는 별장으로 가 버렸던 거야. 아내가 없어졌다는 니콜슨의 설명이 너희의 의심을 살 게 틀림없으리라고 우리는 생각했어.

모이라의 능력이 십분 발휘된 것은 바로 별장에서였어. 그녀는 위층에서 시끄러운 소리가 들리자 내게 문제가 생긴 것을 알아차리고는 재빨리 다량의 모르핀을 주사한 뒤 침대에 누웠지. 그리고 너희들이 모두 전화기가 있는 곳으로 내려간 뒤 슬그머니 다락으로 올라와 나를 풀어 준 거야. 그 후 모르핀이 효력을 발휘했기 때문에 의사가 도착했을 즈음에는 깊은 잠에 빠졌어.

그렇지만 그녀의 고민은 계속되었어. 그녀는 너희가 에번스에게 가서 새비지의 유언장과 그의 자살에 대해서 알아내지 않을까 걱정한 거지. 그리고 그녀는 또 카스테어스가 마치볼트에 오기 전에 에번스에게 편지를 썼을지 모른다는 것도 걱정했어. 그래서 그녀는 런던의 요양소에 가는 체하고는 서둘러 마치볼트로 와서 현관문 앞에서 너희와 만난 거야. 당시에 그녀의 생각은 너희 둘을 한꺼번에 제거하려는 것이었지. 그녀의 방법은 조잡했지만, 성공할 수 있었다고 생각해. 너희와 함께 들어온 여자가 어떻게 생겼는지 웨이트리스가 기억하고 있을 리 만무하거든. 만약 성공했더라면 모이라는 런던으로 돌아와 요양소에 누워 있었을 거야. 그리고 너와 보비가 제거되었으니 만사가 잠잠해졌을 테지.

그런데 그 여자는 너희에게 발각되자 머리가 돌아 버렸어. 그리고 재판에서 나까지도 끌고 들어갔고!

어쩌면 내가 그녀에게 약간 염증을 느끼고 있었는지도 몰라…….

그러나 그녀가 그것을 알아차렸을 거라고 생각지는 못했어.

알다시피 그녀는 돈(내 돈!)을 차지했어. 일단 그녀와 결혼한 뒤였다면 그녀에게 정말로 염증을 느꼈을지도 모를 일이야. 나는 다양성을 좋아하니까.

그래서 나는 여기서 새로운 인생을 시작하고 있어…….

모든 것이 보비 존스라는 그 못마땅한 녀석과 너 때문이야.

그렇지만 나는 잘해 나갈 수 있으리라고 생각해.

아니, 잘해 나가는 게 아니라 못된 짓을 해 나가야 한다고나 할까?

아무튼 나는 이제껏 개과천선을 하지 못했어.

그렇지만 처음에는 성공하지 못하더라도 계속 시도해야 해.

그럼, 안녕, 아가씨……. 아니, 또 보자고 인사를 해야 하는지도 모르지. 사람의 일을 누가 알겠어?

적이자 용감한 악당이었던

로저 배싱턴프렌치

보비는 그 편지를 돌려주었고, 프랭키는 한숨을 쉬면서 그것을
받았다.

"이 사내는 정말 아주 놀라운 인물이었어."

"너는 항상 그를 좋아했지."

보비가 쌀쌀하게 말했다.

"매력이 있었어."

프랭키가 말하고는 덧붙였다.

"모이라도 그랬지."

보비는 얼굴을 붉혔다.

"모든 단서가 항상 목사관에 있었다는 사실이 기이한 느낌이야.
프랭키, 너는 카스테어스가 에번스, 그러니까 로버츠 부인에게 편지
를 썼다는 것을 알고 있어?"

프랭키는 고개를 끄덕였다.

"위험한 국제 범죄단의 일원으로 경찰의 수배를 받고 있는 인물일 가능성이 있는 템플턴 부인에 대한 정보를 알고 싶으니 곧 오겠다고 썼어. 그런 다음에 그 사람이 벼랑가에서 밀려 떨어졌는데도 그 여자는 그 관련성을 파악하지 못한 거지."

보비가 아쉬워하면서 말했다.

"그것은 벼랑에서 떨어진 사람이 프리처드였기 때문이야. 그 신원 조작은 매우 교활한 짓이었어. 프리처드라는 사람이 떨어졌는데 어찌 그것이 카스테어스라고 생각할 수 있었겠어? 평범한 사람의 머리는 그렇게 돌아가는 거야."

"우스운 것은 에번스가 케이먼을 알아차린 사실이야. 케이먼 부부가 나를 만나러 목사관에 왔을 때 그녀가 그들을 흘낏 보고는 그들을 안내한 자기 남편에게 누구였느냐고 물었어. 남편이 케이먼 씨라고 하자, '어머, 저 사람은 내가 한때 일했던 곳의 신사 분과 꼭 닮았네.' 하고 말했다는 거야."

"저런."

한숨을 쉬고는 프랭키가 말을 이었다.

"배싱턴프렌치가 한두 차례 실수를 했는데도 나는 바보같이 알아차리지 못했어."

"그 자식이 그랬어?"

"그래. 실비아가 신문에 난 사진이 카스테어스와 매우 닮았다고 했을 때 그는 별로 닮은 점이 없다고 했거든. 죽은 사람을 보았다는 뜻이지. 그런데 나중에는 죽은 사람의 얼굴을 본 적이 없다고 내게 말했어."

"모이라는 대관절 어떻게 알아차린 거야, 프랭키?"

"템플턴 부인에 대한 묘사 때문이라고 생각해. 모두들 그 여자가 '그처럼 훌륭한 여자분'이라고 했거든. 그것은 케이먼 부인에게 해당될 것 같지 않았지. 어떤 하인도 그 여자를 '훌륭한 여자분'이라고 하지 않을 거야. 그리고 우리가 목사관에 들어가면서 거기에 있는 모이라를 보았을 때 내게 불현듯 생각이 떠올랐어. 모이라가 템플턴 부인이었던 것이 아닐까 하고 말이야."

"넌 정말 똑똑해."

"실비아가 참 안됐어. 모이라가 로저를 끌고 들어갔기 때문에 그 여자는 온갖 구설수에 시달려야 했을 거야. 그렇지만 니콜슨 박사가 그녀 곁에 있으니까 다행이지. 그들 두 사람이 결합하더라도 전혀 놀랄 일은 아니야."

"모든 일이 매우 다행스럽게 끝난 것 같아. 배저도 네 아버지 덕택에 정비 공장에서 일을 잘하고 있고, 이 또한 네 아버지 덕택이지만 나도 아주 훌륭한 일자리를 얻었으니까."

"그게 훌륭한 일자리야?"

"케냐에서 커피 농장을 관리하면서 많은 봉급을 받게 되었으니 그렇게 생각해야지. 이게 바로 내가 꿈꾸어 왔던 그런 일이거든."

그는 말을 멈추었다. 그리고 의도적으로 말을 덧붙였다.

"케냐로 여행을 가는 사람들도 많아."

"그곳에도 아주 많은 사람들이 살겠지."

프랭키가 새침하게 대꾸했다.

"오, 프랭키, 너도 가지 않을래?"

보비는 얼굴을 붉혔다가 마음을 가다듬으며 더듬거리며 말했다.

"가, 갈래?"

"그러지, 뭐. 아니, 그럴게."

"나는 사실 항상 네 생각을 하고 있었어. 그것이 아무 소용없다는 것을 알았기 때문에 비참해지기도 했지."

보비가 숨이 막힐 듯한 목소리로 말했다.

"그날 골프장에서 그처럼 무례했던 것도 그 때문이야?"

"그래, 기분이 엉망이었거든."

"흐음. 모이라는 어떻게 생각해?"

보비는 어쩔 줄 몰라 하는 표정을 지었다.

"그 여자의 용모에 내가 홀렸던 것 같아."

보비는 지나간 사실을 인정하면서 말했다.

"나보다 미인이지."

프랭키가 관대하게 말했다.

"그렇지 않아. 다만 잠시 홀렸을 뿐이야. 그리고 우리가 그 다락에 갇히고 네가 모든 일에 그처럼 용감하게 나서자, 모이라는 내 머리에서 사라져 버렸어. 그 여자에게 어떤 일이 생기든 아무 관심이 없게 된 거야. 내가 관심을 갖는 것은 너, 너뿐이라니까. 너는 정말 대단했어! 그처럼 용감하다니."

"속으로는 용감하지 못했어. 항상 불안했지. 그렇지만 나는 네가 경탄하기를 바랐던 거야."

"탄복했어. 지금도 그래. 항상 그랬어. 그리고 앞으로도 항상 그럴 거야. 케냐에서 지내는 것을 네가 싫어하지는 않을까?"

"좋아하게 될 거야. 영국은 지겨웠거든."

"프랭키……."

"보비……."

"이리로 들어오시죠."

도커스 회(빈민에게 옷을 지어 주는 그리스도 교회의 여성 단체 ─ 옮긴이)의 선발대를 안내하기 위해 문을 열었던 목사는 황급히 그 문을 다시 닫았다.

"제, 제 아들 녀석이로군요. 음…… 약혼했습니다."

목사가 더듬거리며 사과하자, 도커스 회의 회원 하나가 그런 것처럼 보인다고 능글맞게 대꾸했다.

"좋은 녀석이랍니다. 한때는 인생에 대해 심각하게 생각하지 않기도 했죠. 그러나 최근에 많이 나아졌어요. 케냐에 가서 커피 농장을 관리하기로 되어 있습니다."

도커스 회의 회원 하나가 다른 회원에게 소곤거렸다.

"보셨어요? 저 총각과 키스하던 아가씨가 레이디 프랜시스 더웬트죠?"

1시간도 되기 전에 그 소문은 마치볼트 전역에 퍼졌다.

〈끝〉

옮긴이 | 박인용

서울대학교 국문과 졸업. 출판사에서 편집 및 번역 작업을 병행하다가 현재는 전문 번역가(영어, 일본어)로 활동하고 있다. 『그림으로 읽는 그림 이야기』, 『랙타임』, 『마이러』, 『내가 찾는 여자 내가 찾는 남자』, 『세상을 보는 지혜』, 『달리는 영어회화』, 『사스전쟁』, 『Science Library』, 『살아 있는 자연사 박물관』 등 다수의 역서가 있다.

애거서 크리스티 전집

왜 에번스를 부르지 않았지?

3판 1쇄 펴냄 2016년 4월 11일
3판 3쇄 펴냄 2023년 9월 5일

지은이 | 애거서 크리스티
옮긴이 | 박인용
발행인 | 박근섭
편집인 | 김준혁
펴낸곳 | 황금가지

출판등록 | 2009. 10. 8 (제2009-000273호)
주소 | 135-887 서울 강남구 신사동 506 강남출판문화센터 5층
전화 | 영업부 515-2000 **편집부** 3446-8774 **팩시밀리** 515-2007
홈페이지 | www.goldenbough.co.kr

도서 파본 등의 이유로 반송이 필요할 경우에는 구매처에서 교환하시고
출판사 교환이 필요할 경우에는 아래 주소로 반송 사유를 적어 도서와 함께 보내주세요.
06027 서울 강남구 도산대로 1길 62 강남출판문화센터 6층 민음인 마케팅부

© ㈜민음인, 2013. Printed in Seoul, Korea
ISBN 978-89-8273-722-0 04840
ISBN 978-89-8273-700-8 04840 (set)

㈜민음인은 민음사 출판 그룹의 자회사입니다.
황금가지는 ㈜민음인의 픽션 전문 출간 브랜드입니다.